扛不起的乡情

——感动中学生的100个家乡

◎总 主 编：刘海涛
◎本册主编：章叶英

九州出版社
JIUZHOUPRESS
全国百佳图书出版单位

图书在版编目(CIP)数据

感动中学生的100个家乡:扛不起的乡情/刘海涛主编.
—北京:九州出版社,2006.2(2021.7重印)
("读·品·悟"感动真情系列)
ISBN 978-7-80195-423-7

Ⅰ.感… Ⅱ.刘… Ⅲ.①散文—作品集-世界 ②随笔-作品集-世界 Ⅳ.I16

中国版本图书馆CIP数据核字(2005)第151591号

感动中学生的100个家乡:扛不起的乡情

作　　者　刘海涛(总主编)　章叶英(本册主编)
出版发行　九州出版社
地　　址　北京市西城区阜外大街甲35号(100037)
发行电话　(010)68992190/2/3/5/6
网　　址　www.jiuzhoupress.com
电子信箱　jiuzhou@jiuzhoupress.com
印　　刷　北京一鑫印务有限责任公司
开　　本　787毫米×960毫米　16开
印　　张　12.5
字　　数　274千字
版　　次　2006年2月第1版
印　　次　2021年7月第3次印刷
书　　号　ISBN 978-7-80195-423-7
定　　价　32.00元

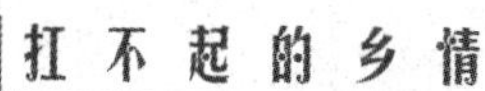

目 录

重读故乡

永远的绿阴

家园如梦

故乡的泥土

那岂是乡愁

来自乡野的风

月是故乡明

重读故乡

我以前曾说，我的故乡没有摩天的高楼，没有巍峨的宫殿，没有如潮的人流。然而如今我要说，我的故乡所有的，比起这一切来，要迷人得多，珍贵得多！

没有不变老的东西，一座山也是这样，也可能仅仅因为是在冬天里，我的目光再次在晴空万里下注视它，它的每一座山头都已为皑皑白雪所覆盖，它像一个慈祥的老人，看着儿子已然长大成人。

父亲山

◆文/邱华栋

必须要谈到天山，它对我来说是一座父亲山。四十年前，我的父亲从内地来到了它的脚下，后来几十年他都生活在这里，现在他老了，但那座山，天山，它还没有老，而我父亲的儿子——我，却长大了，从此离开了父亲和我的父亲山。

我当然要把天山称做是我的父亲山，因为父亲的一生与它有关，我的童年、少年和整个中学时代都与它有关。我就出生在由它的冰雪融化而成的一条季节河边上，父亲把分娩后的母亲和我送到医院时，我已经奄奄一息了。

我是喝天山的冰雪融水长大的，这种水清凉、纯净，而且还发甜、口感特别好。在我长大的那座西北小城，一抬头，我就可以看见天山的主峰——博格达峰雄伟地矗立在那里，头戴白色的冰雪王冠，沉默地注视着它的脚下。有时候它被云雾缭绕，那就更增添了它的神秘。天山是一座蜿蜒而去的黝黑的山体，它可能有上千公里长，一直向西北方向延伸而去。在它的山沟壑谷中，生活着维吾尔人、哈萨克人、乌孜别克人、蒙古人、柯尔克孜人等等，上中学的时候年年暑假我都要和朋友们一起进天山，那是一次次惊心动魄的旅行。在山中，我们采摘到了鸡蛋大的草莓，还看到了不远处扶着石头看着我们的熊。当然，我们没能看到雪豹，它太稀少，在冰山之上稍纵即逝，你即使看见了它，但它旋即就消失了，这使你以为你看见的是一个幻梦。

天山并不总是美丽的、阔大的、温和的，它也时常有发脾气的时候。我记得幼年时，我父亲年年冬天都是开着推土机进天山，在发生大面积雪崩的地方推雪，那雪

有两米以上的厚度，全部堆积在盘山公路和大坂上，我父亲他们的任务就是必须把这些积雪推掉，以便让后续车辆通行。这是一种十分危险的工作，因为推土机一不小心就会掉入万丈冰川之中。我父亲的同事中就有掉入冰川的，那个人连同推土机永远地被铸入冰川。我曾在一篇小说中描述过这个场景，在小说中，主人公可以透过冰川隐约看到里面被封存的黑色的推土机和人。父亲当然也曾经历险境，但从此，母亲坚决不让父亲开任何车辆了。

在天山脚下长大，到内地见到的很多的山，从雄伟角度来讲都不算是山了。无论庐山、泰山、华山、衡山，都像是微缩的十分有情致的盆景。当然从惊险与秀美上讲，这些名山都有明显胜出天山的地方，但天山，这个词意味着连绵不断的一组高原上的山峰，几千里那么延伸下去的一座山的整体。天山是一座山脉，它像屏障那样挡住了一些风、云和雨，但它脚下的牧场肥沃、土地滋润，能养活不少自然界中的生灵。

我把它叫做父亲山，意味着我把它拟人化、人格化了，我把它父亲化了，也许它只是一座山脉，但每当想起它的身影——这是我少年时代常常凝视它的印象，我的内心总是涌起一种对父亲的感情。有一位诗人把天山命名为“神山”，可在我看来，它不像神，倒更像一个人，一个父亲。我被他护佑，我被他祝福，我被他叮嘱，我被他激励。父亲一生的生命都与这座山有关，因而，天山就是一座父亲山。

在父亲山脚下长大使我从气质上吸取了这座土地的开阔和大气，什么样的土地、气候、环境下，生长什么样的人，在这样庞大的山体下的坡地上长大，我当然获得了这片土地的性格与灵气。后来我又在长江边上生活了几年，又多次去南方，因而也有了一点细腻和柔和，而且后来越来越柔和细腻了。但从内心上讲，父亲山带给我的绝对是一种坚毅、大气、沉稳、成熟的气质，这是跟随一个人一生的东西。

父亲把他的大半生献给了我的父亲山，他们修的公路已经在天山南北连成了片，父亲老了，而这一次我发现天山也老了。没有不变老的东西，一座山也是这样，也可能仅仅因为是在冬天里，我的目光再次在晴空万里下注视它，它的每一座山头都已为皑皑白雪所覆盖，它像一个慈祥的老人，看着儿子已然长大成人。

厚重的情思

◇赏析／李 霖

很多文人都对美丽的天山情有独钟，特别是被收入中学语文课本的碧野的《天山景物记》更是给人留下了难忘的印象。天山的大气、美丽、热情、富饶，使亲近过他的人流连忘返，使无缘亲近他的人魂牵梦萦。

天山是《父亲山》作者的故乡，这块土地给了他生命，养育他成人，这让他对天山的体会尤为深刻。在文中，他把对父亲的爱和对天山的爱交织着写，揉搓在一起，天山有父亲的影子，父亲就像天山一样，那种说不清是爱天山还是爱父亲的浓浓情愫不断地流淌在字里行间，这两种糅合着的情感描写把作者的内心世界宣泄得淋漓尽致，强烈地感染着读者。

文章开篇点明题旨——天山"对我来说是一座父亲山。""我"的父亲作为一代支援边疆的建设者来到天山，在这块土地上生活了几十年。"我"作为父亲的儿子，"童年、少年和整个中学时代都与它有关。"天山是生"我"养"我"的地方，就像父亲一样，从而表达出"我"对天山、对父亲的深深的眷恋，表明了作者称天山为父亲山的原因。

"天山就是一座父亲山"，作者把天山拟人化、人格化了。从性格上看，天山神秘、阔大、丰富、温和，也"时常有发脾气的时候"，这是典型的父亲的性格。从承担的责任上来看，"天山是一座山脉，它像屏障那样挡住了一些风、云和雨，但它脚下的牧场肥沃、土地滋润，能养活不少自然界中的生灵"，这使他具有了父亲般的使命感。当"我被他护佑，我被他祝福，我被他叮嘱，我被他激励"时，内心就会涌起一种对父亲的感情，这种感情就是对父亲的依赖、仰慕、敬重。

一方水土养一方人，因为"我"在天山脚下长大，所以"我"秉承了父亲山的"坚毅、大气、沉稳、成熟的气质"，这是一个男子汉应有的气质，它是天山给的，也是父亲给的。这是一脉相承的文化传承和血浓于水的亲情的传承。

父亲会老，父亲山也一样会老，人们无法抗拒这种自然规律。天山养育了一方生灵，父亲把他的大半生献给了天山，作者用天山和父亲的老收束全文，使父亲山更人性化，使本文的人情味更浓烈了。

这篇作品通过抒发"我"对父亲山的感情，讴歌了一代边疆建设者的奉献精神，表达了对父辈的崇敬，对天山无限热爱的情感。

故乡——无论繁华的，荒凉的，美丽的，丑陋的——只要是我们的家乡，只要是生我们养我们的故土，她对于我们，就是亲切、温馨的。

故　　乡

◆文/斯　妤

故乡——无论繁华的，荒凉的，美丽的，丑陋的——只要是我们的家乡，只要是生我们养我们的故土，她对于我们，就是亲切、温馨的。而我的故乡呵——我敢说，我的故乡不仅在我和我的同乡们心中是温馨的，她在每一个曾经踏上她的土地的人心中，也永远是美丽芬芳的。

是的，厦门是美丽的——美丽得可以用"妩媚"二字来形容她。你想想，浩瀚的万里碧波之上，宛然浮起两个娇小玲珑的岛屿，袅袅婷婷，并肩而立，活像一支清丽的并蒂莲。天空像蓝宝石一样湛蓝而明亮，洁白的浮云缓缓地流着；海波翻卷着白色的浪花，金灿灿的沙滩绵延而去，花边一般镶嵌在岛屿的四周……椰子树，芭蕉园，紫藤萝，郁郁葱葱地装扮着海岛的躯体；红砖别墅、幽静小巷，疏密有致地罗列在海岛的怀中。翩翩的海鸥，呼啸的鸽群，袅袅的白鹭，终日在她这儿耳鬓厮磨、嬉戏。阳光下，绿琉璃瓦闪闪发亮，紫艳的三角梅攀援、上升，海风携着桂花的清香，轻轻叩开每一扇窗户，踅入每一户人家……

当然，厦门的美远不止于此。厦门的美还是流动的，蓬勃的，生生不息的！——你只要去海边上一站，听着脚下"哗哗"的涛声，望着对面葱茏挺拔的鼓浪屿，不，你甚至可以闭上眼睛，将"哗哗"的潮音当作催眠曲来听，进入朦朦胧胧的半睡眠状态——即使这样，你也会惊喜地发现，对面的鼓浪屿，你脚下的厦门本岛，原来都是活的，动的，有着勃勃生机的！因为，你看到，海波从天边席卷而来，一层层地涟涟不息，海面如无数毗连的秋千，左右摇荡，上下起伏；浪花像一群群快

乐的海鸟，张开雪白的翅膀，争先恐后地扑向海岛，然后，劈里啪啦地甩下一串湿漉漉的笑声。海面上，无数波浪在回旋，海洋如一片连绵不绝的沸腾的群山……你还看到，抱臂端立于碧波之上的海岛，也并不是磐石一样呆板、顽固、死气沉沉的！———一阵阵卷向她的浪头，一声声打击石壁的涛声，还有如大地一般躺在她脚下的连天奔涌的海波，催发了她的生机，引动了她的力量，使她变得如同一座轻盈的浮桥，一艘欢快的游艇，或者，干脆就是一朵硕大的浪花，在沸沸扬扬的浪尖上跳宕着，起伏着，奔涌着了！——这时，你若是把你的目光移到海上，那它刚一挨着水面，就会翻着，卷着，随波滚去了……你昂首望天，天上白云如注，“汩汩”地流着；你俯身看海，海上白帆似蝶，翩跹地舞着；你闭目谛听，耳边涛声如鼓，到处是“哗哗哗”、“轰轰轰”的一片！于是，你只能由衷地赞叹：好一幅流动的图画！好一片活泼的山水！

可是，还有你看不见的哩——我们厦门的空气，也永远是活泼新鲜的！无论春、夏、秋、冬，厦门岛上永远有蓬蓬的海风拂你的面，吹你的肩！即使是“七月流火”的盛夏酷暑，地处亚热带的厦门，也总是海风森森，花木摇曳的。你只要打开窗户，或者夹一本书端一把矮凳到过堂里、大门口一坐，立刻会有飒飒的海风朝你奔来，把你的短发、绸衫吹得呼啦啦响，把你的郁闷、烦躁吹得无影无踪！——流动的空气弥漫着咸腥的海上气息，杂以岛上遍布着的热带植物的芬芳，有时还带着缕缕呢喃的鸟语——这样清新甜润的空气，更如诱人的醇酒，使人心醉……

当然，你不必因此就以为，厦门岛上只有鲜艳的色彩，活泼的生机，而没有静谧，没有温柔——厦门海滨的夜晚，是一支最娴静，最柔和的小夜曲！你看，新月升起来了，海洋如一个昏昏欲睡的婴儿，停止了嬉闹，停止了哭啼，只剩下摇篮似的徐徐晃动，幼儿般的均匀呼吸，以及海水扑打岸石的催眠曲似的“刷刷”声……长满牡蛎壳的古老的石桥上，投下了一对对颀长的身影。汩——汩——汩，一片桨声中，几只小船轻轻荡开了，海面上，像是飘起了几片轻盈的落叶……海风习习，传来了悠扬的琴声——这是鼓浪屿的钢琴手们争相奉献给这个月夜的。你再看，岸上，高大的椰子树哨兵似的散立着，灌木丛里不时传来如唱的虫声。乘凉的人们头枕着胳膊，怡然地歪在沙滩上。有的听着海涛，有的盯着萤火虫的绿光，有的徐徐地、漫不经心地弹着吉他……海波与沙滩相接处，蹲着一个白衣少年，他专注的目光下，小小的涟波在金色的细沙上呢喃着，缓缓地、亲切地朝他的脚边爬来……空气中，到处是温馨，到处是静谧，到处是陶醉……呵，不，这就够了！——这样的月夜，这样的海滨，你还能找出比它更温柔的来吗?

我以前曾说，我的故乡没有摩天的高楼，没有巍峨的宫殿，没有如潮的人流。

然而如今我要说，我的故乡所有的，比起这一切来，要迷人得多，珍贵得多！——厦门呵，我的故乡，你可知道，我是怎样为你骄傲呵。

芬芳的故土，美丽的画卷

◇赏析／李明高

斯妤的名字在中国文坛与那种精美的散文联系在一起，洁净的文字划过水面，再以一股清新、淡雅之气扑面而来，无疑有一种感人的魅力。读她的散文，总有一种久违的感动。面对那种纯净的文字，平静自在地流进生活的那些细枝末节，经历过细致的纠缠，终使人觉出生活别样的质感。

《故乡》真可说是一幅流动的写意山水画，是一曲舒缓而紧凑的交响乐，是一首感情真挚的抒情诗，更是一曲出自内心的家乡赞歌。

你看作者饱蘸情感的笔下，是那样浓墨重彩地渲染了故乡的美丽与可爱——

首先用“不仅是温馨的，也永远是美丽芬芳的”总领全文；接着分别从“厦门是美丽的——美丽得可以用‘妩媚’来形容她”、“厦门的美还是流动的，蓬勃的，生生不息的”、“我们厦门的空气，也永远是活泼新鲜的”、“还有厦门海滨的夜晚，是一支最娴静的，最温柔的小夜曲……”从这四个方面展示了“我”的家乡厦门的温柔美丽，芬芳可爱。

文章最后用充满爱意的抒情语调“厦门啊，我的故乡，你可知道，我是怎样为你骄傲呵。”来结束全文，将自己热爱自己家乡的感情推向了高潮。

文章的语言优美动人，特别富有诗意，大量运用比喻和排比句，为文章增色不少。作者非常善于运用丹青写意的手法来进行景物的描绘，这就造就了文中有画，画中有诗的佳作妙文。

泪流满面的我，也随着歌手们唱起来。看见我流泪，乡亲们眼睛也湿润了。家乡的民歌，穿透历史的空间和生活间隔，把我和家乡重新融合在一起了。

乡　　情

◆文/敖德斯尔

我又回到了离别多年的家乡。

在这灿烂、明净的秋日，美丽的赛汗乌拉山更显得苍郁挺秀。它像一位威武的将军，骑在高头骏马上，凝视着周围的山山水水，耸入云端的群峰及莽莽苍苍的林海绿涛，吸引着朵朵云彩和濛濛细雨。汗山四周百里山川是永远不会遇到干旱的。汗山脚下的蒙古族牧民世世代代把汗山当作“圣山”崇敬。

家乡的每一个山头和每一条河流，对我来说是何等的熟悉而又亲切啊！这里的沟沟坡坡上都有我骑着骏马纵横奔驰或放牧跑过的足迹。

小时候，在离家二三十里的白塔子小学念书，每天傍晚时分走出学校大院，长久地瞭望落日余晖下雄浑的青山、绮丽的草原。那里有我家的蒙古包和牛羊啊！后来，我去更远的王爷庙(现在的乌兰浩特)上中学了。殖民统治下的学校生活艰辛，使我倍加思亲，可又有什么办法呢！这是我自己选择的。

参加革命的时候，我已经是二十岁出头的小伙子了。暴风雨年代，轰轰烈烈的革命事业的召唤，使我走向远方浪迹天涯。骏马在充满希望的原野上飞驰，生活的大河滚滚向前，时而涨潮，时而水落，把我带到更远的彼岸。

不知是什么时候，童年梦幻般美丽的家庭逐渐失去了魅力，我的家庭观念发生了变化。从富有的热闹的老家转移到一个极其简朴的小屋。这十多平方米的小屋，我很满足，它成了我温馨的港湾。

然而，家乡毕竟是自己生长的摇篮。每次回乡，凡是映入眼帘的一切，都是流

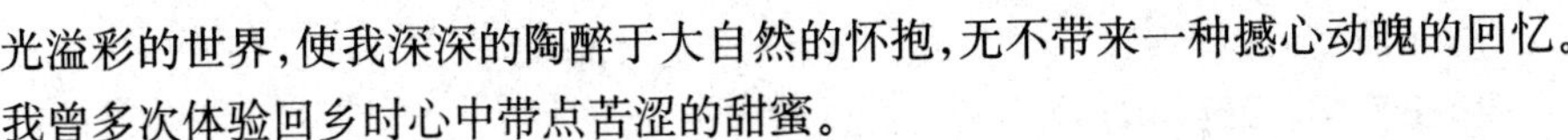

光溢彩的世界，使我深深的陶醉于大自然的怀抱，无不带来一种撼心动魄的回忆。我曾多次体验回乡时心中带点苦涩的甜蜜。

半个世纪过去了，父母及老一辈的亲人相继过世，自己长年在外，为未能好好孝敬老人而愧疚。原来的房屋、蒙古包和庭院均已荡然无存，连个废墟都不见了，不免感叹人生匆匆，心中产生一种难言的遗憾和忧郁。

如今，家乡日新月异的发展与变化，使我苍老的心灵无比兴奋。过去的破烂土房和黑色毡包不见了，取而代之的是亭亭玉立的树林中一幢幢崭新的砖瓦结构的建筑。农牧结合，养畜与种田并重，加上现代科学在生产中的运用，使牧民尝到了甜头，生活水平大幅度提高。家家户户都安上了电灯，电视机、洗衣机等家用电器也走进了牧民家。

乡亲们欢迎的笑脸，热情的问候，长久的握手，不断涌进来的大汗淋漓的人们，使我沉浸在同老家人团聚的极其温暖的气氛中。我不停地打听每一位进来的年轻人是谁，经他们的父辈介绍，我才得知与年轻一代的血缘关系。这一切都说明，每个人的"老家"，都已被"新家"代替了。

太阳悄悄落到山后，夜的来临，给牧村带来了一片安谧。新盖的房子里挤满了人，炕上炕下坐得满满的，不时爆发出爽朗的笑声。

古老的、巴林故乡的酒宴开始了。首先由代表我们家族的年轻的主人，给我献了一碗带着哈达的新酿的奶酒。住在城里好久没喝过奶酒的我，接过来一饮而尽。

牧区因陋就简而又富于草原特色的凉菜摆了几盘，接着就端来了放进大铜盘里的全羊。

歌手们唱起了古老的民歌。妇女们都穿上了镶着金缎边的色彩鲜艳的衣服，男人们倒不怎么讲究，大部分都穿着平时穿的衣服。浑厚、嘹亮、甜润的歌声越来越高亢而又悠扬，分外动人。几位上了年纪的乡亲频频举杯，祝愿我晚年幸福！宴席上的人们个个容光焕发，随后歌手们唱起了悠扬的民歌。参加唱歌的人越来越多，还有不少小男孩和女孩们钻进来，站在他们的母亲和婶婶嫂嫂们面前，昂着头，拿出浑身的力气使劲地唱着。我看着这一情景，不由想起了家乡的一句谚语：三个巴林人中两个是歌手。我看应该是：三个巴林人三个都是歌手。家乡动人的歌声，把我引向了孩提时代无穷无尽的怀念之中。

在我们马背民族后代的血液里，蕴含着先人开拓这片野草丛生的荒芜之地的勃勃英气，同时也包含着游牧民族特有的风风雨雨带来的多愁善感的气质。也许大自然的沧桑和人世的相融，使我对这个曾经是战马飞驰、鼓声响彻的辽阔大地和生活在这里的人们有着特殊的感情。

鹿花斑的云青马哟，
腾云驾雾，四蹄如飞，
……

啊！《云青马》，这首古老的民歌，使我顿时激动万分！我的眼泪不由自主地流淌下来。我似乎听见了母亲的歌喉。我的母亲最爱唱这支民歌，而且唱得最好。她是远近闻名的歌手，常常被邀请去参加婚礼，连续唱几天几夜，绝不会唱哑嗓子的。

泪流满面的我，也随着歌手们唱起来。看见我流泪，乡亲们眼睛也湿润了。家乡的民歌，穿透历史的空间和生活间隔，把我和家乡重新融合在一起了。

啊！亲爱的家乡！

故乡的草原，绿色的梦

◇赏析／卢丽丽

有些散文也有真情实感，但所写多为一己之悲欢，身边之琐事，读来虽感人，但总嫌底气不足，缺乏广阔的社会内容，不能长期地吸引读者。《乡情》也抒发了自己的感受，但其中又分明折射出广阔的社会内容：有理想，有追求的青年，家乡日新月异的发展与变化，蒙古族人民独特的思想境界与情感特征……人们读来欲罢不能，低回不已。

故乡的草原，是漂浮着的绿色的梦，夜夜涌进思念的无眠中。“苍郁挺秀的赛汗乌拉山”，“耸入云端的群峰”，“莽莽苍苍的林海绿涛”，“纵横奔驰的骏马”，“绚丽的草原”，“乡亲们欢迎的笑脸，热情的问候，长久的握手，悠扬的歌声”，无不给作者带来一种撼心动魄的回忆。

作者久别归家，带领我们进入到“天苍苍，野茫茫，风吹草低见牛羊”的美妙梦境，不仅让我们见到了碧绿如画、流光溢彩的草园风光，而且让我们领略到了蒙古民族独特的风俗习惯。晚餐的烤全羊，大碗的奶酒，敬献哈达，显示了蒙古民族的粗犷豪迈与热情好客，而饭后的蒙族歌舞表演则更加令人兴奋。草原人民的歌喉在无边的旷野中异常嘹亮。歌声深沉而悠远，饱含着蒙族人民独特的思想境界与情感特征。

在这荒凉的草原大漠之上，多少代人繁衍不息。正像腾格尔所唱的“辽阔的草原，是哺育我成长的摇篮”。无边的草原孕育了蒙族人民博大的胸襟，而恶劣的自然条件又使得蒙古人天生具有尚武好战的性格。在那遥远的过去，草原上多少部族你来我往，纵横驰奔，演绎着一场场惊心动魄的人间话剧。因此，草原的历史自古就是伴随着血雨腥风与愁云惨雾。当然在这种历史的悲壮之中，也掺杂着独特的艺术美感与巨大的文学气质，它们构成了草原文明一处鲜明的亮点，使得野蛮与残酷不再只是单纯的一色。草原上的音乐与民歌以及在连年争战背景下汉民族创作的诗歌，应当在表达各民族人民心声方面具有普遍的意义。这就是为什么胡笳与马头琴的音色总是那么的凄怆悲凉，为什么北方民歌总是流露出思乡的惆怅！

多少年无意于言表，此刻我终于意识到：人的生命可以有不同的形式，而它的内容却只能有一种！

重读故乡

◆文/曹 利

离开乡味儿浓浓的故乡数年，重新解读，那蓝天、大地、乡民，竟是那样地耐人咀嚼……

蓝 天

你抬起头来，迎面就遇到了天空——久违了，你这梦中的世界——宁静而纯洁得一望湛蓝，坦荡、广阔而且深邃，仿佛浩荡的音乐在一瞬间凝住了，宏大得震人心魄；又仿佛无边的命运君临高处，不可更改……

阳光灿烂了、黯淡了，鸟影滑近了、飞远了，白云自在飘来、又自在飘去了……而那深邃宁静的一片蓝色将永远在我们头顶高悬，就像一面魔镜，照遍大地，照彻人寰，照亮广大的善也照出众多的恶，照了过去，照着现在，还将照尽未来。一切都在它那里留下了痕迹，又似乎什么也没有留下……

此刻你自然而然涌出关于永恒的无边遐想，你将感觉自己在慢慢消解，像一缕芳香在空气中飘散、飘散，终与无处不在的神明融为一体，没有特别色彩，没有灰尘气息。

世界就这样归于宁静祥和。假如我有一支巨笔，我该在那里写下什么？

大　地

或者随便登上哪座山梁，望极苍茫，乍一闭眼，令人不禁想起一位诗人的诗句。是的，那一块块田地——规则的，不规则的；平坦的，陡急的；收割了的，未收割的；犁过的，尚未犁过的……不正像一块各色各样的补丁，装饰在大地的胸前背侧吗？那补丁的下面，有着怎样血与汗水写就的蹒跚的历史！

哦，我愁苦的土地，我的艰难的土地。

我在你高低不平的胸脯上行走，虔诚地寻找你心脏的位置。

扑踏、扑踏……是大地的心跳吗？还是我脚步的叹息？

偶尔碰到一株杨树，或者几棵扭曲的粗糙的老榆，那是你仅存而坚持的祈愿吗？它们随风俯首，是在向谁祈祷什么？

哦，我渴望润泽的土地，我渴望鲜活的土地哟！

当你的第一颗晶露被鸟鸣啼破，你就开始领受太阳的抚爱了；你与辛勤的农人一同醒来，一同探寻梦想；你任牛羊把朴素的足音盖满你的肌肤，你让雀鸟反反复复地萦飞歌唱；山风渐来，纵然扬起尘土也令人亲切；禾间树梢，沙沙的细语虽难听懂却让人欣慰。你收藏清凉的月夜，叫喜欢品味的人心旷神怡；而幽静的星夜，你又开放漫山遍野多少虫唱的花朵。

那被新露打湿的酣梦，此刻有多么安详……

啊，我的自由的土地，我的舒展的土地啊，我已知道我忠实的双手该做些什么了。

乡　民

早已在埋头苦干的，是我亲爱的乡民——那些站立于这片蓝天之下伏身在这方厚土之上的无言的生灵。

你看他们早出晚归的弯曲的身影，沉重的脚步结结实实地踩响泥土；你再看他们布满血丝、焦灼而执著的目光朝向苍穹，那不是在问询在祈求吗？你还听到他们强劲有力的咚咚的心跳，在山峰谷壑间不息地回荡……

然而他们无言。

生时，他们只知用苍劲的手握紧犁把和锄柄，不改初衷，不改姿态，祖辈如此，子孙如此。一旦歇下来，他们终又回归土中溶进土中去了，饱满、壮实，他们是另一

种山脉。

他们无言。他们未竟的心事尽化作回旋不去的风了，永远永远不绝地吹拂，在阳光中，在草尖上，在花叶间，在村边河畔，在我们的心中……

于是在他们曾经走过我们仍要走的路上，郁郁的草树闪着泪光，以逐日者的情怀，在灿灿地歌唱。

多少年溢于言表，此刻我终于意识到：人的生命可以有不同的形式，而它的内容却只能有一种！

心灵的感悟

◇赏析／卢丽丽

有些散文不乏华丽的外表和绚烂的词藻，而内容却无甚可观，犹如患了先天不足的贫血症。《重读故乡》也有缜密漂亮的语言，但它是作者充沛感情和深邃思想的外在表现。

作者精心选取故乡最富有代表性的蓝天、大地、乡民尽情描述，写得文意如诗，文采如画，字里行间流露出浓浓的思乡之情，同时也把作者所要阐述的思想发挥得淋漓尽致。

故乡的天"宁静而纯洁得一望湛蓝，坦荡、广阔，而且深邃"。在这深邃宁静的一片蓝色下，假如我有一支巨笔，我会精心地去谱写生命的乐章，去涂染生命的颜色，留下岁月的痕迹。故乡的大地愁苦，艰难，而"我"渴望润泽的、鲜活的土地。在这自由而又舒展的土地上，我知道该用我忠实的双手用血与汗水去写就那蹒跚的历史。"那些站立于这片蓝天之下伏身在这方厚土之上的无言的生灵"就是"我"那勤劳朴实的乡民。虽然"一旦歇下来，他们终又回归土中溶进土中去了"，但他们仍然一生忙碌而又无言。他们"饱满、壮实"，是"另一种山脉"，也是另一片蓝天，另一方土地。

作者以深邃的思想去追忆遥远的故乡，即使原本苦涩的生活在作者笔下也变得很有意义，因而文笔更加美妙，画面更加动人，对故乡的理解也更深切、理智。作者通过对故乡的蓝天、大地、乡民的重新解读，反复感悟到了"人的生命可以有不同的形式，而它的内容却只能有一种！"这样一个道理，行云流水般地表达了自己所写故乡的言外之意，表达了自己"生命的哲学"，使文章蕴藏了深刻的主题。

对我们这儿的人来说，君士坦丁堡的圣索非亚教堂圆顶上的十字架，以及我们城里人所孜孜追求的一切，又算得什么呢？

村

◆文/佚　名

这是六月的最后一天。在周围一千俄里之内，便是俄罗斯——我的故乡。

均匀的蓝色染满了整个天空；天上只有一片云彩——不知是在飘浮呢，还是在消散。没有风，天气晴和……空气像新鲜牛奶那样清净！

云雀在高声鸣叫；鼓胸鸽在咕咕低语；燕子在静悄悄地翱翔；马儿有的在打响鼻，有的在嚼草；狗儿没有发出吠声，站在一旁温驯地摇着尾巴。

空气里散发着烟和青草的气味，还夹杂着一点儿松脂和皮革的气味。大麻田里开满了大麻花，散发着浓郁的令人愉快的芳香。

一条深深的斜谷。两边种着成排的杨树，树叶婆娑，下面的树干却已龟裂了。一条小溪沿着山谷流去；透过碧清的涟漪，溪底的小石仿佛在颤动。远处，在天和地的交界线上，出现了一条大河的碧流。

沿着山谷——一边是整齐的小粮仓，门儿紧闭着的小堆栈，另一边是五六间薄木板屋顶的松木小农舍。每个屋顶都竖着一根长长的掠鸟竿；每家门前都有一匹结实健壮的短鬃小马，粗糙不平的窗玻璃上，辉映出虹的色彩。木板套窗上描绘了花瓶。每座小农舍前，都端端正正地摆着一张完好的条凳；猫儿在土堆上曲蜷成团，耸着透明的耳朵；高高的门槛外边，是凉爽幽暗的阴影。

我铺开马衣，躺在山谷的边缘；四周是一堆堆香气扑鼻、刚刚割下的干草堆。机灵的农人们，把干草散放在小农舍前边：让它在向阳处晒得更干透一些，然后再从那儿放到草棚去！要是睡在那上面，再舒服不过了！

孩子们鬈发的头，从每一个干草堆里钻出来；有冠毛的牝鸡，在干草中寻觅着蚊蚋和甲虫。一只白唇小狗，在蓬乱的草堆里翻滚。

亚麻色头发的少年们穿着洁净的低束着腰带的衬衫，穿着笨重的镶边皮靴，胸部靠在卸了马的大车上，彼此交谈着有趣的话题，谑笑着。

一个圆脸的年轻女人，从窗口伸出头来探望；她笑着，不知是听了他们的话发笑呢，还是在笑干草堆里的孩子们的喧闹。

另一个年轻女人用两只有力的手，从井里拉出一个湿淋淋的大吊桶……吊桶不住地颤抖，在绳子尾端摇晃，掉出长长的闪光的水滴。

在我面前，站着一个老农妇，穿着新的方格布裙子和崭新的毛皮鞋。

一挂大空心串珠在她黝黑瘦弱的膀子上绕了三圈；一块染有红点点的黄色头巾裹着她的头发，直到黯淡无神的眼睛上边。

可是，她那对老眼睛却含着欢迎的笑意；整张布满皱纹的脸上，堆满了笑容。想必这老太婆已经年逾七旬了……然而即使是现在，也还可以看出来：她年轻时候曾是个美人！

她伸开晒黑的右手手指，直接从地窖里拿出一壶上面浮着一层奶酪的冷牛奶；壶唇四边沾着点点奶汁，好像一串串珍珠。老太婆用右手掌递给我一大块还热烘烘的面包。“吃吧，”她说，“祝您健康，远方的客人！”

一只雄鸡忽然高声啼鸣，并且烦躁地拍着翅膀，响应它的是一头拴着的牛犊不急不忙的“哞哞”声。

“啊呀，多好的燕麦！”传来我的马车夫的话声。

呵，俄罗斯自由之村的富足、宁静、丰饶啊！呵，和平和幸福啊！

我于是想到：对我们这儿的人来说，君士坦丁堡的圣索非亚教堂圆顶上的十字架，以及我们城里人所孜孜追求的一切，又算得什么呢？

乡村美景图

◇赏析／冉彩虹

《村》就像是一幅风俗画，勾勒出了俄罗斯乡村常见的那种富足、宁静、丰饶之景。

作者以饱蘸着深情的笔，缓缓描绘着这份宁静和富足。他先写鲜活的景色和动物：天空、云彩、鼓胸鸽、燕子、马儿、狗儿、杨树、小溪、松林小农舍等，一切都是那么生机盎然，一切又都是那样平静祥和。然后又写了人物：那鬈发的孩子们，那亚麻色头发的少年，那圆脸的年轻女人，那慈祥的老妇人等，他们在这生气勃勃又悠闲宁静的环境中自由而又快乐地生活，他们的生活扩展巩固着这份诱人的平静。

在这美景中，作者思潮翻涌，发出了感慨："呵，俄罗斯自由之村的富足、宁静、丰饶啊！呵，和平和幸福啊！"相比之下，在农村生活的人的眼中，那君士坦丁堡的圣索非亚教堂圆顶上的十字架，和城里人孜孜以求的一切，又算得了什么呢？

全文洋溢着作者对俄罗斯乡村的喜爱向往之情，描写极有层次，表达极富感染力。

故乡——无论繁华的，荒凉的，美丽的，丑陋的——只要是我们的家乡，只要是生我们养我们的故土，她对于我们，就是亲切、温馨的。而我的故乡呵——我敢说，我的故乡不仅在我和我的同乡们心中是温馨的，她在每一个曾经踏上她的土地的人心中，也永远是美丽芬芳的。

永远的绿阴

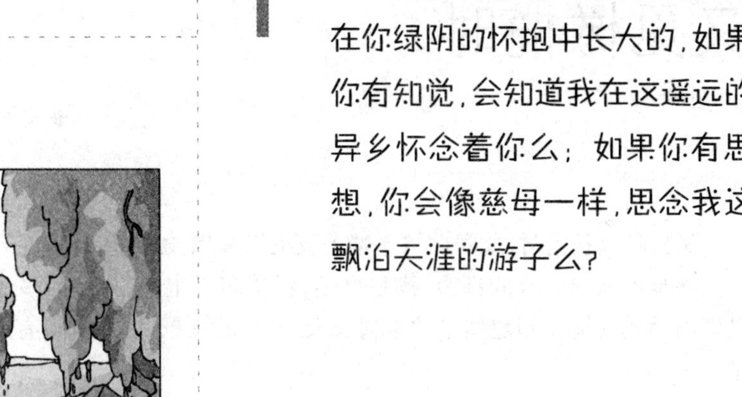

故乡的亲切的榕树啊，我是在你绿阴的怀抱中长大的，如果你有知觉，会知道我在这遥远的异乡怀念着你么；如果你有思想，你会像慈母一样，思念我这飘泊天涯的游子么？

回顾几十年来品尝过人生道路中的苦、辣、酸、甜之后，似乎大彻大悟，面对青青橄榄，缕缕乡思中，又增添了一股淡淡的哀愁。

又见橄榄时

◆文/[荷兰]林 湄

又到秋风秋雨时，此景此情不禁令我沉思冥想，触物感旧。

漫步于秋凉兮兮的都市，满目琳琅，洋货多于土货，人造品多过天然物，难得见到田园式的清新和超然、"秋水共长天一色"的壮景，因此觉得有所失落，有所不足……

黄昏，无意间，在寂寞的一角，见到令我驻足的、青青的鲜橄榄。

又见橄榄，又见橄榄！

往时，当我品尝之时，感到心神浪漫，啜那苦涩、清甜之味，如同领略人生的一首哲理诗——苦尽甘来，苦尽甘来。这咀嚼，这遐想，伴我走过生命悠悠长路，使我不论面临险境、艰困还是绝望……仍能披荆斩棘，对美好、光明的前程不懈地追求和憧憬……

而今，这万物丛中的一堆青青橄榄，不仅令我口里生津，也牵动我幽幽的乡愁，使我在烦嚣之世，如同回到那静谧恬美的乡间。

记得祖屋的村前屋后，种植了许多龙眼、枇杷、石榴、柚、黄皮、荔枝树。在古屋的石灰院右面，有一棵粗大而茂盛的橄榄树。向上的树枝，疏密有致的叶子，形同天然的大伞。不论是炎炎白天，还是融融月夜，树阴下，总有人休憩、下棋、闲聊……或有顽童卷一树叶吹哨，取一长竹竿捣落橄榄，将橄榄往衣襟一擦，丢往嘴里。初时皱眉咧嘴，啧啧叫苦，不一会儿就手拉手围着树干团团转，合唱："月光光，照厅堂，厅堂里，望橄榄……"

据说，这棵橄榄树是属于六伯的。他与老妻膝下犹虚，夫妇以制蜜饯橄榄为生。难怪每到晚霞满天的黄昏，那条熟悉而弯曲的小路，常常传来玲玲珑珑的拨浪鼓声，六伯佝着背、挑着一担木桶蹒跚走来。这时，孩子们一听见拨浪鼓声就蜂拥而至，围着木桶上面木盆内的蜜饯：有晶晶青色、墨墨黑色、灿灿金色、淡淡褐色，味道有咸的、甜的、酸的、又酸又甜的，还有一种外粘细盐的橄榄，含在嘴里能镇咳。孩子们只要掏出一分钱，可买二粒蜜饯，没钱的，可取家里的空瓶空铁罐来换取（换多少是根据瓶罐重量而定）。

我儿时最喜欢那又酸又甜的蜜饯橄榄，几乎是每次见到必买，然常常是边咀嚼边责怪自己贪吃。因我亲眼看见六伯六嫂将一筐筐洗过的青橄榄倒入石臼，然后穿上稻草编制的草鞋在石臼中踩踏，他弯着腰，甩动着双臂，原地不停地踏步，我常常担心他摔倒，但他总那么从容、自在，不时抹去额上的汗水。六伯告诉我，等果肉松脆，才往臼内加盐、糖、香料等等。我和小朋友站在一边，嘘嘘地说："用脚踩，脏死了，以后别买呀。"这话不知说了多少遍，但还是照买照吃。直到长大后，才知道六伯用的草鞋是专用来踩橄榄，从不用来走路的。

印象最深的是，有一个黄昏，明明光着头，赤着上身，穿着补丁短裤，站在远处看着我们围在六伯的木桶旁选橄榄。明明用舌头舔着从鼻孔流下的两条清涕，我们笑着用手指在脸上划着羞他。这时，六伯像树枝般的手从木盆上捡了几粒蜜榄叫我们送给明明吃。不久他又挑起木桶，玲玲珑珑地摇着拨浪鼓而去，后面还跟着一大群孩子，直到小路的尽头……

三十多年过去了，六伯六婶早已作古。然而，每到秋风起兮，见到街市的青榄，总有一份说不出的情感，仿佛玲珑拨浪鼓声在耳旁萦绕，回味一番苦涩、清甜之味，目睹异乡秋景秋物，回顾几十年来品尝过人生道路中的苦、辣、酸、甜之后，似乎大彻大悟，面对青青橄榄，缕缕乡思中，又增添了一股淡淡的哀愁。

美丽的感伤

◇赏析／张　洁

《又见橄榄时》是一篇文字清丽而精粹的散文。文中始终萦绕着一种淡淡的感伤。这种感伤给文章增添了一种婉约派似的柔美。

又到秋风秋雨时，此景此情不禁令我沉思冥想，触物感旧。

“漫步于秋凉兮兮的都市，满目琳琅，洋货多于土货，人造品多过天然物，难得见到田园式的清新和超然。‘秋水共长天一色’的壮景，因此觉得有所失落，有所不足……”一开始，文章便细致而感伤地营造出一种冷秋凉意侵人的气氛，为全文定下了感伤的基调。在浓浓的秋意中，纷乱的思绪与秋风秋雨一起凝成难以释怀的迷茫与哀伤。

作者很善于借助外部环境来烘托内心的感受。“秋风秋雨愁煞人”。在文学作品中，秋风秋雨似乎本来就是忧虑、感伤的意象。而作者把这种感伤的抒怀偏偏定在一个有着秋风、秋雨的黄昏，让人很容易地想起李清照词中那“梧桐更兼细雨，到黄昏，点点滴滴，这次第，怎一个愁字了得”的意境。然而，作者高明就高明在这里。他没有让自己沉浸在那种浓得化不开的“愁”字当中，而是将笔轻轻一点，在不经意的一瞥中，看到了自己所熟识的家乡物产。文章很自然地从原先失落的心情的叙写转为一种亲切温馨的叙述。从那“又见橄榄，又见橄榄”的惊呼中，可以想见作者乍见橄榄时心中所受到的震动！

“记得”、“据说”、“我儿时”、“印象最深的是”，凭借这些时间性极强的词语，作者由熟识的橄榄，追忆了祖屋的橄榄树和故乡的顽童，六伯的草鞋和他那玲玲珑珑摇着拨浪鼓的背影……一切是那么恬美静谧，但恬美中又夹杂着物是人非的感伤，静谧中又混合着迷茫，整个叙写都在一种诗意而感伤的氛围中进行。

文章从愁煞人的秋风秋雨，写到鲜活难忘的记忆，感伤贯穿始终。这感伤来自乡愁，更来自一种生命深处的体验。它轻轻的，淡淡的，散发出一种凄美，让人不知不觉地去接受它，欣赏它。

故乡的亲切的榕树啊，我是在你绿阴的怀抱中长大的，如果你有知觉，会知道我在这遥远的异乡怀念着你么？如果你有思想，你会像慈母一样，思念我这飘泊天涯的游子么？

故乡的榕树

◆文/黄河浪

住所左近的土坡上，有两棵苍老葱郁的榕树，以广阔的绿阴遮蔽着地面。在铅灰色的水泥楼房之间，摇曳赏心悦目的青翠；在赤日炎炎的夏天，注一潭诱人的清凉。不知什么时候，榕树底下辟出一块小平地，建了儿童玩的滑梯和亭子，周围又种了蒲葵和许多花朵，居然成了一个小小的儿童世界。也许是对榕树有一份亲切的感情罢，我常在清晨或黄昏带小儿子到这里散步，或是坐在绿色的长椅上看孩子们嬉戏，自有种悠然自得的味道。

那天特别高兴，动了未泯的童心，我从榕树枝上摘下一片绿叶，卷制成一支小小哨笛，放在口边，吹出单调而淳朴的哨音。小儿子欢跳着抢过去，使劲吹着，引得谁家的一只小黑狗循声跑来，摇动毛茸茸的尾巴，抬起乌溜溜的眼睛望他。他把哨音停下，小狗失望地跑开去；他再吹响，小狗又跑拢来……逗得小儿子嘻嘻笑，粉白的脸颊上泛起淡淡的红晕。

而我的心却像一只小鸟，从哨音里展翅飞出去，飞过迷蒙的烟水、苍茫的群山，停落在故乡熟悉的大榕树上。我仿佛又看到那高大魁梧的躯干，鬈曲飘拂的长须和浓得化不开的团团绿云；看到春天新长的嫩叶，迎着金黄的阳光，透明如片片碧玉，在袅袅的风中晃动如耳坠，摇落串串晶莹的露珠。

我怀念从故乡的后山流下来、流过榕树旁的清澈的小溪，溪水中彩色的鹅卵石，到溪畔洗衣和汲水的少女，在水面嘎嘎嘎地追逐欢笑的鸭子；我怀念榕树下洁白的石桥，桥头兀立的刻字的石碑，桥栏杆上被人抚摸光滑了的小石狮子。那汩汩

的溪水流走了我童年的岁月，那古老的石桥镌刻着我深深的记忆，记忆里的故事有榕树的叶子一样多……

站在桥头的两棵老榕树，一棵直立，枝叶茂盛；另一棵却长成奇异的S形，苍虬多筋的树干斜伸向溪中，我们都称它为“驼背”。更特别的是它弯曲的这一段树心被烧空了，形成丈多长平放的凹槽，而它仍然顽强地活着，横过溪面，昂起头来，把浓密的枝叶伸向蓝天。小时候我们对这棵驼背榕树分外有感情，把它中空的那段凹槽当作一条“船”。几个伙伴上去，敲起小锣鼓，以竹竿当桨七上八落地划起来，明知这条“船”不会跑一步，还是认真地、起劲地划着。在儿时的梦里，它会顺着溪流把我们带到秧苗青青的田野上，绕过燃烧着的火红杜鹃的山坡，穿过飘着芬芳的小白花的橘树林，到大江大海里去，到很远很美丽的地方去……

有时我们会问：这棵驼背的老榕树为什么会被烧成这样呢？听老人说，很久很久以前，有一条大蛇藏在这树洞中，日久成精，想要升天；却因伤害人畜，犯了天条，触怒了玉皇大帝。于是有天夜里，乌云紧压着树梢，狂风摇撼着树枝，一个强烈的闪电像利剑般劈开树干，头上响起惊天动地的炸雷！榕树着火烧起来了，烧空了一段树干，烧死了那头蛇精，接着一阵瓢泼大雨把火浇熄了……这故事是村里最老的老人说的，他像老榕树一样垂着长长的胡子。我们相信他的年纪和榕树一样苍老，所以我们也相信他说的话。

不知在什么日子，我们还看到一些女人到这榕树头虔诚地烧一叠纸钱，点几炷香，她们怀着怎样的心愿来祈求榕树之神呢？我只记得有的小孩子面上长了皮癣，母亲就会把他带到这里，在榕树干上砍几刀，用渗流出来的乳白的液汁涂在患处，过些日子，那癣似乎也就慢慢地好了。而我最难忘的是，每当过年的时候，老祖母会叫我顺着那“驼背”爬到树上，折几枝四季常青的榕树枝，用来插在饭甑炊熟的米饭四周，祭祀祖先的神灵。那时候，慈爱的老祖母往往会蹑着缠得很小的“三寸金莲”笃笃笃地走到石桥上，一边看着我爬树，一边唠唠叨叨地嘱咐我小心。而我虽然心里有点战战兢兢的，却总是装出毫不在乎的样子，把折到的树枝得意地朝着她挥舞。

使人留恋的还有铺在榕树头四周的长长的石板条，夏日里，那是农人们的“宝座”和“凉床”。每当中午，亚热带强烈的阳光令屋内如焚、土地冒烟，惟有这两棵高大的榕树撑开遮天巨伞，抗拒迫人的酷热，洒落一地阴凉，让晒得黝黑的农人们踏着发烫的石板路到这里透一口气。傍晚，人们在一天辛劳后，躺在用溪水冲洗过的石板上，享受习习的晚风，漫无边际地讲“三国”、说“水浒”，从远近奇闻谈到农作物的长势和收成……高兴时，还有人拉起胡琴，用粗犷的喉咙唱几段充满原野风

味的小曲，在苦涩的日子里寻一点短暂的安慰和满足。

苍苍的榕树啊，用怎样的魔力把全村的人召集到膝下？不是动听的言语，也不是诱惑的微笑，只是默默地张开温柔的翅膀，在风雨中为他们遮挡，在炎热中给他们阴凉，以无限的爱心庇护着劳苦而淳朴的人们。

我深深怀念在榕树下度过的愉快的夏夜。有人卷一条被单，睡在光滑的石板上；有人搬几块床板，一头搁着长凳，一头就搁在桥栏杆上，铺一张草席躺下。我喜欢跟大人们一起挤在那里睡，仰望头上黑黝黝的榕树的影子，在神秘而恬静的气氛中，用心灵与天上微笑的星星交流。要是有月亮的夜晚，如水的月华给山野披上一层透明的轻纱，将一切都变得不很真实，似梦境，似仙境。在睡意蒙眬中，有嫦娥驾一片白云悄悄飞过，有桂花的清香自榕树枝头轻轻洒下来。而桥下的流水静静地唱着甜蜜的摇篮曲，催人在夜风温馨的抚摸中慢慢沉入梦乡……有时早上醒来，清露润湿了头发，感到凉飕飕的寒意，才发觉枕头不见了，探头往桥下一看，原来是掉到溪里，吸饱了水，胀鼓鼓的，搁浅在乱石滩上……

那样的日子不会回来了。我仿佛刚刚从一场梦中醒转，身上还留有榕树叶隙漏下的清凉；但我确实知道，这一觉已睡过了三十年，而人也已离乡千里万里外了！故乡桥头苍老的榕树啊，也经历了多少风霜？听说那棵"驼背"，在一次台风猛烈的袭击中，挣扎着倒下去了，倒在山洪暴发的溪水里，倒在故乡亲爱的土地上，走完了自己生命的历程。幸好另一棵安然无恙，仍以它浓蔚的绿叶荫庇着乡人。而当年把驼背的树干当船划的小伙伴们，都已长成。有的像我一样，把生命的船划到遥远的异乡，却仍然怀念着故土的榕树么？有的还坐在树头的石板上，讲着那世世代代讲不完的传说么？但那像榕树一样垂着长长胡子的讲故事的老人已经去世了；过年时常叫我攀折榕树枝叶的老祖母也已离开人间许久了；只有桥栏杆上的小石狮子，还在听桥下的溪水滔滔流淌罢？

"爸爸，爸爸，再给我做几个哨笛。"不知什么时候，小儿子也摘了一把榕树叶子，递到我面前，于是我又一叶一叶卷起来给他吹，那忽高忽低、时远时近的龙哨音，弥漫成一片浓浓的乡愁，笼罩在我的周围。故乡的亲切的榕树啊，我是在你绿阴的怀抱中长大的，如果你有知觉，会知道我在这遥远的异乡怀念着你么？如果你有思想，你会像慈母一样，思念我这飘泊天涯的游子么？

故乡的榕树啊……

榕树串起的思念

◇赏析/张 洁

这是一篇情文并茂的散文佳作。作者以故乡的榕树为线索,串起远游异乡时积下的颗颗思念之珠,细致而不琐碎,光华璀璨而又内蕴深沉,极其动人。

作者从住处附近的两棵老榕树写起。在赤日炎炎的夏天,在铅灰色的水泥楼房之间,它们以广阔的绿阴和诱人的清凉吸引着孩子们,成为孩子们的乐园。此情此景使作者一下子就想起了故乡,想起了故乡的榕树:"我仿佛又看到那高大魁梧的躯干,鬈曲飘拂的长须和浓得化不开的团团绿云;看到春天新长的嫩叶,迎着金黄的阳光,透明如片片碧玉,在袅袅的风中晃动如耳坠,摇落一串串晶莹的露珠。"他怀念榕树下清澈的小溪、彩色的鹅卵石、洁白的石桥和溪边洗衣的少女,尤其是那棵长成奇异的S形的老榕树。虽然它的树心被雷电烧空,但它苍虬的树干仍然顽强地横过溪面,浓密的枝叶直指蓝天。那中空的凹槽是他儿时游戏中的船,尽管明知它不会向前一步,但"我们"还是认真卖力地用竹竿划着。在故乡,虔诚的女人曾在榕树下烧香祈祷,慈爱的母亲曾用榕树汁治愈孩子面上的皮癣,老祖母则爱用那四季常青的榕树枝来祭灵。夏日炎炎,屋内如焚,老榕树下是被晒得黝黑的农人们的休憩胜地。在榕树下度过的一个又一个愉快的夏日是作者终身难忘的记忆。躺在大榕树下,仰望头上黑黝黝的榕树影子,"神秘而恬静的气氛中,用心灵与天上微笑的星星交流","在睡意蒙眬中,有嫦娥驾一片白云悄悄飞过,有桂花的清香自榕树枝头轻轻洒下来";桥下潺潺的流水声是甜蜜的摇篮曲,催人在夜风温馨的抚摸中慢慢沉入梦乡……那样的日子如诗如画,如梦如烟!

如今,一晃三十年已过去,人已在离乡千里万里之外,故乡已经人物皆非:"驼背"已在一次台风的袭击中走完了自己生命的历程;当年在榕树下玩耍的小伙伴已经长成大人,有的已经和"我"一样飘泊异乡;坐在榕树下讲故事的长胡子老人已经去世;过年时叫"我"攀折榕树枝的老祖母也已经离去……故乡的榕树啊,你勾起我多少的思念,多少的人生感慨!

文章最后回到现实,写"我"为儿子用榕树叶做的哨笛,并直呼故乡的榕树,表达对遥远的故乡的思念之情。全文始终围绕榕树行文。"故乡的榕树啊……"这深情的呼唤更是震颤人心,具有强烈的艺术感染力。

呵，老枣树，你经历了数百年风风雨雨，遭受到雷电的轰击，也躲过了大炼钢铁的砍伐灾难，却未能躲过七十元钱蝇头小利的一击。

永远的绿阴

◆文/曲　近

一踏入魂牵梦萦二十年的老宅地，我顾不上与前来迎接的乡亲们打招呼，便转着身子，在我家旧址的当院里，很仔细认真地反复搜寻。这举动引起了二婶娘的注意："丢了什么东西了吗？孩子。"

"不，我在寻找老枣树。"

"早伐了。"

"哦！"我身子一震，轻叹一声，心里猛然涌出一种酸涩的怅然若失的感情。呵，二十年了，这棵老枣树一直长在我心里，谁也伐不倒。而如今，在当年立老枣树的地方，空空荡荡的，连一截树根都没有了，空留下童年的记忆。

行前，我曾高兴地对家人说：这次回老家，一定饱饱吃一顿红枣，过过枣瘾。二十年没尝枣子啥滋味了，想起来，就馋得慌。如果说，乡情是一根线，那么，老枣树就是一根桩。乡情之线就牢系在这根桩上，时时牵动我，牵向那醒也思念梦也思念的生我养我的那一方水土。

至于老枣树的树龄几许，活着的人没有一个能说准说清，大概已有三百多年了吧。相传，明朝末年，李自成在河南征战十四载，由于死于战乱的人太多，致使元宝遗地无人拾。故，当局强行从外地向中原移民。三百多年前的某一天，我的祖上夫妇俩，挑担背篓实在走不动了，就在一条名叫周曹河的小河边停下来，栽树造屋，开始了安家落户的生活。现在周围四个自然村千余人的傅氏后代，全是从我家那座老屋发展出去的。所以，我家便称傅姓老宅子，院子里的老枣树，就是定居奠

基时所植,大概具有扎根纪念之意吧。

在我记事时,老枣树径粗两人难以合抱,树高有二十米冠如巨大绿伞。站在几里外,便可看到那葱茏如绿云的树梢,而绿中透出点点红星,便是收获之季了。大炼钢铁时,远近的山都被剃了光头。树,不论大小,一律填入炉堂,而我家的老枣树竟然鬼使神差地逃过劫难,奇迹般地保存下来,足以说明此树在当地是有些来历且远近闻名的,所以才有人在大加砍伐的情况下动了恻隐之心,网开一面,保留了下来,这也算祖上有德吧。那时候,方圆几十里,都知道老枣树下的傅家。我曾很为家里拥有这棵古树自豪和骄傲过,甚至在和小伙伴斗嘴争强时也说:"我家有棵好大好大的老枣树,你家有吗,大红枣儿馋死你。"老枣树不但给我带来过精神上的自豪,更给我带来过物质上的实惠。我出生的村子,地处伏牛山区,人多地薄水缺,属丘陵地带,近山而不得利,靠水而不受益,只能靠天过日子,生活十分清苦。那时候,我以为世上最好吃的果子,非我家院子里老枣树所结的大红枣莫属。它们个大、瓤脆、色鲜、味甘、艳润如玛瑙,十分惹眼。一到枣熟季节,只须抬头一看,谁都无法掩饰一种馋相。那华盖般的树冠里绿中缀红,站在数里外都能看见红星闪闪欲燃。

收获时,须将几家的苇席、床单、包袱之类的东西,铺于树下,数人攀树持竿,敲击摇撼。我和伙伴们欢蹦乱跳于树下,手持葫芦瓢争将个大皮红的拾于瓢内,据为己有。有时红枣掉下来,正打在头上,也顾不了疼,记得每年秋天收枣时是我最快乐的日子。这时,总有左邻右舍甚至远在村头的人都来帮助收枣,大家如过节一样,很热闹开心一阵。老枣树联结了乡里乡亲之间的感情,那样的时刻,常使人向往和留恋。按祖上传下的规矩:收枣时,不论遇上同姓异姓,远亲近邻,抑或是过路者,见人赠一瓢,大家共享之。

我自己拾的那些则收拢起来,作为私房,用细绳一枚枚穿起来,挂在高高的屋檐下,一半是为了风干,一半则是为了炫耀。因为这是我童年最心爱的红玛瑙项链,冬天时拿出来,时不时套在脖子上玩耍,很心疼地吃一颗,故意吃得其味无穷,惹得家里没有枣树的小伙伴很是羡慕嫉妒,竟要拿心爱的玩物换我几枚红枣吃,我自然不能夺人所爱,只是面上大方却又心疼地摘下几枚递去,说一声:"再没有了,你慢慢吃吧。"碰到雨水充沛的好年景,老枣树一年可收数百公斤上等好枣,这些枣子,或晒干,或趁鲜大部分赠送邻居或亲戚,留下少量春节时蒸枣花馍,那是过节极受欢迎的食品之一。

怎的也不曾想到,老枣树生命的辉煌期竟提前结束了。我那位眼窝浅的本家婶子,一次回家探亲返程盘缠不够时,竟然做主把老枣树卖了,据说得款七十元,

近乎于变相拱手相送了。而我深知这位婶子属于我们这个家族的盈实之户，当时是否真的缺钱，只有她自己知道，不过我认为她缺少的是比钱更重要的东西。由此我对她产生出不敬之意，不就是七十元钱吗？言传一声，我给你就是了，何必要断人对故乡的念头呢？这卖的不仅仅是一棵树，而是出卖了你自己的尊严。我想，我这辈子是不会原谅你的，就因为这颗老枣树，婶子，你知道吗？在得到那七十元钱时你失去了更多。

在故乡逗留的几天里，我总是一人常常站在老枣树生长过的地方久久地沉思，久久地追忆，在心里默默地祭奠着一棵树。感谢童年那寒冷漫长的冬天它所给予我的恩泽，我是在围着泥火盆如数佛珠般地数着大红枣过日子的。呵，老枣树，你经历了数百年风风雨雨，遭受到雷电的轰击，也躲过了大炼钢铁的砍伐灾难，却未能躲过七十元钱蝇头小利的一击。

大红枣儿甜又香，我却永远不能再尝尝。

老枣树，你在哪里？

树的记忆

◇赏析／卢丽丽

"树的记忆"有两层意思。一层是树本身的记忆，此种记忆来自于"远离"，时间的远离。树和人类一样，时间从心灵间流过之后，就会有所记忆，有一本只有自己才会解读的心灵的自传。还有另一层意思，即他者对于树的记忆。这与前者的"记忆"有所不同，这虽然也是因为"远离"，但此种"远离"不仅具有时间的含义，而且还有空间的含义。所以傅姓老宅子中的老枣树会成为远在他乡的作者魂牵梦萦的景物。

树站在记忆中间，它的干，它的枝，它的叶，它的果实，甚至于它的绿阴，其上的鸟巢和鸟的鸣唱，无不成为记忆者心中难以磨灭的幻象。记忆就是这些幻象本身，这些幻象编织了令作者回味无穷的故事，而树可能还站在那个地方，或者已经消逝。我们倾听的是自己的故事，不是树的故事。几乎每一个人都有自己的对于树的记忆。

《永远的绿阴》以老宅地的老枣树为话题抒发了自己浓浓的思乡之情。"如果说乡情是一根线，那么，老枣树就是一根桩。乡情之线就牢系在这根桩上，时时牵

动我,牵向那醒也思念梦也思念的生我养我的那一方水土。"作者详细地介绍了老枣树的来历,是"定居奠基时所植","具有扎根纪念之意"且"远近闻名"。记事时,"我"很为家里拥有这棵古树自豪和骄傲。在艰难的岁月里,这棵枣树还给全村人带来了物质上的实惠。每年秋天收枣时是"我"最快乐的日子,而那用红枣穿起来的红玛瑙项链也是"我"童年时的最心爱之物。老枣树不仅给"我"的童年留下了美好的回忆,而且联结了乡里乡亲之间的感情,那样的时刻,常使人向往和留恋。

在今天,故国、故乡、故园在远行人的眼中,则有着像一棵大树一样的形象,所以我们说"叶落归根"。有根是幸福的。然而,老枣树的低价变卖却断了人对故乡的念头,于是只能"在心里默默地祭奠着一棵树"。而这棵老宅的老枣树也就成了作者心中难以磨灭的记忆了。

我很担心，今后的桃园会更变得冷落，恐怕不会再有那么多吆吆喝喝的肩挑贩，河上的白帆也将更见得稀疏了吧。

桃园杂记

◆文/李广田

我的故乡在黄河与清河两流之间。县名济东，济南府属。土质为白沙壤，宜五谷与棉及落花生等。无山，多树，凡道旁田畔间均广植榆柳。县西境方数十里一带，则盛产桃。间有杏，不过于桃树行里添插些隙空而已。世之人只知有"肥桃"而不知尚有"济东桃"，这应当说是见闻不广的过失，不然，就是先入为主为名声所蔽了。我这样说话，并非卖瓜者不说瓜苦，一味替家乡土产鼓吹，意在使自家人多卖些铜钱过日子，实在是因为年头不好，连家乡的桃树也遭了末运，现在是一年年地逐渐稀少了下去，恰如我多年不回家乡，回去时向人打听幼年时候的伙伴，得到的回答却是某人夭亡某人走失之类，平素从不关心，到此也难免有些黯然了。

故乡的桃李，是有着很好的景色的。计算时间，从三月花开时起，至八月拔园时止，差不多占去了半年日子。所谓拔园，就是把最后的桃子也都摘掉。最多也只剩着一种既不美观也少甘美的秋桃，这时候园里的篱笆也已除去，表示已不必再昼夜看守了。最好的时候大概还是春天吧，遍野红花，又恰好有绿柳相衬，早晚烟霞中，罩一片锦绣画图，一些用低矮土屋所组成的小村庄，这时候是恰如其分地显得好看了。到得夏天，有的桃实已届成熟，走在桃园路边，也许于茂密的秀长桃叶间，看见有刚刚点了一滴红唇的桃子，桃的香气，是无论走在什么地方都可以闻到的，尤其当早夜或雨后。说起雨后，这使我想起布谷，这时候种谷的日子已过：是锄谷的时候了，布谷改声，鸣如"荒谷早锄"，我的故乡人却呼作"光光多锄"。这种鸟以午夜至清晨之间叫得最勤，再就是雨霁天晴的时候了。叫的时候又仿佛另有一

个作"吱吱"鸣声在远方呼应,说这是雌雄和唱,也许是真实的事情。这种鸟也好像并无一定的宿处,只常见它们往来于桃树柳树间,忽地飞起,又且飞且鸣罢了。我永不能忘记的,是这时候的雨后天气,天空也许半阴半晴,有片片灰云在头上移动,禾田上冒着轻轻水气,桃树柳树上还带着如烟的湿雾,停了工作的农人又继续着,看守桃园的也不再躲在园屋里。——这时候的每个桃园都已建起了一座临时的小屋,有的用土作为墙壁而以树枝之类作为顶篷,有的则只用芦席作成。守园人则多半是老人或年轻姑娘。他们看桃园,同时又做着种种事情,如织麻或纺线之类。落雨的时候则躲在那座小屋内,雨晴之后则出来各处走走,到别家园里找人闲话。孩子们呢,这时候都穿了最简单的衣服在泥道上跑来跑去,唱着歌子,和"光光多锄"互相答应,被问的自然是鸟,回答的言语是这样的:

光光多锄。
你在哪里?
我在山后。
你吃什么?
白菜炒肉。
给我点吃?
不够不够。

在大城市里,是不常听到这种鸟声的,但偶一听到,我就立刻被带到了故乡的桃园去,而且这极简单却又最能表现出孩子的快乐的歌唱,也同时很清脆地响在我的耳里。我不听到这种唱答已经有七八年之久了。

今次偶然回到家乡,是多少年惟一的能看到桃花的一次,然而使我惊讶的,却是桃花已不再那么多了,有许多桃园都已变成了平坦的农田,这原因我不大明白,问乡里人,则只说这里的土地都已衰老,不能再生新的桃树了。当自己年幼时候,记得桃的种类是颇多的。有各种奇奇怪怪名目,现在仅存的也不过三五种罢了。有些种类是我从未见过的,有些名目也已经被我忘却。大体说来,则应当分做秋桃与接桃两种,秋桃之中没有多大异同,接桃则又可分出许多不同的名色。

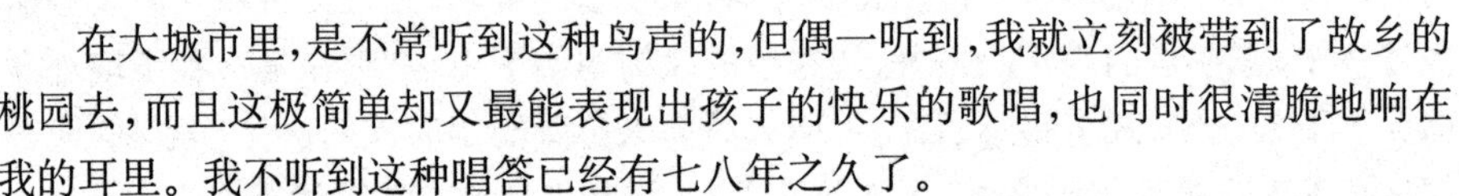

秋桃是桃核直接生长起来的桃树,开花最早,而果实成熟则最晚,有的等到秋末大凉时才能上市,这时候其他桃子都已净树,人们都在惋惜着今年不曾再有好的桃子可吃了,于是这种小而多毛且颇有点酸苦味道的秋桃也成了稀罕东西。接桃则是由生长过两三年的秋桃所接成的。有的是"根接",把秋桃树干齐地锯掉,以

接桃树嫩枝插在被锯的树根上，再用土培覆起来，生出的幼芽就是接桃了。又有所谓“筐接”，方法和“根接”相同，不过保留了树干，而只锯掉树头罢了，因须用一个盛土的筱筐以保护插了新枝的树干顶端，故曰“筐接”。这种方法是不大容易成功的，假如成功，则可以较速地得到新的果实。另有一种叫做“枝接”，是颇有趣的一种接法：把秋桃枝梢的外皮剥除，再以接桃枝端上拧下来的哨子套在被剥的枝上，用树皮之类把接合处严密捆缚就行了，但必须保留桃子上的原有的芽码，不然，是不会有新的幼芽出生的。因此，一棵秋桃上可以接出许多种接桃，当桃子成熟时，就有各色各样的桃实了。也有人把柳树接作桃树的，据说所生桃实大可如人首，但吃起来则毫无滋味，说者谓如嚼木梨。

按熟的先后为序，据我所知道的，接桃中有下列几种：

“落丝”：当新的蚕丝上市时，落丝桃也就上市了。形椭圆，嘴尖长，味甘微酸。因为在同辈中是最先来到的一种，又因为产量较少之故，价值较高也是当然的了。

“麦匹子”：这是和小麦同时成熟的一种。形圆，色紫，味甚酸，非至全个果实已经熟透而内外皆呈紫色时，酸味是依然如故的。

“大易生”：此为接桃中最易生长而味最甘美的一种，能够和“肥桃”媲美的也就是这一种了。熟时实大而白，只染一个红嘴和一条红线。未熟时甘脆如梨，而清爽适口则为梨所不及，熟透则皮薄多浆，味微如蜜。皮薄是其优点，也是劣点，不能耐久，不能致远，我想也就是因为这个了。

“红易生”：一名“一串绫”，实小，熟时遍体作绛色，产量甚丰，缘枝累累如贯珠，名“一串绫”，乃言如一串红绫绕枝，肉少而味薄，为接桃中之下品。

“大芙蓉”：形浑圆，色全白，故一名“大白桃”，夏末成熟，味甘而淡。又有“小芙蓉”，与此为同种，果实较小，亦曰“小白桃”。

“胭脂雪”：此为接桃中最美观的一种，红如胭脂，白如雪，红白相匀，说者所谓如美人颜，味不如“大易生”，而皮厚经久。此为桃类中价值最高者。

“铁巴子”：叶细小，故亦称“小叶子”，“铁巴子”谓不易摇落，既生摘亦须稍费力气，实小，味甘，现已绝种。另有“齐嘴红”一种，以状得名，不多见。

有一种所谓“磨枝”的，并非桃的另一种类，乃是紧靠着桃枝结果，因之被桃枝磨上了疤痕的桃子，奇怪处是这种桃子特别甘美，为担桃挑的桃贩所不取。但我们园里人则特意在枝叶间探寻“磨枝”来自己享用。为什么这种桃子会特别甘美呢，到现在也还不能明白。另有所谓“桃王”的，我想这大概只是一种传说罢了。据云“桃王”是一种特大的桃子，生在最繁密的枝叶间，长青不老，为一园之王，当然，一个桃园里也就只能有这么一个了。有“桃王”的桃园是幸福的，因为园里的桃子会

格外丰美,甚至可取之不竭。但假如有人把这"桃王"给摘掉了,则全园的桃子也将陨落净尽。这是奇迹,幼年时候每每费尽了工夫去发现"桃王",但从未发现过一次,也不曾听说谁家桃园里发现过。

桃是我们家乡的重要土产,有些人家是藉了桃园来辅助一家生活之所需的。这宗土产的推销有两种方法:一是靠了外乡小贩的运贩,他们每到桃季便肩了桃子在各处桃园里来往;另一种方法,就是靠着流过地方的两条河水了。当"大易生"和"胭脂雪"成熟的时候,附近两河的码头上是停泊了许多帆船的,从水路再转上铁路,我们的桃子是被送到其他城市人民的口上去了。我很担心,今后的桃园会更变得冷落,恐怕不会再有那么多吆吆喝喝的肩挑贩,河上的白帆也将更见得稀疏了吧。

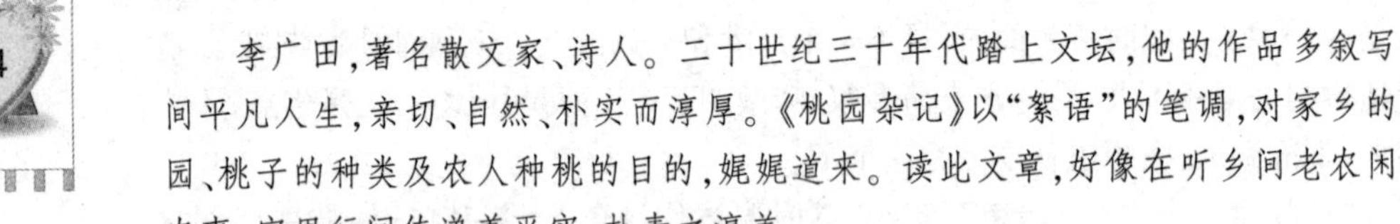

传淳美之神韵　抒悲凉之情调

◇赏析/李　霖

李广田,著名散文家、诗人。二十世纪三十年代踏上文坛,他的作品多叙写乡间平凡人生,亲切、自然、朴实而淳厚。《桃园杂记》以"絮语"的笔调,对家乡的桃园、桃子的种类及农人种桃的目的,娓娓道来。读此文章,好像在听乡间老农闲谈农事,字里行间传递着平实、朴素之淳美。

"我的故乡在黄河与清河两流之间","土质为白沙壤,宜五谷与棉及落花生等","无山,多树","盛产桃",寥寥数语,简单明了地介绍了家乡的地理环境,引出桃是家乡的主要作物。"故乡的桃李,是有着很好的景色的。"由此一句承上启下,然后把故乡的桃园盛景逐一呈现在读者眼前。布谷的和鸣、小屋、守园人、孩子们的嬉戏构成了一幅朴素和谐、生机盎然的乡村桃园图。然后,作者如数家珍,对家乡桃树的栽培、桃的种类进行了详尽的介绍,进一步展示家乡的桃园盛况。特别是插入"桃王"的传说,表达了农人对丰收年成的期待。最后,作者指出桃在家乡人民生活中所起的重要作用。

作者极力描摹家乡桃园的繁盛,实为桃园的衰落作铺垫的。作者拼命"鼓吹","实在是因为年头不好,连家乡的桃树也遭了末运,现在是一年年地逐渐稀少了下去","许多桃园都已变成了平坦的农田","土地都已衰老,不能再生新的桃树了","我很担心,今后的桃园会更变得冷落,恐怕不会再有那么多吆吆喝喝的肩挑贩,河上的白帆也将更见稀疏了吧",从作品中时时渗出的悲悯怅然的情调中,我们自然地感受出了当时中国乡村的凋敝。

夏天来了，萤火总是使人相思的，每一提起，心就驰骋到故乡的水涯草际去了。

萤　　火

◆文/吴其敏

一到初夏，我便常常忆起乡间生活在水涯草际的萤火虫。

乡中的夏天，可供恋念的事物很多，特别是儿时：捉蝌蚪，扑流萤，那种种乐趣，会使你怀思到老，拂拭不去永存心板的梦痕。

昆虫界中，我特别喜爱萤火，是有一段宿因的。

远在塾里启蒙时候，老师为了鼓励我们用功读书，常常给讲些"引锥刺股"、"凿壁借光"一类的故事，其中给我印象最深的是《晋书》上所记载的车胤"囊萤"故事，和《尚友录》上所记载的孙康"映雪"故事。车胤、孙康都是晋人，这使我想起晋时人物一股好学穷思的流风余韵，还是后话。但在当时，对于这两位家贫而苦学的人，因无油点灯，迫得要借助于夏天的萤火，与冬季的雪光，那份勤劬之情，却是由衷地加以崇拜的。也正因此爱屋及乌，对于"雪"和"萤"亦有了特殊的好感。

雪，儿时在故乡是无法见到的，光凭文字的描写或图画的摹绘得不到具体的印象，但萤火就不同了，每到夏秋，水涯草际，熠熠飞流，一自髫年，即成为我们的良伴。

聊斋的《连琐》篇中，有一首诗说是："元夜凄风却倒吹，流萤惹草复沾帏。"江南地方，早在初春时候，便有了惹草沾帏的萤火，可是在南国，非到初夏，萤火就不露脸为人所见。

夏天来了，不论在小院里，或在广庭中，尤其是那些林阴泽畔，有水有草，更是宜于流萤栖息的地方，点点紫光，和暗蓝的天壁上所镶嵌的星星，上下辉耀，情趣

是异样迷人的。

萤火不独可供贫而好学者“借光’，不独可供美丽的夏夜风光作了无上点缀，它本身还是一种有益于农事的昆虫，不论成虫与幼虫，都是以各种伤害稻麦的害虫为食料。我想这也许更是使它取得人们更亲厚更深刻的情感的因素之一。

总之，夏天来了，萤火总是使人相思的，每一提起，心就驰骋到故乡的水涯草际去了。

笔在流萤意在乡情

◇赏析／张　洁

《萤火》抒写的是一片思乡之情，它因初夏的萤火而起，被萤火点亮。

萤火是贯穿全文的中心意象，行文处处围绕这一中心意象进行：儿时可供恋念的事物之一便是扑流萤；映雪囊萤的美丽故事令我爱屋及乌，对萤火有了特殊的好感，熠熠飞流成为我的良伴；萤火装点了故乡的夏夜；这美丽的虫子还是一种有益于农事的昆虫，这使得人们对它的感情更亲厚更深刻。“总之，夏天来了，萤火虫总是使人相思的，每一提起，心就驰骋到故乡的水涯草际去了。”

文章篇幅短小，叙事简约空灵。表面上是在写萤火，写与萤火有关的故事，字里行间却涌动着一种令人感动的情感。这情感源于儿时童年生活的美好回忆，源于对故乡的思念。它们因萤火而引发，也为萤火所涵括。

是啊，乡野中长大的人，谁的记忆里没有流萤飞过呢？

家园的感觉何以如此？说不清。譬如在我生长的重庆——我心知凡是它能给予我的，其他地方也能给予；然而一切的给予，也代替不了家园。

家园落日

◆文/莫怀戚

很久以来，我都有种感觉：同是那个太阳，落日比朝阳更富爱心。

说不清楚这是因为什么，当然也可能是眼睁睁看它又带走一分岁月，英雄终将迟暮的惺惺惜惺惺，想到死的同时就想到了爱。

……这么说着我想起已到过许多地方，见过各种落日。

戈壁落日很大，泛黄古旧，半透明，边缘清晰如剪纸。此时起了风。西北一有风则苍劲，芨芨草用力贴紧了地，细沙水汽一般游走，从太阳那边扑面而来，所以感到风因太阳而起；恍惚之间，太阳说没了就没了，一身鬼气。

云海落日则很飘忽柔曼，宛若一颗少女心，落呀落，落到深渊了吧，突然又在半空高悬，再突然又整个不见了，一夜之后从背后起来。它的颜色也是变化的——我甚至见过紫色的太阳。这时候连那太阳是否属实都没有把握。

平原落日总是一成不变地渐渐接近地平线，被模糊的土地浸润似的吞食。吞到一半，人没了耐心，扭头走开。再回头，什么都没啦：一粒种子种进了地里。

看大海落日是在美国。或许因为是别人的太阳，总感到它的生分不遂意：你无论如何也看不到太阳是怎样浸进海水的，隔得还有一巴掌高吧，突然就粘在了一起——趁你眨眼的时候。这时美国朋友便骄傲地说，看，一颗水球在辉煌地接纳火球了。我说唔，唔唔。

说到底，我看得最多的，还是浅缓起伏的田野之上的落日。一说起它就想起庄稼和家园的落日，普通得就像一个人。

在我居住的中国川东，就是这种太阳。

我常常单骑出行，驻足国道，倚车贪看丘陵落日。

那地势的曲线是多层的，颜色也一一过渡，从青翠到浓绿，从浓绿到黛青，而最近夕阳之处一派乳白，那是盆地特有的雾霭。

似乎一下子静了一阵，太阳就这样下来了：红得很温和，柔软得像泡过水，让我无端想起少女的红唇和母亲的乳头。

有时候有如带的云霞绕在它的腰际。

有时候是罗伞般的黄桷树成了它的托盘。

农舍顶上如缕的炊烟飘进去，化掉了；竹林在风中摇曳，有时也摇进去了。

……当路人不顾这一切时，我很焦急，很想说，喂，看哪！

两只小狗在落日里追逐；老牛在落日里舐犊……有一天有一个老农夹在两匹马之间，在光滑的山脊上走进了太阳。马驮着驮子。老农因为老了，上坡时抓着前面的马尾巴。后面的马看见了，就将自己的尾巴不停地摇着。

我不禁热泪盈眶，一种无法描述的爱浸透全身。

这个迟暮的老农！他随心所欲的自在旷达让我羞愧……我突然想到就人生而言，迟暮只有一瞬，长的只是对迟暮的忧虑而已。

这个起伏田野上的落日啊……我曾经反复思索这种落日为什么特别丰富——曲线？层次？人物活动？抑或角度的众多？

最终承认：仅仅因为它是家园落日。

家园！这个毫无新意的单纯的话题！

家园的感觉何以如此？说不清。譬如在我生长的重庆——我心知凡是它能给予我的，其他地方也能给予；然而一切的给予，也代替不了家园。

关于这个，一切的学术解释都是肤浅、似是而非的。只能说，家园就是家园。

而人在家园看落日，万种感觉也许变幻不完，有一种感觉却生死如一：

那才是我的太阳啊！

因落日而思家园

◇赏析／冉彩虹

这篇散文是描写落日的，重点是描写了家园落日，并以此表达作者对家园的思念。

开篇作者就直抒胸臆——“同是那个太阳，落日比朝阳更富爱心。”表达了自己爱“落日”。接着全篇便以“落日”为线索，以一线串珠的方式连结起一幅幅各具特色、各具美感的落日美景图。戈壁落日一身鬼气，说没就没了；云海落日宛若一颗少女心变幻莫测；平原落日一成不变，但又转瞬即逝；在美国看的大海落日又让人生分不遂意；而田园落日呢，却是显现着自己浓厚的乡情乡貌。作者通过不同地域的落日来反衬了家园落日的独特美景和特异风格，同时也将重点放在了文章的重心——家园落日。

接着作者泼墨写了家园落日中的色彩，落日中的景物层次，落日中的人物活动……家园景物在作者的笔下，也呈现了绚丽变幻的色彩，高低起伏的层次，旷达质朴的乡亲……这些构成了作者对家园的情感所在。

最后作者以饱蘸深情的笔调表达了自己的感受“人在家园看落日，万种感觉也许变幻不完，有一种感觉却生死如一：那才是我的太阳啊！”是啊，对家园的依恋与热爱确实是一种与生俱来又难以割舍的情怀，它不随时空的改变而消失，反而会越来越浓，越来越醇。

有人说冰凌雨掩盖了肮脏，但那是一时的，而且好在它透明，有些还是看得见的。

冰 凌 雨

◆文/王佻军

鲁南地处南北之间，气象特殊，几乎每年都要遇到冰凌雨。

冰凌雨也称冰雨。冰雨多在早春，地面温度低于冰点而天空的暖云却凝成雨水落下。其时，天空成青灰色，云层厚重，蒙蒙的苍穹间有细雨刷刷下来，风却仍旧冷得侵人。倘若在更北些的地域，这雨说不定会变成雪；若是在更暖和的南方，地面没有这么冷，落雨也就流下沟壑，走了。这里不同：雨不断地下，雨水来不及流动即变成冰，且不断积累加厚。凡是雨水能落到的地方，皆有冰。

雨落在地上，冰把地面严严实实地封了起来。起初只是薄的一层，像玻璃，后就渐渐积累起来，变为汉白玉似的一层。在硬而且厚的冰上，看得见雨水流动时被凝固的线条。因为透明，被凝结的东西可以一目了然。半截枯草，一片黄叶，不规则的瓦片，褐色的土，全都一清二楚。杂物含在冰中，如流浪。

雨落在田野里，气象博大，蔚为壮观。冬耕过的茬地里，每块坷垃都被冰裹了起来，像一块块褐色的玛瑙割过的山草墩，锋利的茬口再不会尖锐扎人，它已变为古化石似的冰航子。两三寸高的麦苗，此时都变成一扎多高的冰锥。雨水慢慢将它们裹起来，本来细弱的麦苗就变成一根冰柱。放眼望去，麦田里排满了千百万根冰的尖矛，每一冰矛中又含着一片绿色的叶，实在天工造化成的亿万件奇妙玉雕！秋天播下切茗棉子的棉田里，未曾及时拔除的棉柴如今全变成晶莹的冰棍，连山坡上的草根也变为一根根突起的“白玉钉子”，乡人称之为“地钉”。

雨落在树上，树干和枝条全都被冰封个严实。树干像一根玉柱，艰难于摇动。

稍微细弱的树枝兀自在风中摇摆着满头的玉石首饰,丁零零作响。摇动的树冠上不时有碰断的冰落下来,行人须小心提防。树冠尤其苦,它的每一细小枝条都已变成比拇指还粗的冰棒,看上去有些像实验室里刷试管的白刷子,重量却远远超出枝条本身几十倍。弱脆如白杨、洋槐、柳树、椿树者,因承受不了大自然过于厚重的赏赐,其枝条不断被冰累赘折断。另有柔韧些的,如榆和桑,虽负重但却不被折断,树冠拖着冰的"头发"弯下来,直垂到地面,连碗口粗的树干也能一弓到地,像一位扑地悲泣的玉人!此前削过丫枝的树木稍好些,被冰裹着的干看上去反比先前更显坚实。满树冰枝在风中摇摆,闪着光、发着清脆的音,悦耳而又悦目,像挂满首饰的美人。

风吹雨水,溅在墙上,墙变为一面面巨大的冰镜。房上的草和瓦也滑溜闪亮,宛如铺了琉璃。麻雀儿惊叹这气象的雄奇,四下里梭巡,却难以在树上和房上站住,光溜溜的冰世界让它们不时地滑倒。飞鸟中有些没有营巢的,如大雁,遇到这样的冰雨,就显得分外悲惨,叫声中带了哭音。冰结在它们的羽毛上,不能继续飞翔,又怕被人发现,只好趴在地上,等待化冰的天机。逢到这样的日子,就有人去野外寻觅被冰雨冻坏的雁和鸟。那搜寻其实是辛苦至极的,因为每行一步都可能滑倒,非常艰难。

冰凌雨惠顾过的城镇,更为壮观。楼房在阳光下闪耀着寒冷的亮光,马路变为溜冰场。一切机动车都不得不停止行驶,电线被冰纷纷拽断。整个城镇就如童话书里那些中了魔法的城堡。人们龟缩在家里,不得出门。与煤炉连接的烟囱冒着黄的和白的烟,和冰清玉洁的世界不相协调。没有贮下米、煤和菜的人家此时有些不安,打听谁家储存的粮食多预先打招呼借一些用。孩子们却是高兴,无处不在的溜冰场给他们提供了疯狂玩耍的机会和空间,有的还把冰含在嘴里,品尝到处都是且不要钱的冰棍!整个世界此时都免除了一种灾难——火灾。多巧妙多狡猾的纵火犯此时也束手无策,因为他们什么都点不着。

冰凌雨过,行人多结伴出门。倘若某人摔伤,另一人可以拖他(她)回来。这不很难,只消拉着那人的衣服,稍用力就能拖得动——到处都是冰啊。乡村平时难见男女挽手而行的,惟有这时可以破例。少男少女乘机互相串门,拉手而行也不会被长者笑话。也有青年人做好事的:为老人汲水,把路上的冰铲开,在窄道或冰上打些坑。艰难的环境里,人懂得互相救助。人们把鱼肉之类挂在露天里,让自然帮着做些"冰罐头"。把这些食物挂在阴冷的夹道里,几十天不坏。寒冷可以防止腐烂,人们也懂得利用天时。

电线断得严重,几乎无一幸免!冰凌雨一过,公家就雇了临时工,加紧修复被

天气破坏的通讯系统。因为天冷、风寒、冰滑，容易摔倒受伤，临时工的工资都相当高。闲着也是闲着，农民算下来还是愿意做的。无工可做的，就整理自家院落。少年们把坠断的树枝拉回家里，大人将门口的路修好，小孩子在冰上打陀螺。有些人烤了土和沙子，到处撒。面对不堪重负的树冠，主人手持长竿不停地敲打。敲打时需戴头盔。没有头盔的，就只好在头上扣了柳条篼子，做成简朴的保险。冰棍儿和树枝子一起落在篼子和头盔上，咚咚的响。被冰凌压弯了腰的榆树和桑树们，即使枝条上的冰被打碎后也还不能马上直立，如长期受压迫的人，即使自由了解放了也还不能立即恢复精神的自立。只有等冰凌融化后，树才能直立，显示出向天和向地的本性来。冰凌一化，房檐上就有水流下来。天过晌，日头弱了，檐上的水又变成一条条冰的剑，乡人称之为"琉璃簪"。这在各地都可见到，不足为奇了。

逢到冰凌雨，我便高兴。本来不起眼的早春因了冰凌而美轮美奂。大自然在几小时内变成另一番基调，给我们展现了伟大的力量和神奇的美。冰凌雨的世界，寒冷然而透明，摧残同时装点，给人困难又给人锻炼！雨过天晴，阳光灿烂，到处是烁目的光点和光箭，不敢正视却又很想饱个眼福。冰凌雨满足了我渴望透明的愿望，即使寒冷也不在乎。有人说冰凌雨掩盖了肮脏，但那是一时的，而且好在它透明，有些还是看得见的。

好一场冰凌雨

◇赏析／冉彩虹

读过不少关于雨的文字，也感受过雨的万种风情，但冰凌雨还是第一次听说，读着王佻年的这篇文章，品味着冰凌雨的美丽，不禁深深地喜欢上了这冰凌雨。

文章首先交代了形成冰凌雨的气候条件，"冰雨多在早春，地面温度低于冰点而天空的暖云却凝成雨水落下"，"雨不断地下，雨水来不及流动即变成冰，且不断积累加厚"，寥寥几笔就将一个复杂的天气状况很明晰地表达了出来。从这点我们可以窥见作者文字功底的深厚及知识面的广博，这也是写好文章的关键之处。

接着用几个段落分别描绘了冰凌雨在不同地方所形成的景象。分别是"雨落在地上，冰把地面严严实实地封了起来"、"雨落在田野里，气象博大，蔚为壮观"、"雨落在树上，树干和枝条全部被冰封个严实"和"风吹雨水，溅在墙上，墙变为一面面巨大的冰镜"。描写这些景象时，作者采用了比喻、拟人等修辞手法，使文章更

为生动、传神。

这时不禁会想,这冰凌雨会给人们带去什么影响呢?接着将文章读下去,才发现作者已经给出了答案——“人们龟缩在家里,不得出门”、“孩子们却是高兴,无处不在的溜冰场给他们提供了疯狂玩耍的机会和空间”。这人与前面的景相结合,有动有静,更显得画面的完整。

全文给人的感觉是非常平静而美好的,通过作者用文字描绘的一幅幅画面,我们可以看到冰凌雨的美。

接着听见了它有力的鸣声，如同一个巨大的心的呼号，或是在黑暗里寻找伴侣的叫唤。

雨　　前

◆文/何其芳

最后的鸽群带着低弱的笛声在微风里划一个圈子后，也消失了。也许是误认这灰暗的凄冷的天空为夜色的来袭，或是也预感到风雨的将至，遂过早地飞回它们温暖的木舍。

几天的阳光在柳条上撒下的一抹嫩绿，被尘土埋掩得有憔悴色了，是需要一次洗涤。还有干裂的大地和树根也早已期待着雨。而却迟疑着。

我怀想着故乡的雷声和雨声。那隆隆的有力的搏击，从山谷反响到山谷，仿佛春之芽就从冻土里震动，惊醒，而怒茁出来。细草样柔的雨声又以温柔之手抚摩它，使它簇生油绿的枝叶而开出红色的花。这些怀想如乡愁一样萦绕得使我忧郁了。我心里的气候也和这北方大陆一样缺少雨量，一滴温柔的泪在我枯涩的眼里，如迟疑在这阴沉的天空里的雨点，久不落下。

白色的鸭也似有一点烦躁了，有不洁的颜色的都市的河沟里传出它们焦急的叫声。有的还未厌倦那船一样的徐徐地划行。有的却倒插它们的长颈在水里，红色的蹼趾伸在尾后，不停地扑击着水以支持身体的平衡。不知是在寻找沟底的细微的食物，还是贪那深深的水里的寒冷。

有几个已上岸了。在柳树下来回地作绅士的散步，舒息划行的疲劳。然后参差地站着，用嘴细细地抚理它们遍体白色的羽毛，间或又摇动身子或扑展着阔翅，使那缀在羽毛间的水珠坠落。一个已修饰完毕的，弯曲它的颈到背上，长长的红嘴藏没在翅膀里，静静合上它白色的茸毛间的小黑睛，仿佛准备睡眠。可怜的小动物，

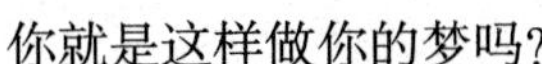

你就是这样做你的梦吗?

我想起故乡放雏鸭的人了。一大群鹅黄色的雏鸭游牧在溪流间。清浅的水,两岸青青的草,一根长长的竹竿在牧人的手里。他的小队伍是多么欢欣地发出啁啾声,又多么驯服地随着他的竿头越过一个田野又一个山坡!夜来了,帐幕似的竹篷撑在地上,就是他的家。但这是怎样辽远的想像啊!在这多尘土的国土里,我仅只希望听见一点树叶上的雨声。一点雨声的幽凉滴到我憔悴的梦,也许会长成一树圆圆的绿阴来覆荫我自己。

我仰起头。天空低垂如灰色的雾幕,落下一些寒冷的碎屑到我脸上。一只远来的鹰隼仿佛带着怒愤,对这沉重的天色的怒愤,平张的双翅不动地从天空斜插下,几乎触到河边对岸的土阜,而又鼓扑着双翅,作出猛烈的声响腾上了。那样巨大的翅使我惊异。我看见了它两肋间斑白的羽毛。

接着听见了它有力的鸣声,如同一个巨大的心的呼号,或是在黑暗里寻找伴侣的叫唤。

然而雨还是没有来。

立体的文字浓重的乡愁

◇赏析／张 洁

何其芳是我国现代著名诗人、散文学和文艺理论家。他的散文集《画梦录》，以诗化的意境、散文诗样的语言、精致的结构、柔和的语调、秾丽的色彩、真挚而沉郁的感情，"超过深渊的情趣"，为抒情散文开辟了一片新的园地。《雨前》就是《画梦录》中有代表性的一篇。

这是一篇具有绘画美的散文。读它，我们感觉不是在读平面的文字，而是在欣赏一幅质感很强的油画。柳条的嫩绿、乳鸭的洁白、花朵的殷红与天空的灰暗形成色彩上的反差；柔顺的小鸭与愤怒搏击的鹰隼形成一静一动的强烈对比。作者以生动细致的笔墨描绘的这幅乡村欲雨图，意境开阔，实景与幻境交融。就在这风雨将至之时，作者伫立在北方干裂的大地上，情不自禁地怀想起秀丽的江南故乡。故乡的溪流，故乡的青草，故乡的山坡，故乡的竹篷，故乡的牧鸭人……都在作者的记忆里清晰起来。雨，成为了一种象征，一种喻意，一种悬念。与乌黑的云一样浓重的是作者的乡愁，与北方大陆一样少雨的是作者心里的气候，与作者的渴盼同步的是读者被激发起的渴求。

就在读者的情绪被调到极高处时，文章在一个一落千丈的低回中戛然而止——"然而雨还是没有来"，启发读者不尽的想像和思考。

家园如梦

回家的感觉，细碎的、温暖的、潮湿的感觉，穿透了我们已经麻木而冷漠的心。回家不再是一种行动，它越来越虚化成为一种感觉。细腻而绵长的感觉，连缀着我们的一生一世。

乡愁是美学，不是经济学。思乡不需要奖赏，也用不着和别人竞赛。

脚　　印

◆文/王鼎钧

乡愁是美学，不是经济学。思乡不需要奖赏，也用不着和别人竞赛。我的乡愁是浪漫而略近颓废的，带着像感冒一样的温柔。

你该还记得那个传说，人死了，他的鬼魂要把生前留下的脚印一个一个都拣起来。为了做这件事，他的鬼魂要把生平经过的路再走一遍。车中船中，桥上路上，街头巷尾，脚印永远不灭。纵然桥已坍了，船已沉了，路已翻修铺上柏油，河岸已变成水坝，一旦鬼魂重到，他的脚印自会一个一个浮上来。

想想看，有朝一日，我们要在密密的树林里，在黄叶底下，拾起自己的脚印，如同当年拣拾坚果。花市灯如昼，长街万头攒动，我们去分开密密的人腿拣起脚印，一如当年拾起挤掉的鞋子。想想那个湖！有一天，我们得砸破镜面，撕裂天光云影，到水底去收拾脚印，一如当年采集鹅卵石。在那个供人歌舞跳跃的广场上，你的脚印并不完整，大半只有脚尖或只有脚跟。在你家门外窗外后院的墙外，你的灯影所及你家梧桐的阴影所及，我的脚印是一层铺上一层，春夏秋冬千层万层，一旦全部涌出，恐怕高过你家的房顶。

有时候，我一想起这个传说就激动，有时候，我也一想起这个传说就怀疑。我固然不必担心我的一肩一背能负载多少脚印，一如无须追问一根针尖上能站多少天使，可是这个传说跟别的传说怎样调和呢，末日大限将到的时候，牛头马面不是拿着令牌和锁链在旁等候出窍的灵魂吗，以后是审判，是刑罚，他哪有时间去拣脚印；以后是喝孟婆汤，是投胎转世，他哪有能力去拣脚印。鬼魂怎能如此潇洒、如此

淡泊,如此个人主义?好,古圣先贤创设神话,今圣后贤修正神话,我们只有拆开那个森严的故事结构,容纳新的传奇。

我想,拣脚印的情节恐怕很复杂,超出众所周知。像我,如果可能,我要连你的脚印一并收拾妥当。如果拣脚印只是一个人最末一次余兴,或有许多人自动放弃,如果事属必要,或将出现一种行业,一家代拣脚印的公司。至于我,我要拣回来的不止是脚印。那些歌,在我们唱歌的地方,四处有抛掷的音符,歌声冻在原处,等我去吹一口气,再响起来。那些泪,在我流过泪的地方,热泪化为胶,倒流入腔,凝成铁心钢肠,旧地重临,钢铁还原成浆还原成泪,老泪如陈年旧酿。人散落,泪散落,歌声散落,脚印散落,我一一仔细收拾,如同向夜光杯中仔细斟满葡萄美酒。

也许,重要的事情应该在生前办理,死后太无凭,太渺茫难期。也许拣脚印的故事只是提醒游子在垂暮之年作一次回顾式的旅行,镜花水月,回首都有真在。若把平生行程再走一遍,这旅程的终结,当然就是故乡。

人老了,能再年轻一次吗?似乎不能,所有的方士都试验过,失败了。但是我想有个秘方可以再试,就是这名为拣脚印的旅行。这种旅行和当年逆向,可以在程序上倒过来实施,所以年光也仿佛倒流。以我而论,我若站在江头江尾想当年名士过江成鲫,我觉得我二十岁。我若坐在水穷处、云起时看虹,看上帝在秦岭为中国人立的约,看虹怎样照着皇宫的颜色给山化妆,我十五岁。如果我赤足站在当初看蚂蚁打架看鸡上树的地方让泥地由脚心到头顶感动我,我只有六岁。

当然,这只是感觉,并非事实。事实在海关关员的眼中,在护照上。事实是访旧半为鬼,笑问客从何处来。但是人有时追求感觉,忘记事实,感觉误我,衣带渐宽终不悔。我感觉我是一个字,被批判家删掉,被修辞学家又放回去。我觉得紧身马甲扯成碎片,舒服,也冷。我觉得香肠切到最后一刀,希望是一盘好菜。我有脚印留下吗,我怎么觉得少年十五二十时腾云驾雾,从未脚踏实地?古人说,读书要有被一棒打昏的感觉,我觉得"还乡"也是,四十年万籁无声,忽然满耳都是还乡,还乡,还乡——你还记得吗?乡间父老讲故事,说是两个旅行的人住在旅店里,认识了,闲谈中互相夸耀自己的家乡有高楼。一个说,我们家乡有座楼,楼顶上有个麻雀窝,窝里有几个麻雀蛋。有一天,不知怎么,窝破了,这些蛋在半空中孵化,幼雀破壳而出,还没等落到地上,新生的麻雀就翅膀硬了、可以飞了。所以那些麻雀一个也没摔死,都贴地飞行,然后一飞冲天。你想那座高楼有多高?愿你还记得这个故事。你已经遗忘了太多的东西。忘了故事,忘了歌,忘了许多人名地名,怎么可能呢,那些故事,那些歌,那些人名地名,应该与我们的灵魂同在,与我们的人格同在。你究竟是怎样使用你的记忆呢。

……那旅客说：你想我家乡的楼有多高？另一个旅客笑一笑，不温不火，我们家乡也有一座高楼，有一次，有个小女孩从楼顶上掉下来了，到了地面上，她已长成一个老太太。我们这座楼比你们那一座，怎么样？

当年悠然神往，一心想奔过去看那样高的楼，千山万水不辞远。现在呢，我想高楼不在远方，它就是故乡，我一旦回到故乡，会恍然觉得当年从楼顶跳下来，落地变成了老翁。真快，真简单，真干净！种种成长的痛苦，萎缩的痛苦，种种期许种种幻灭，生命中那些长跑长考长歌长年煎熬长夜痛哭，根本没有时间也没有机会发生，“昨日今我一瞬间”，间不容庸人自扰。这岂不是大解脱，大轻松，这是大割大舍大离大弃，也是大结束大开始。我想躺在地上打个滚儿恐怕也不能够，空气会把我浮起来。

浪漫而颓废的乡愁

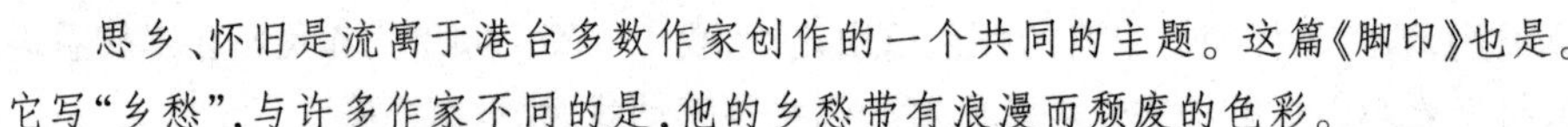

◇赏析／张　洁

思乡、怀旧是流寓于港台多数作家创作的一个共同的主题。这篇《脚印》也是。它写“乡愁”，与许多作家不同的是，他的乡愁带有浪漫而颓废的色彩。

“我的乡愁是浪漫而略近颓废的，带着像感冒一样的温柔。”作者开篇就声明自己的乡愁的特点。这句话是《脚印》一文的文眼，也是贯穿全文的基调。

作者由一个古老的民间传说——死后鬼魂“收脚印”写起，并由此引出极带浪漫色彩的设想；接着，作者又否定了这个“太无凭”“太渺茫难期”的故事，从而又想像出一个“秘方”，但作者自己又否定了。于是又简洁地写出了另一个故事。至此，文章急遽以“当年悠然神往，一心想奔过去看那样高的楼，千山万水不辞远。现在呢，我想高楼不在远方，它就是故乡”这样充满思辨哲理的话引出“昨日令我一瞬间”的感慨，点出“颓废”的具体内涵——岁月流逝，人物皆非，人生苦短，乡愁难遣……

作者对“脚印”和“拾脚印”的描述精彩之至，将种种“拾脚印”写得酣畅淋漓。

行文中插进第二人称，直接对读者述说，使“脚印”这一平面概念，在读者心中形成了一种具有立体感的意境；而将“思乡”这种抽象的情感，具体化为“拾脚印”、“高楼”等一些动作和物象，更容易引起读者共鸣。

每个人的心里，都有一方魂牵梦萦的土地。得意时想到它，失意时想到它。逢年逢节，触景生情，随时随地想到它。

乡土情结

◆文/柯　灵

君自故乡来，应知故乡事。
来日绮窗前，寒梅著花未？

——王维

每个人的心里，都有一方魂牵梦萦的土地。得意时想到它，失意时想到它。逢年过节，触景生情，随时随地想到它。海天茫茫，风尘碌碌，酒阑灯灭人散后，良辰美景奈何天，洛阳秋风，巴山夜雨，都会情不自禁地惦念它。离得远了久了，使人愁肠百结："客舍并州已十霜，归心日夜忆咸阳；无端又渡桑乾水，却望并州是故乡。"好不容易能回家了，偏又忐忑不安："岭外音书断，经冬复历春。近乡情更怯，不敢问来人。""异乡人"这三个字，听起来音色苍凉；"他乡遇故知"，则是人生一快。一个怯生生的船家女，偶尔在江上听到乡音，就不觉喜上眉梢，顾不得娇羞，和隔船的陌生男子搭讪："君家居何处？妾住在横塘。停船暂借问，或恐是同乡。"辽阔的空间，悠邈的时间，都不会使这种感情褪色：这就是乡土情结。

人生旅途崎岖修远，起点站是童年。人第一眼看见的世界——几乎是世界的全部，就是生我育我的乡土。他开始感觉饥饱寒暖，发为悲啼笑乐。他从母亲的怀抱，父亲的眼神，亲族的逗弄中开始体会爱。但懂得爱的另一面——憎和恨，却须在稍稍接触人事以后。乡土的一山一水，一虫一鸟，一草一木，一星一月，一寒一暑，一时一俗，一丝一缕，一饮一啜，都深化为童年生活的血肉，不可分割。而且可

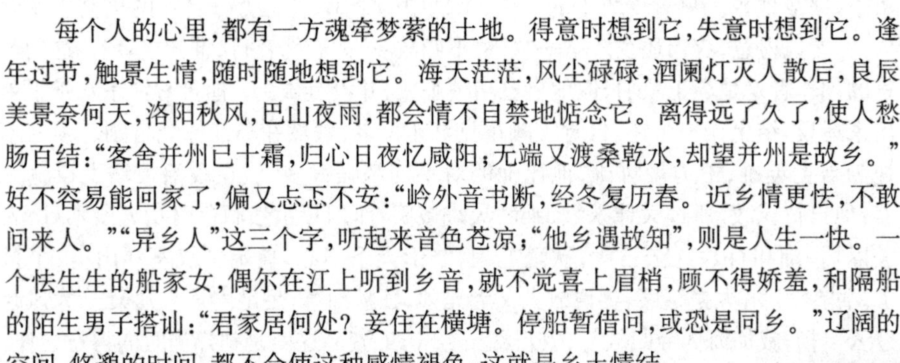

能祖祖辈辈都植根在这片土地上，有一部悲欢离合的家史，在听祖母讲故事的同时，就种在小小的心坎里。邻里乡亲，早晚在街头巷尾、桥上井边、田塍篱角相见，音容笑貌，闭眼塞耳也彼此了然，横竖呼吸着同一的空气，濡染着同一的风习，千丝万缕沾着边。一个人为自己的一生定音定调定向定位，要经过千磨百折的摸索，前途充满未知数，但童年的烙印，却像春蚕作茧，紧紧地包着自己，又像文身的花纹，一辈子附在身上。

"金窝银窝，不如家里的草窝。"但人是不安分的动物，多少人仗着年少气盛，横一横心，咬一咬牙，扬一扬手，向恋恋不舍的家乡告别，万里投荒，去寻找理想，追求荣誉，开创事业，富有浪漫气息。有的只是一首朦胧诗，——为了闯世界。多数却完全是沉重的现实主义格调：许多稚弱的童男童女，为了维持最低限度的生存要求，被父母含着眼泪打发出门，去串演各种悲剧。人一离开乡土，就成了失根的兰花，逐浪的浮萍，飞舞的秋蓬，因风四散的蒲公英，但乡土的梦，却永远追随着他们。"慈母手中线，游子身上衣"，这根线的长度，足够绕地球三匝，随卫星上天。

浪荡乾坤的结果，多数是少年子弟江湖老，黄金、美人、虚名、实惠，都成了竹篮打水一场空。有的傺无聊，铩羽而归。有的春花秋月，流连光景，"未老莫还乡，还乡须断肠。"有的倦于奔竞，跳出名利场，远离是非地，"只应守寂寞，还掩故园扉。"有的素性恬淡、误触尘网，不愿为五斗米折腰，归去来兮，种菊东篱，怡然自得。——但要达到这境界，至少得有几亩薄田，三间茅舍作退步，否则就只好寄人篱下，终老他乡。只有少数中的少数，个别中的个别，在亿万分之一的机会里冒险成功，春风得意，衣锦还乡。——"富贵不归故乡，如衣绣夜行，谁知之者！"这句名言的创作者是楚霸王项羽，但他自己功败垂成，并没有做到。他带着江东八千子弟出来造反，结果无一生还，自觉无颜再见江东父老，毅然在乌江慷慨自刎。项羽不愧为盖世英雄，论力量对比，他比他的对手刘邦强得多，但在政治策略上棋输一着：他自恃无敌，所过大肆杀戮，乘胜火烧咸阳；而刘邦虽然酒色财货无所不好，入关以后，却和百姓约法三章，秋毫无犯，终于天下归心，奠定了汉室江山，当了皇上。回到家乡，大摆筵席，宴请故人父老兄弟，狂歌酣舞，足足闹了十几天。"大风起兮云飞扬，威加海内兮归故乡，安得猛士兮守四方！"这就是刘邦当时的得意之作，载在诗史，流传至今。

灾难使成批的人流离失所，尤其是战争，不但造成田园寥落，骨肉分离，还不免导致道德崩坏，人性扭曲。刘邦同项羽交战败北，狼狈逃窜，为了顾自己轻车脱险，三次把未成年的亲生子女狠心从车上推下来。项羽抓了刘邦的父亲当人质，威胁要烹了他，刘邦却说：咱哥儿们，我爹就是你爹，你要是烹了他，别忘记"分我杯

羹”。为了争天下，竟可以丧心病狂到这种地步！当然，战争有正义与非正义之分，“国家兴亡，匹夫有责”；“匈奴未灭，何以家为”；“四方丈夫事，平生铁石心”；“男儿何不带吴钩，收取关山五十州”，都是千古美谈。但正义战争的终极目的，正在于以战止战，缔造和平，而不是以战养战、以暴易暴。比灾难、战争更使人难以忘怀的，是放逐：有家难归，有国难奔。屈原、贾谊、张俭、韩愈、柳宗元、苏东坡，直至康有为、梁启超，真可以说无代无之。——也许还该特别提一提林则徐，这位揭开中国近代史开宗明义第一章的伟大爱国前贤，为了严禁鸦片，结果获罪革职，遣戍伊犁。他在赴戍登程的悲凉时刻，口占一诗，告别家人：“苟利国家生死以，岂因祸福避趋之。谪居正是君恩厚，养拙刚于戍卒宜。”百年后重读此诗，还令人寸心如割，百脉沸涌，两眼发酸，低回欷歔不已。

安土重迁是中华民族的传统，我们祖先有个根深蒂固的观念，以为一切有生之伦，都有返本归元的倾向：鸟恋旧林，鱼思故渊，胡马依北风，狐死必首丘，树高千丈，落叶归根。有一种聊以慰情的迷信，还以为人在百年之后，阴间有个望乡台，好让死者的幽灵在月明之夜，登台望一望阳世的亲人。但这种缠绵的情致，并不能改变冷酷的现实，百余年来，许多人依然不得不离乡背井，乃至漂洋过海，谋生异域。在清代，出国的华工不下一千万，足迹遍于世界，新兴资本主义国家的金矿、铁路、种植园里，渗透了他们的血汗。美国南北战争以后，黑奴解放了，我们这些黄皮肤的同胞，恰恰以刻苦、耐劳、廉价的特质，成了奴隶劳动的后续部队，他们当然做梦也没有想到什么叫人权。为了改变祖国的命运，孙中山领导的革命运动发轫于美国檀香山，第一代中国共产党人，很多曾在法国勤工俭学。改革开放后掀起的出国潮，汹涌澎湃，方兴未艾。还有一种颇似难料而其实易解的矛盾现象：鸦片战争期间被清王朝割弃的香港，经过一百五十年的沧桑世变，终于回到了祖国的怀抱，这是何等的盛事！而不少生于斯、食于斯、惨淡经营于斯的香港人，却看作“头上一片云”，宁愿抛弃家业，纷纷作移民计。这一代又一代炎黄子孙浮海远游的潮流，各有其截然不同的背景。色彩和内涵，不可一概而论，却都是时代浮沉的侧影，历史浩荡前进中飞溅的浪花。民族向心力的凝聚，并不取决于地理距离的远近。我们第一代的华侨，含辛茹苦，寄籍外洋，生儿育女，却世代翘首神州，不忘桑梓之情，当祖国需要的时候，他们都作了慷慨的奉献。香港蕞尔一岛，从普通居民到各业之王、绅士爵士、翰苑名流，对大陆踊跃输将，表示休戚相关、风雨同舟的情谊，是近在眼前的动人事例。“美不美，故乡水，亲不亲，故乡人。”此中情味，离故土越远，就体会越深。

科学进步使天涯比邻，东西文化的融会交流使心灵相通，地球会变得越来越

小。但乡土之恋不会因此消失。株守乡井，到老没见过轮船火车；或者魂丧域外，飘泊无归的现象，早该化为陈迹。我们应该有鹏举鸿飞的豪情，鱼游濠水的自在，同时拥有温暖安稳的家园，还有足以自豪的祖国，屹立于现代世界文明之林。

潇洒从容的《乡土情结》

◇赏析／张　洁

柯灵的散文笔力矫健，节奏明快，悦人耳目。《故土情结》更显其散文家的潇洒和诗人的从容。

作者思维敏捷，笔意纵横驰骋。一篇两千多字的文章，引用的表达乡土情结的古诗文就涉及十几篇，且毫无堆砌繁复之感，如同丁当作响的玉铃摇缀于锦帛之间。归乡人近乡情更怯，船家妇女喜遇同乡，慈母连着游子心，归隐者独守寂寞田园……一路写来，满纸乡愁。楚霸王的慷慨激昂，最终却"无颜见江东父老"；刘邦的心狠手辣、老谋深算终得荣归故里。拭去历史的风尘，乱世英雄共同的乡土情结凸现。而天下之争又使人们卷入战争之中，流离失所，不得终老故土。权利倾轧又使多少名流不得不弃家弃国。作者的故土情结，已不是简单的思念故土，而是将触角伸向历史的纵深处，剖析战争与和平、正义与邪恶。作者所谈的背井离乡，已上升到民族、国家的高度。"世代翘首神州，不忘桑梓之情"，"温暖安稳的家园，足以自豪的祖国"才是更高层次上的乡土情结。这是每一个炎黄子孙不能背弃的情结，必须继承的情结，也是汇聚民族精神、实现民族复兴所必需的情结。弘扬民族精神，唤起慷慨奉献的雄心的主旋律，在这里奏响。

文中妙语连珠，"失根的兰花，逐浪的浮萍，飞舞的秋蓬，因风四散的蒲公英"等比喻形象生动；整句与散句的结合，使文章语言节奏明快，具有音乐美；"巴山夜雨"、"洛阳秋风"、"良辰美景奈何天"等古诗词曲的意境在文中频频出现，大大丰富了文章的文化内涵，扩大了文章语言的张力和表现力，使文章具有一种诗意的美。

只有三年没有归过家的我，依旧在灯下，在老父催归的信旁，执笔写这一段"乡愁"，在这样的情形之下，任是怎样经过百战的英雄，正不必再听鹃声暮笛，也禁不住潸然要动归思了。

乡　　愁

◆文/叶灵凤

"梦里不知身是客，一晌贪欢。"

在与同年的朋友的哄然的谈笑中，能使我突然哑了口不开或悄悄地避走去的，除了那能触起我个人的悲怀的话以外，便是提到回家的事了。每提到了"家"，我总止不住黯然有感，不敢再谈下去。

并不是故园寥落，不堪回首，也不是蜀道难行，有家归未得。家园是雍雍穆穆，依旧保持着世家的风度；假若立意回家，而遥遥长途，也只消一列征车，指日可达。然而我总不敢听到旁人说起家中的事，我也从没有回过家乡。我之所以不愿回家，我是为……

写到此处，突然听见前面我的朋友的妹妹喊"母亲"的声音，我是什么也不敢再写下去了。

长夏多闲，同居的四位朋友，一位是有家在此，两位是已经回去，一位也预备待日起程。在这样的情景中，任是听过了多少遍春暮乌啼，经过了多少次劲疾的西风都木然无感的我，到此也不得不怦然心动了。我近日不知怎样的，突然思家，起了乡愁。

何况我抽斗中还叠着两封老父催归的家信。

信上说：父母老矣，倚闾甚殷，至望吾儿此夏能抽暇一行。须知君子务本，纲伦为重，吾儿置堂上于不顾，长年在外，纵学得满腹经纶，又奚益耶？余为此言，意非责儿，盖期念情深，遂不觉言之切矣。此函到后，至望吾儿乘暑假之闲，归家一行，

勿再使老父……

我确是心动了。按理我接到这样的信后，任是有怎样不能分身的事务，也必要勉力一行了，然而当我看了信后，我却悄悄地叹了一口气，忍住眼泪，将信重放在袋中，又低头读我未完的书了。

我是每日在思家，然而总不想真的回去。

一定有人在骂我怪癖了。是的，我确是不该，我领受一切的责训。

然而我自己终不明白我自己这矛盾的心理。我不知道我为什么一面在想家，一面又不肯回去。这尤其是在与大众谈笑的时候，我偶然听到他们提起家里的事，我想起我也是有家的人，我正是被倚闾期待着的早日归来的游子，我真有一种极渴烈依恋家庭生活的心，然而等我真的想挟起一两册书作归计的时候，我又在趔趄中将什么都消灭了。

便是这样，在这样矛盾的心理中，逝水的光阴无一刻的停留，我已三年未归家了。每同朋友闲谈，谈到故乡，我总是骄傲地夸耀我的故乡是怎样被称为"龙蟠虎踞，锁镇江南"，然而当一提到家里的事，我却只会默然无言地走开了。

我自己也不明白我怎么会变成了这样。

是三年飘泊，书剑无成，无颜归见家园父老？还是燕然未勒，锦衣未就，不甘这样默默地言旋？

一阵夜风，吹散了桌上凌乱的稿笺，给了我说明我对于这些疑问的否认。

然而，我究竟为什么呢？

我转眼望望老父的来书，我真愿抬高声回答这发问者："一点也不为什么，我明日就回去了。"我真应该这样决定。但是我知道，明日踏上了征车欣然回去的却正是我的朋友。我是依然……

早几日读Loti的《The romance of a spahi》，读到这位兵士在渴想家乡的时期，得到了可以回去的权利，却突然甘心与旁人调换，让了人家回去，自己依旧在荒酷的沙漠中作还乡的沉梦。我读到此地，不觉怵然惊起，难道这兵士别有存心的举动也染到了我的身上？

之所以不愿回家，是为了怕将怀乡的美梦撕破？是为了不愿使实现的感受将飘渺的情怀破坏？

啊啊！我低眼看了看桌上半展的信笺，我怎么也不忍心敢讲出这样自私的话。我只好推说事务忙碌了。

同居的上人此时都已在饮着天伦的乐杯，只有三年没有归过家的我，依旧在灯下，在老父催归的信旁，执笔写这一段"乡愁"，在这样的情形之下，任是怎样经

过百战的英雄,正不必再听鹃声暮笛,也禁不住潸然要动归思了。

然而我知道,假若我真的将车票购好握在手里的时候,我定是又有另一的心情了。于是我终于只好忍住已经要滴下的眼泪。

假若此时能有个足以征服我全部的人在我身旁,强迫着我登车,我或可战胜我自己的神秘。

思念是一种美丽

◇赏析/刘　阳

"去国怀乡"本是人之常情,而因为"不能分身的事务"无法回乡,这心情情有可原。然而作者在《乡愁》中反复诉说的,却是这样一层意思:"我是每日在思家,然而总不想真的回去。"为什么常"思家"却总不想"回家"呢?这种看似矛盾的思维给了文章一种独特的美感。

按常人之情理,"乡愁"乃是一种"愁"。正如文前引述李煜的词句,反衬无思乡之苦的快乐。然而作者却并不把"愁"当回事儿。纵观全文,揭示他不能踏上归乡之途的却是这么两句:"是为了怕将怀乡的美梦撕破","是为了不愿使实现的感受将飘渺的情怀破坏"。读者不禁要为作家的奇情异想所折服了:他宁肯守着不回家的现状,也不愿因为归乡而没有了怀乡之美!是啊,要是归乡一旦达成,"愁"又从何说起呢?思恋固然是一种苦楚,然而思恋又何尝不是一种美呢?如果没有了这份"思恋",生活中不是又少了一种味道,一种色彩吗?

这种情怀在常人眼里,似乎是不可理喻的。难怪作者会担心别人说他"自私""怪癖",甘愿"领受一切的责训"。然而作者确实不是一个拿感情当儿戏的不孝之子。他常常要看家书而流泪叹气,展信笺又不敢续写,想家人作归计却又趔趄止步了。作家是一个"真有一种极渴烈依恋家庭生活的心"的人。却又实在无法排遣这种"神秘"的思想,于是到最后,连作者自己"也不明白我怎样会变成了这样"。

世上有许多事也许并不如常人想像的那般顺理成章。个性独特的思维有时确实左右了一个人朝着不可思议的方向发展着。

然而这些于我有什么呢？我需要的却是一个慈祥的微笑，与一句痛爱的责骂！

乡　　愁

◆文/刘　宇

灯光从淡蓝的纸上射下来，落在我绯红色的台面上，这惨淡的，忧郁的光呀，我心在因你而怔忡了。

一切不容我回忆，一切不容我忏悔。在这短短的生命中，忧郁拉我陷落，希望又重新把我救起来；时间的变换，空间的迁移，在平时，我早已了然这惯常的飘泊的生活了。

我知道我自己只是一匹骆驼，孤独的，走上我沙漠的路，无论日与夜，风与沙，水草与荒漠，在每种情况下，我都在走着，走着。无目的，也无企图。在我的行程中，也并没有想到或许有人来践踏我在沙漠上所留下的足迹，也并不希求有一次意外的风来淹没这深深的记号，我的记号，那茫然与爽然所刻划的纹路。我只是走，走——无意识地走了，也许会无意识地停下呵！但谁能给我一次安闲的时间，使能宽裕的想到这些呢？

多年来的生活，使我够愁苦，也够悲伤了：在人群中，我曾披上缟衣，作过虚伪的说教者，也曾燃着火把，向黑暗中去找所谓的“光明”。但我从没得到什么——甚至连露珠也欺骗了我了！它在每一次晨曦中闪耀，然而也在每一次晨曦中消灭了。世间有的是欺骗，有的是幻与化。露珠算得什么，这不过是一个肤浅的象征而已。我并不因它而更感到悲哀。蠢蠢的，我仍然为着生活而生活着！

一切我都不回忆，一切我都不忏悔，但这小小的心情哟，终于使我挂念着白发苍然的父亲了！他给我生命，给我智慧，给我许多布尔乔亚的典型，与许多近于罗

曼斯的家风；使我把足迹留在每一个浮萍似的异地上，为着固有的范畴而奋斗。……然而他究竟是可爱的呵，感谢他给我这软弱的生命！他吩咐扬子江的水流，带我到这海滨，他又吩咐时代的风，吹我向天空中飞。然而他自己却一天一天地向衰老中沉落，向凄凉中侵袭。虽然近来我是没看到他。谅他额角的皱纹已被不幸刻划得很深了吧。

呵，父亲，你能把我儿时曾游过的太白山寄给我吗？你能把我曾经流连过的流杯池寄给我吗？你能把翠屏山上的那棵古桐寄给我吗？还有，还有，你能把你慈祥的笑也寄给我吗？浩浩的扬子江和巍巍的巫峡已把离别的墙筑高了！

听说故乡已被腥风膻雨笼罩着了。父亲，我知道在你的额角上，定会重新划上一些稀罕的世故吧。我知道你老是忧郁的，你常常想着衰颓的门根，也常常想着堕落的游子。呵，你萧条的心啦！

异地也有老人，也有如故乡那样美丽的山水，除了方言与习惯而外，一切人也如故乡的。然而这些于我有什么呢？我需要的却是一个慈祥的微笑，与一句痛爱的责骂！

“万里有家留百越，
十年无路到三秦。”

这心情多够人难过呵！

如果祈祷能如愿以偿的话，我祝灯光能带我的思念到你的身边来！我祝翠屏山上的那棵古桐移到我的眼前！

祈祷，为了思恋

◇赏析／李　霖

这篇散文是一篇直抒胸臆的作品，表现的是一种典型的乡思。就情感的表现来看，它是很有特色的。

第一，在作品中，个人经历的艰难坎坷与对故土和亲人的怀念，相成相生。文章开头，用“惨漠的，忧郁的光”渲染气氛，折射出作者生活环境的艰难和备受煎熬的感情，用灯光来触动作者敏感的情思。像一只骆驼在沙漠中孤独地行走，喻示作者艰难的人生道路，是铺写乡愁的准备，使读者越发感受到文中乡思的浓烈。故乡、亲情，是伤痕累累的心灵的慰藉，是沙漠中的一片绿洲。作者笔锋一转，顺理成

章地引出乡思——思念父亲、思念故土。感谢父亲“给我生命，给我智慧”，让“我”能够有人生的经历。而三个问句，通过与父亲的对话，把对故土的深情诉诸笔端，情真意切。异地也有老人，有山水，然而这种根深蒂固的感情岂能取代？刘宇的散文使我们意识到：对故土的思恋不是一种宗教式的情感，而是因为这是我们生长的地方，是我们人生的出发点，童年在这里消磨，世界在这儿初识，一草一木，一山一水，都留下了深深的记忆；我们在这里曾获得生命和智慧，梦幻与憧憬，由此使我们在飘泊远离之后，更懂得挫折和苦难，更理解人生和社会的进步与艰辛。——它终究是我们情感的根。

第二，作品不仅把乡思表现得曲折深致，语言也十分生动，富有诗意。例如，动词的使用，写露珠“在每次晨曦中闪耀”，“每一次晨曦中消失”，用自然界的露珠的“闪耀”与“消失”象征人世的欺骗，新颖而别致，形象而贴切，回忆故乡山水的四个“寄托”，语气恳切而强烈，很好地表现了作者的渴望之情。

草木可寄情，流水通人意。我只期南去的轻云，悄悄地悄悄地带去我这个豪奢的心愿……

豪奢之愿

◆文/叶文玲

乡思谁似我?身居中原二十余载,思乡梦摇摇漾漾。

梦儿万万千,梦中的情景和“道具”,却永远不曾改变:一条长长的古纤道,一叶小小的乌篷船。

我的故乡在浙南玉环,玉环虽然也是山青水绿小河长,船化靴鞋桨作杖。但我得承认,我这些梦,稍稍越了“境”,过了“线”。

梦是心头想。引发我作越境过线浪漫梦的,不是别的,乃是绍兴。

三十年前初离乡,路经的第一个古城是绍兴;三十年中来来去去,每每教我恋恋注目的地方,也是绍兴。

古纤道,乌篷船,菜花铄金,小河闪银,白墙黑瓦傍水居,山墙上镌着斗大的“福”……哦,绍兴,绍兴你是着意把江南水乡的风情画、人情味,浓缩成一杯杯醇酒,永远沉醉着我这个游子的心。

于是,每每铺笺忆江南,乌篷船,流水声,便翩然来至笔下,响在耳畔;于是,我吟东湖,怀兰亭,放歌高吟:“何处青山似越中?”于是,每有天南地北的文友来中原,我端上霉干菜、豆腐乳,斟满加饭、花雕、女儿红,把盏时,更忘不了得意洋洋的开场白:这是我们鲁迅先生的家乡饭,鉴湖女侠的家乡酒……

一语破天机。绍兴教我如此沉醉,不独泱泱风物,更因济济人杰,绍兴教我如此崇仰,不单因为她有帝王大禹和勾践,有书圣诗仙王羲之和陆游,更因为有女侠秋瑾和文豪鲁迅。

回归故乡圆了梦，年年殷情来绍兴。如今来绍兴，不为品古酒新醇，不为赏曲水流觞，只为她掀开的文化巨册呵，一页页，一页页，都从历史深层里，透出了沉雄馥郁的书香……

于是我认为，对于年年编织新篇章的绍兴，我这个来去匆匆客，自然毋庸说东道西，但得常常思着她，近近挨着她，哪怕只染一染她的浩荡之气，豪侠之风，哪怕只沾一沾她的灵光，就足够我一辈子歆享。

草木可寄情，流水通人意。我只期南去的轻云，悄悄地悄悄地带去我这个豪奢的心愿……

梦里水乡情

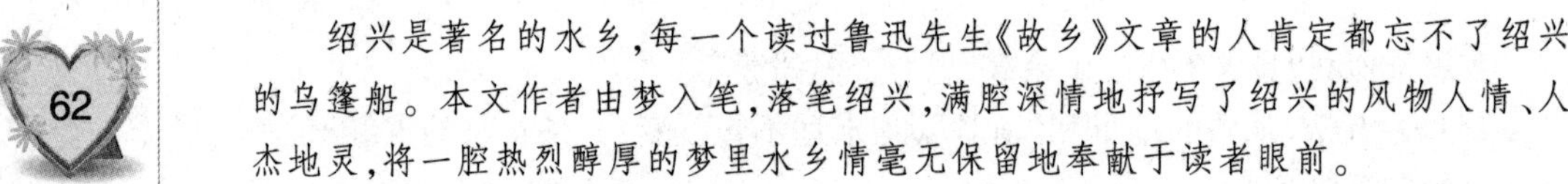

◇赏析／刘　阳

绍兴是著名的水乡，每一个读过鲁迅先生《故乡》文章的人肯定都忘不了绍兴的乌篷船。本文作者由梦入笔，落笔绍兴，满腔深情地抒写了绍兴的风物人情、人杰地灵，将一腔热烈醇厚的梦里水乡情毫无保留地奉献于读者眼前。

文章一开头就下笔不凡，一句设问道出了作者"摇摇漾漾"了二十余载的乡思梦。绍兴本不是作者的故乡，它除了具有故乡一样的古纤道、乌篷船外，因"三十年前初离乡，路经的第一个古城是绍兴；三十年中来来去去，每每教我恋恋注目的地方，也是绍兴"，所以作者将思乡的梦稍微有点"越境过线"。这种越境过线的思念进一步表明了作者思乡梦，水乡情的真切。

在谈到绍兴风物时，作者以清新而隽永的文风，犹如大笔写意，勾勒出绍兴水乡独有的醇味；用自然而似天籁的语言，犹如清风拂面，飘来了江南田野特有的馨香。绍兴在作者眼里已化作"一杯杯醇酒"，"永远沉醉着我这个游子的心"。

令作者"如此沉醉"它的不仅仅是绍兴的"泱泱风物"，更因了绍兴的"济济人杰"。在绍兴这片热土上，不仅有帝王大禹和勾践，有书圣诗仙王羲之和陆游，还更有女侠秋瑾和文豪鲁迅。"何处青山似越中？"绍兴，"从历史深层里，透出了沉雄馥郁的书香"。那飘荡于绍兴的"浩荡之气""豪侠之风"，使得作者完全沉醉了，不由做起"豪奢"的梦来，"哪怕只沾一沾她的灵光，就足够我一辈子歆享。"作品于此也显示出一定的深度。文章最后点题，使得这梦里水乡情得到了进一步深化。

那晚，在暮色朦胧中，我带着那颗悲怆的心，悄悄来到这知名的地方，也没有人认识我，没有人问我，你为了什么，在那里讴歌低吟！

寻　梦

◆文/（台湾）呼　啸

那晚，在暮色朦胧中，我悄悄来到这知名的地方。

这知名的山，是多少人向往的地方。这正是春天花开的季节，无论是晨曦初升，或晌午时分，或日暮黄昏，在花前，在树下，都有许多年轻的男女迷恋着他们讴歌的岁月，在这浓浓的夜色里，已寻求不着他们的踪影了。

我悄悄来了，那是山不知，树不知，花不知，但是，也没人知道我的名字，也没人知道我的心情。只有我知道自己，我是带着满怀的寂寞，带着满腔的悲愤，来对着那山高歌，那树低语，那花吟哦，这就是我要趁着暮色朦胧时悄悄来到这里的原因。

朦胧的山，我怀疑身在其中？朦胧的景物，它似幻似梦！

刹那间，雾来了，它像仙女穿着乳白蝉翼的轻纱，移动轻盈的脚步，飞舞在那树林、花丛之间，于是树也朦胧，花也朦胧了！眼帘外是一片的混沌，宛如掉落似幻似真的梦境。我清醒着，知道那不是在梦中，我悄悄来到这知名的地方，只是企望从现实中寻找梦境。

那雾像一只白色的巨蟒，拖着一条长长的躯体，绕着山中，绕着树中，绕着花中，飘荡着，旋转着，于是山像在动，树像在舞，花像在笑了！混混沌沌，懵懵懂懂中，好似我从真实中迷失，我敢纵情对山讴歌，对树低语，对花吟哦了！

山啊！那寂寞的夜晚，有谁听我讴歌？有谁听我低语？有谁听我吟哦？忽然我听到山的共鸣了，有春虫唧唧，有青蛙咽咽，凝神谛听，虫在鸣，蛙在噪，我再听不

到自己心里的声音了。

那晚，在暮色朦胧中，我带着那颗悲怆的心，悄悄来到这知名的地方，也没有人认识我，没有人问我，你为了什么，在那里讴歌低吟！

婉曲抒情亦幻亦真

◇赏析／黄　艳

《寻梦》表现的是思乡的主题。作者把“寻梦”与“思乡”联系起来，这种表现方法独具特色。他没有直抒胸臆，强烈地释放情感，而是婉曲抒情，把主题表现得很隐晦。

为什么“我”要“悄悄来到这知名的地方”？“我”是想来“对着那山高歌，那树低语，那花吟哦”，是“企望从现实中寻找梦境。”这里的“梦境”实指“故乡”。其实故乡在这里是找不到了，作者是想找到似曾相似的感觉，以此发泄思乡之情。怎样去“寻梦”呢？是“带着满怀的寂寞，带着满腔的悲愤”，“带着那颗悲怆的心来”的。“寂寞”、“悲愤”、“悲怆”，是作者此时此刻的情感反映。作者到“这知名的山”“寻梦”，“山不知，树不知，花不知”，“也没人知道我的名字，也没人知道我的心情”，这除了说明作者处境孤独，也说明作者思乡之情的隐蔽。“朦胧的山”、“朦胧的景物”、“似幻似梦”、“似幻似真”，既写出了梦境的特点，也表现了故乡实际上在这里是寻不着的，越发渲染了悲情。“有谁听我讴歌？有谁听我低语？有谁听我吟哦？”真是知交难觅。“没有人问我，你为了什么，在那里讴歌低吟”，这结语很深沉。不能回归故乡已使人愁肠百结；思乡无人理解更叫人伤感。

作者采用适合幻境的笔调，描绘了朦胧的情景，似虚似实，亦真亦幻，很好表现了作者悲苦的愁绪。

什么时候，对故乡的回忆里，夹杂了苦涩和痛楚，可是想起故乡时，我们还会有割舍不断的感动。

回　　家

◆文/章王君

在羁留异乡的日子里，回家是一种感觉。

茫茫人海，鳞次栉比的楼群，无意间听到的一个声音，或是偶然间瞥见的没有别人注意到的情景，让我们停下匆忙的脚步，在灯火阑珊处，蓦然回首。

我们突然间感到很孤独，又突然间知道自己不是孤身一人，在这个纷繁的世界上，我们来去匆匆，却不会无影无踪。那一刻，我们是那么的不堪一击，又是那么的坚韧无比。

难以用语言表述的感觉，没有开始，也没有结束，那是一种没有来由的触动，既可以让人喜极而泣，又可以让人欲哭无泪。如果它能发出声音，那声音一定是微弱而固执的；如果它能行走，那步履一定是蹒跚而执著的。可是它无声无息，短暂的刺痛，还没有伤口，就被异乡的声音和风景抚平。

虽然，我们早已属于他乡。在异乡人的眼里，我们早已属于这里。我们跟他们一样，操着同样的语音，追逐着同样的时尚。我们甚至比他们更像这里的主人，因为我们更关注这里的变化，小心翼翼地藏匿起外乡人的痕迹。在他乡我们又有了另外一个家，漂亮的房子，富足的生活，想到自己曾背井离乡的时候，庆幸也许远远多于伤感。可是被我们淡化了甚至遗弃了的故乡，又注定会在某一天清晰无比。我们曾经用生命的第一声啼哭和稚拙的童音呼唤过的土地，又注定会在某一时刻穿透时间和空间，呼唤着我们回家。

于是，我们回家。背着沉甸甸的行囊，和已经疲惫的心，一起回家。无论我们早

已功成名就，还是我们正在为生计奔波，当我们踏上回家的归途，我们会有着同样的冲动和期望。也许我们需要蜷缩在拥挤不堪的车厢里，也许我们要跋山涉水远渡重洋，只有在回家的那一天才发现，我们离开家已经走得太远。

我们回到了这里，我们和我们的祖先繁衍生息的地方。纤细的秋雨，细碎地敲打着破旧的古筝，我们听到了久违的乡音。尘封的窗户，却打开了遥远的记忆，我们曾站在这扇窗下，梦想着外面的世界。我们生在这里，却命中注定要离开这里，这是我们的幸运还是不幸？

我们用心触摸这里的一切。在遥远的他乡，我们曾用音符去编织她；我们曾用泪水去打磨她；她的每条小路应该铺满红叶，燃烧着诗情画意；她的空气里应该弥漫着醉人的酒香，浸染着离愁别绪。我们本来可以自然而然地走到她的面前，不知从什么时候开始，我们学会了刻意地寻求她感受她。可是，朴素的土地没有那么多的乡愁，对于那些依旧生活在这里的人们来说，他们甚至已经忘记了这里是他们的故乡。我们与我们的故乡之间，已经有了那么多格格不入的东西。在那么一天，一路风尘之后，倚在故乡的门槛边，也许会伤心地告诉自己：我离开了这里，再也无法回到这里。我们从哪里来？又要到哪里去？轻轻的一声叹息，却沉重得让人无法喘息。

我们在茫然中再次告别故乡。没有太多的依依不舍，我们甚至已经巴望着尽快离去。我们还未实现的梦想，被我们留在了他乡，还有太多的人太多的事，等着我们归去。

可是，当车轮启动的时候，我们便开始筹划起下一轮回家的行程。回家的感觉，又不知不觉涌上心头。故乡的景色还近在眼前，我们不知道，我们是舍不得离开这里，还是在盼望着再次回到这里？我们回家，毕竟不仅仅是为了成全那种感觉。

什么时候，对故乡的回忆里，夹杂了苦涩和痛楚，可是想起故乡时，我们还会有割舍不断的感动。也许在某一天，我们在故乡埋葬了最后一个亲人，我们不再有理由回到那里。可是在不经意间，我们还会拾起那种感觉。回家的感觉，细碎的、温暖的、潮湿的感觉，穿透了我们已经麻木而冷漠的心。回家不再是一种行动，它越来越虚化成为一种感觉。细腻而绵长的感觉，连缀着我们的一生一世。

我们回家，独自一人，或者带上我们浩浩荡荡的子孙。也许是在梦里，风雨飘零，我们又踏上了没有尽头的归途。

回家是一种感觉

◇赏析／李 霖

乡情，包蕴着很多种情味。功成名就了，想回去光宗耀祖；饱经沧桑了，想回去找寻慰藉；游子离客，想感受那份久违的温暖……故乡就是牵着离人情丝的一只手。

在《回家》中，作者仿佛就是在细细揣摸他的那种回家的感觉。文中用矛盾复杂的心理表达了一种缠绵悱恻的情感。

“回家是一种感觉”，那种感觉难以用言语表达，没来由就冒出来了，想哭又哭不出来，不知是高兴还是伤感。有那么一天“被我们淡化了甚至遗弃了的故乡”突然清晰无比，“又注定会在某一时刻穿透时间和空间，呼唤着我们回家”，“于是，我们回家。”可真回到家，又觉得“我们与我们的故乡之间，已经有了那么多格格不入的东西”，“我离开了这里，再也无法回到这里。”于是，“没有太多的依依不舍，我们甚至已经巴望着尽快离去。”可是，“当车轮启动的时候，我们便开始筹划起下一轮回家的行程”。那种夹杂了“苦涩与痛楚”的割舍不断的感觉，“连缀着我们的一生一世”。

想家，回家，厌家，再想家，循环的结构，正表现了作品思路和作者缠绵的情怀。文章对这种“剪不断，理还乱”的复杂情感，可谓匠心独运了。

家园如一件厚厚的袄，等待着每一个伶仃的流浪者去穿；家园如一双不破的鞋，永远套在流浪者缺暖的脚上；家园如一柄永新的伞，一直搭在流浪者风雨兼程的肩膀上。

家园如梦

◆文/山　珍

夜很深，也很静。浅浅的月光流进了我的村子，挤进了那扇用皮纸蒙住的三字窗。风轻轻地梳理着窗外还略单薄的树枝，嗓音很低，却让我听得清楚那来自远方的呼唤。

庭院里的那口古井，清楚地倒映着我曾经在井旁的柳树上猴跃的童年。辘轳上那长满黑斑的麻绠，依然牢牢地吊着我的心事，绷得像调紧的弦。

“月光光，亮堂堂，背书包，进学堂……”井边学会的童谣鲜活如初，只是教我童谣的母亲，却已独卧寒山。母亲的声音已成记忆，然而母亲的血必将灌溉我的一生。

流浪的脚步离开家园，只把乡愁饲养在井中，任何一丝不经意的涟漪，都有可能荡得我遍体伤痕。

屋后的荒坡上，零零散散地落户了一些三月莓树，它们在贫瘠中送走一个个春夏秋冬，又迎来一个个春夏秋冬。

母亲为我摘莓子时被刺破的手指，滴着血，凝成一团不褪的火红，永远燃烧在我记忆的深处。那些吃三月莓当饭的甜甜的日子，是母亲用手一分一分地扳来的。今年的三月，我想母亲还会在另外的世界里为我采摘三月莓。只是母亲已移居黄泉，即使我将膝盖埋进坟土，也无法缩短母子间的距离。

等到三月莓红透的时候，我该回趟老家，去荒坡上采摘一包三月莓，捧撒在母亲的坟头。母亲曾经为我寻找三月莓的目光，擦亮一串串累累的爱。

屋右的古枫树——鸟的天堂。孩提时,父亲总是架着长长的梯子,猫着腰一回又一回地爬上树去为我取鸟,样子很吃力,可父亲的脸上却从不滚落丝毫吃力的神情。

如今,鸟渐渐地少了,只剩下乱七八糟的鸟巢搁在树桠间,可年迈的父亲却像童年的我一样,在鸟归的季节里,一遍遍地数着鸟巢。又是鸟儿孵殖的季节,隐约中,我感觉父亲佝偻着身子站在古枫前学舌一般地重复着"一、二、三、四……"那深深陷进了眼窝的眸子,专一地注视着通往山外的羊肠路。

屋左蜿蜒蛇行的山路依旧在为我走出大山的举动作注脚,那浅浅的一行不知打上了我多少若隐若现的脚印。从山村走进城市,实际上是走进一种诱惑,甚至是一种折磨。

山路的源头是生活,山路的尽处还是生活。生活就是生生死死,造化平衡世界,谁能适应这个世界,谁就是赢家。做个赢家吧,赢家有能力随遇而安。无论生活把自己推到哪个位置,都要用一颗平常心去面对,轻松靠自己给予,快乐只属于创造快乐的人。

怀念家园,更怀念家园里的某些人。我茹苦一生而今永隔幽冥的母亲,愿您有您的天堂;我艰难活命又思儿念女的父亲,愿您有您的寄托!

在家门前那堵不倒的竹篱笆上,我将自己攀援成一株不忘的牵牛,紫色的喇叭始终朝向敞开着的家门,芬芳屋里的每一道墙缝。

家园如一件厚厚的袄,等待着每一个伶仃的流浪者去穿;家园如一双不破的鞋,永远套在流浪者缺暖的脚上;家园如一柄永新的伞,一直搭在流浪者风雨兼程的肩膀上;家园如一块啃不完的饼,让流浪者一次又一次地去补充能量;家园如一根拉不断的线,末端总系着一个流浪者的大风筝。

母爱如水　父爱如山

◇赏析/李　霖

岁月悠悠,家园如梦,那层层叠叠的往事,似浮雕镌刻于心灵的丰碑之上,读不尽那深刻的内涵,因为家园滋养着的亲情,总是那么幽远绵长。

透过作者质朴而又动情的文字,我们分明触摸到作者怦然的心跳,感受到作者激情的奔腾;回眸生活的经历,从心灵深处唱出了一首成长岁月至真至纯的亲

情颂歌。这颂歌不仅温暖着作者所有的日子,也吹奏起我们感情的涟漪。

母爱,这一人类最伟大的主题,在作者饱蘸深情的笔墨的点染下,分量显得格外沉重。普通的山村、普通的庭院、普通的古井,连同那位普通的母亲。普通的一切,演绎着一个令人心动的故事:母亲教"我"学会鲜活的童谣,让"我"人生之初的野性的心灵,潜入最早的文化意蕴。虽然母亲已独卧寒山,但母亲在"我"幼小的心田撒播的文明种子,早已生根开花。最难忘这样的梦境:屋后的坡上,三月莓红透的时候,母亲为"我"扳摘莓子刺破了手指,滴落的鲜血似一团永不熄灭的火苗,凝固成永不泯灭的记忆,永远燃烧在"我"心灵的天空。这永远燃烧的记忆,其实就是炽烈的母爱,炽热亲情。当时间走进三月,坡上莓树染红的时候,"我"会为移居黄泉的母亲,献上采摘的三月莓,献上一份薄薄的祭奠。重浴亲情、重温母爱,让爱的阳光驱散心的阴霾,照亮生活的空间。

如果说母爱似水,时时润湿"我"干裂的心田,那么,父爱如山,永远高耸在"我"心宇的荒原。童年的岁月,总是伴随着父爱一起长大。不会忘记,古枫树上,父亲架着长长的梯子为"我"取鸟的情景,但父亲却掩饰着吃力的表情。为增添"我"童年生活的乐趣,父亲从不将疲倦写在脸上。而当父亲年迈时,会在"鸟归的季节里,一遍遍地数着鸟巢","隐进了眼窝的眸子,专一地注视着通往山外的羊肠路",那种牵挂着亲情的期盼与等待,是何等的刻骨铭心。简洁的叙事,让我们感悟到父爱的伟大。无言深沉的父爱,总是慰藉着人生旅途忙碌而疲惫的心灵,总如一笔财富,富裕人的一生。

怀念亲情,怀念滋养亲情的家园,作者的思维总是难以平定,是家园里的亲情营养着作者的精神世界,使作者在爱的大地里快乐成长。所以,对着那片深情的厚土,作者发出了感人的誓言:无论何时,无论何地,自己将是一株牵牛,一朵喇叭花,总会朴实无华地芬芳着自己的家园。在作者不停涌动的情潮中,在他的笔下前后连贯的博喻运用中,在文中生动形象的词语涵咏中,我们终于懂得:家园就是给自己遮风避雨的一切!

故乡的泥土

故乡是一个人灵魂的最后的栖息地，游子像飘零的叶片一样，哪怕他浪迹天涯，飘零万里，最后总要落叶归根，回归到生命的本源。

今雨轩的灯红酒绿，不能安慰忧患的人生，深深眷念祖国的我们，这一颗因热望而颤抖的心，最后是被秋风吹冷了。

异国秋思

◆文/庐　隐

自从我们搬到郊外以来，天气渐渐清凉了。那短篱边牵延着的毛豆叶子，已露出枯黄的颜色来，白色的小野菊，一丛丛由草堆里钻出头来，还有小朵的黄花在凉劲的秋风中抖颤，这一些景象，最容易勾起人们的秋思，况且身在异国呢！低声吟着帘卷西风，人比黄花瘦之句，这个小小的灵宫，是弥漫了怅惘的情绪。

书房里格外显得清寂，那窗外蔚蓝如碧海似的青天和淡金色的阳光。还有挟着桂花香的阵风，都含了极强烈的，挑拨人类心弦的力量，在这种刺激之下，我们不能继续那死板的读书工作了，在那一天午饭后，波便提议到附近吉祥寺去看秋景，三点多钟我们乘了市外电车前去，——这路程太近了，我们的身体刚刚坐稳便到了。走出长南道的车站，绕过火车轨道，就看见一座高耸的木牌坊，在横额上有几个汉字写着"井之头恩赐公园"。我们走进牌坊，便见马路两旁树木葱茏，绿阴匝地，一种幽妙的意趣，萦缭脑际，我们怔怔地站在树影下，好像身入深山古林了。在那枝柯掩映中，一道金黄色的柔光正荡漾着。使我想像到一个披着金绿柔发的仙女，正赤着足，踏着白云，从这里经过的情景。再向西方看，一抹彩霞，正横在那叠翠的峰峦上，如黑点的飞鸦，穿林翩翻，我一缕的愁心真不知如何安派，我要吩咐征鸿把它带回故国吧！无奈它是那样不着迹的去了。

我们徘徊在这浓绿深翠的帷幔下，竟忘记前进了。一个身穿和服的中年男人，脚上穿着木屐，"提塔提塔"的来了。他向我们打量着，我们为避免他的觑视，只好加快脚步走向前去，经过这一带森林。前面有一条鹅卵石堆成的斜坡路，两旁种着

整齐的冬青树，只有肩膀高，一阵阵的青草香，从微风里荡过来，我们慢步的走着，陡觉神气清爽，一尘不染。下了斜坡，面前立着一所小巧的东洋式的茶馆，里面设了几张小矮几和坐褥，两旁列着柜台，红的蜜橘，青的苹果，五色的杂糖，错杂地罗列着。

"呀，好眼熟的地方！"我不禁失声地喊了出来。于是潜藏在心底的印象，陡然一幕幕地重映出来，唉！我的心有些抖颤了，我是被一种感怀已往的情绪所激动，我的双眼怔住，胸脯间充塞着悲凉，心弦凄紧地搏动着。自然是回忆到那些曾被流年蹂躏过的往事：

"唉！往事，只是不堪回首的往事呢！"我悄悄地独自叹息着。但是我目前仍然有一幅逼真的图画再现出来……

一群骄傲于幸福的少女们，她们孕育着玫瑰色的希望，当她们将由学校毕业的那一天，曾随了她们德高望重的教师，带着欢乐的心情，渡过日本海来访蓬莱的名胜。在她们登岸的时候，正是暮春三月樱花乱飞的天气。那些缀锦点翠的花树，都使她们乐游忘倦。她们从天色才黎明，便由东京的旅舍出发，先到上野公园看过樱花的残妆后，又换车到井之头公园来。这时疲倦袭击着她们，非立刻找个地点休息不可。最后她们发现了这个位置清幽的茶馆，便立刻决定进去吃些东西。大家团团围着矮凳坐下，点了两壶龙井茶，和一些奇甜的东洋点心，她们吃着喝着，高声谈笑着，她们真像是才出谷的雏莺：只觉眼前的东西，件件新鲜，处处都富有生趣。当然她们是被搂在幸福之神的怀抱里了。青春的爱娇，活泼快乐的心情，她们是多么可艳羡的人生呢！

但是流年把一切都毁坏了！谁能相信今天在这里低徊追怀往事的我，也正是当年幸福者之一呢！哦！流年，残刻的流年呵！它带走了人间的爱娇，它蹂躏英雄的壮志，使我站在这似曾相识的树下，只有咽泪，我有什么办法，使年光倒流呢！

唉！这仅仅是九年后的今天。呀，这短短的九年中，我走的是崎岖的世路，我攀缘过陡峭的崖壁，我由死的绝谷里逃命，使我尝着忍受由心头淌血的痛苦，命运要我喝干自己的血汁，如同喝玫瑰酒一般……

唉！这一切的刺心回忆，我忍不住流下辛酸的泪滴，连忙离开这容易激动感情的地方吧！我们便向前面野草漫径的小路上走去，忽然听见一阵悲恻的唏嘘声，我仿佛看见张着灰色翅翼的秋神，正躲在那厚密枝叶背后。立时那些枝叶都"窸窸窣窣"地颤抖起来。草底下的秋虫，发出连续的唧唧声，我的心感到一阵阵的凄冷；不敢向前去，找到路旁一张长木凳坐下。我用滞足的眼光，向那一片阴阴森森的丛林里睁视，当微风分开枝柯时，我望见那小河里潺潺碧水了。水上经起一层波纹，一

只小划子，从波纹上溜过。两个少女摇着桨，低声唱着歌儿。我看到这里，又无端感触起来，觉得喉头梗塞，不知不觉叹道：

"故国不堪回首"，同时那北海的红漪清波浮现眼前，那些手携情侣的男男女女，恐怕也正摇着划桨，指点着眼前清丽秋景，低语款款吧！况且又是菊茂蟹肥时候，料想长安市上，车水马龙，正不少欢乐的宴聚，这飘泊异国，秋思凄凉的我们当然是无人想起的。不过，我们却深深地眷怀着祖国，渴望得些好消息呢！况且我们又是神经过敏的，揣想到树叶凋落的北平，凄风吹着，冷雨洒着的这些穷苦的同胞，也许正向茫茫的苍天悲诉呢！唉，破碎紊乱的祖国呵！北海的风光不能粉饰你的寒伧！今雨轩的灯红酒绿，不能安慰忧患的人生，深深眷念祖国的我们，这一颗因热望而颤抖的心，最后是被秋风吹冷了。

凄苦的心灵原唱

◇赏析／张 洁

庐隐是中国文坛上英年早逝的一位女性作家。她的散文往往带有自叙传的色彩，真切自然，风格明快，感情浓郁。

《异国秋思》是她新婚后到日本度蜜月时写下的小品。蜜月本来是甜美、欢快，富有诗意的，但在人世苦海中屡受打击的庐隐却被这异国的秋天无端地惹起了一腔无以排遣的秋思。

短篱边枯黄的豆叶，草丛中钻出来的白菊，秋风中抖颤的黄花……文章开篇即描摹出一幅秋风瑟瑟、草木摇落的景象，营造出一种凄凉、怅惘的氛围，为文章定下了感情的基调。日本的恩赐公园是作者心中的一块圣地，也是她欢乐与痛苦的见证。从第二自然段开始，作者便以秋思为线索，围绕恩赐公园抒写自己的感受。人世的忧患、命运的多舛、同胞的怨苦、祖国的沉沦……纷至沓来，尽管有时出现一抹难得的温馨，但很快就被这众多的愁苦掩盖。

全文1700余字，没有任何虚构之处，完全是抒写作者自身的经历和真挚的情感，是作者用自己的灵魂合着血和泪写成的一曲心灵的绝唱。

文章运用象征、对比、比喻等手法，寓意深刻，文笔精炼。

人来自土，死后又回到泥土。泥土是人的本，泥土里深埋着人的根。

故乡的泥土

◆文/赵淑侠

一次展览会中，讲解人员指着一块比拇指的指甲略大、黝黑闪亮、状如煤炭的石头说："你们看，这是世界上最贵重的石头，价值合美金五百万元，比同样大的钻石要高出两倍！"

原来，那块看上去毫无惊人之处的石头是"月石"，太空人到月球上挖回来的。是投下了巨大的研究费，经过众多科学家研究了若干年后的成果。它的名贵之处在于无来路，纵是亿万富翁，愿意付任何代价，也无法到月球上捡回那么一块看着不起眼的石头。

来路越难的东西越贵重，以这个标准衡量，我也拥有一点对于我属于最贵重的——那是一撮泥土，我故乡的泥土。

去年孟夏的故乡之行，是我整个人生旅途上的高潮，好奇与激动的程度犹如太空人登月球。

太空人登月球是把科学带进了新纪元，写下人类征服自然的历史新篇，是万方瞩目意气风发的英雄行径。我的故乡之行乃是一个自小在外流浪的失乡人，回到怀念了多年的故土故园，做惊鸿一瞥。心绪戚戚，茫茫然中更多的是栖惶不安，跟人家征月的壮举怎么也扯不到一起去。惟在压根儿的不同中，也能找出一点相同之处，那便是不易。故乡之行虽比不上太空人登月球那么艰难，可也够难的。矛盾、犹疑，策划了好久，才下定决心跑这一趟。

我把在记忆中早已模糊的故乡分成两处，一处是松花江东岸的祖父家，另一

处是呼兰河畔的外祖家，每一处一天，匆匆而去，匆匆而归，所谓的祖父家与外祖家早已人去屋损。带回的是一腔惆怅，和两包故园的泥土。

松花江沿岸的泥土是暗淡的黑褐色，看着不似刚去过的黄土高原上的泥土那么悦目。黄土高原的土，黄里冒红，像含着火焰，勃勃的生气由鲜艳的色彩中呼之欲出，缺点是土质疏松，少水多旱，种庄稼常常事倍功半。远不如松花江两岸号称松嫩平原的地带，看着黑莽莽、硬板板，难看得赛过老太太的旧棉被样的土，一挖三四丈深，高粱大豆，种子掉在地上就会发芽生根，结果成实。

时髦的现代人已经越来越不眷恋泥土，离泥土越来越远。实际上，泥土和人的关系跟空气与人的关系一样密切。如果说人来自泥土，乍闻仿佛有点危言耸听，人来自父母，怎么来自泥土呢？但这是事实，人是千真万确地来自泥土，没有泥土也不会有人；没有土里生出的五谷菜蔬瓜果养人喂畜，人类便不存在了，父母也罢，祖父母也罢，曾祖父母也罢，反正都是靠泥土活命的。

人来自土，死后又回到泥土。泥土是人的本，泥土里深埋着人的根。

我一向不喜欢摆弄泥土，近年来更借时间不够用为藉口，懒得与泥土接触，仅止于在院子里拔拔野草、扫扫落叶，早已是个不肯亲近田园，遭现代文明的尘气所淹没的城市中人。但若因此便断定我对泥土无情，却又不对。对于故乡的泥土，我一直像失去母亲的孩子思念母亲那样的魂牵梦萦，欲忘不能。因为怀念，才冲动得不像我这年龄的人，不听任何劝阻，奔波了那长长的一万里。

我怀念，只因那是我的故乡。我的祖先们曾把他们的血和汗洒在那片土地上，死后又把他们的肉体融在那片土里，一代复一代，用整个地生命对生我育我的大地之母做着奉献，没有一丝保留，一丝吝惜。

照说，故乡的泥土里该有我的根，该与我彼此相属，我踩着那块土地，该是像游子回到慈母的身边，感到的尽是温馨亲切。而真实的情形竟是，当我从故乡的泥土上走过，触碰到的是渗心入肺的悲哀、悸人的陌生感和失落感。“这个外宾可是从那儿来的呀？”看热闹的故乡人挤在栽了两排白杨的大街上交头接耳，眼光里的惊异像是突然发现了一个“外星人”。

按文人笔下所形容，故乡的泥土应是香的。我缩缩鼻子，偏是嗅不到期待中的芬芳，如果说万里归来的目的是寻根，则这一趟算是徒劳。踯躅徘徊，彷徨四顾，终于看清了，我的根已整个的被斩断、掘出。

在广大无垠的世界之上，只有这片黑色的沃土里，埋藏着真正属于我的、由我的先人们一代接着一代扎下的、血脉相连的根。既是根已断，这两个美丽安详的小城便不再是我的故乡了。在未来的岁月里，将不再是我寄托乡愁之所。

梦境破碎的后面紧跟的是心碎。失落的茫然中拾回两包故园的泥土，一包从松花江东岸的祖父家，另一包自呼兰河畔的外祖家，外祖父手植的野樱桃居然还枝叶繁茂。随行的人为我挖了一株连根带土的。

我携着装了故园泥土和野樱桃幼苗的旅行袋回到瑞士。在长得吓人的流浪日子中，那是我仅能掌握的、证明我曾有过故乡的一点真实。它们代表的意义深远，来路又曲回，我以虔敬与谨慎的心情珍惜着。

野樱桃种在后院，怕小狗踩毁，罩了个铁丝网，每隔两天浇次水，小心得若看护不足月诞生的婴儿。无奈它仍是越长越瘦弱、越萎靡。叶子一片片地脱落，剩下光秃秃的枝丫，眼看着正在走向枯死，却无力挽回它的生命。植物有情、有灵，比人更恋故土，移动了它的根，它便在相思中枯萎、死去。

野樱桃的凋零令我有扑了一场空的颓丧，也促使我对故乡的泥土更珍视，寄了更大的希望。

我把泥土各分了一包，祖父家的给父亲，外祖父家的给母亲，幻想着父母接过了泥土的小胶袋，也同时接过童年、少年、青年，一大串属于过他们的美好年月，垂老的心怀将涌入再现的青春，黄昏的黯淡里将闪过绚烂的彩虹，那样的喜悦该是多大多隽永呢？我私心中挺得意地想：妈妈、爸爸，这是女儿所能给你们的最好的礼物了。

着人带走那两包泥土，再把余下的掺混在一个花盆里。月前朋友送来一盆兰花，正好移栽在里面，放置在楼下的花窗上。

叫不出那株兰花的真正名字，能确定的是它来自中国。朋友、我、家人，都叫它中国兰。中国兰在远离中国的欧洲回到中国的泥土，能说不是最和谐的结合？它们当会彼此垂怜、依附，泥土给兰花以生命，兰花依泥土而欣盛、茁壮。流浪的泥土热恋着流浪的兰花，述说的故事已是诗篇般的凄艳！

中国兰的叶子又长又细，参差有致，盈盈婷婷地立在黑褐色的泥土里，朴雅中自有一份妩媚。阿尔卑斯山区冬天的阳光，隔着玻璃柔和地照进来，与兰花叶相辉映，风韵之美足以入画。

长着长着，正被祝福与欣喜环绕着，绿油油的叶子上出现了黄色斑痕，接着整个叶身泛黄，最后，终于和野樱桃一样，垂下了头，枯萎，脱落，死去。剪去干枯的叶，剩下一盆焦黑的土。

这期间，母亲病故了。我不知道她接过那包故乡的泥土时，是否也接过了我幻想中的喜悦和年轻？只知道家人把泥土放进了棺木，踩在她的脚下，母亲在那块土上出生，又踩着那撮泥土走进坟墓，对乱世的失乡人说，或可算是难得的福分。但

已经死去的人又能知觉什么？我不相信人死后有灵魂，更不相信来生；人的灵性永远随着活的肉体存在，肉体的死亡便意味着对有生世界的整个终结，不再有任何的感觉和意识。跟了母亲一生的乡愁，已随着她生命的消逝而消逝。那么，踩不踩那撮土，对死去的母亲又有多少分别？

故乡的泥土是死土，丑陋的、无光泽的黑褐色里埋藏着孤绝和死的阴霾，嗅不到一丁点儿生的气息。它令我颓丧、懊恼，希望幻灭。也许奔波万里，去到故乡掘回那一小撮泥土，只是桩多余而幼稚的举动，并不具什么意义，更无需如此珍视和认真，几次想把盛着土、土里埋着干枯的兰花根的小花盆，丢在垃圾桶里，竟又几次缩回了手。来自故园的，到底不同于市场上买的，你对它自然怀着一份情，一份偏爱与不忍。不管它是美是丑，是好是坏，有用还是无用。

但我决心不再保有它了，它使我随时触碰到失去慈母的伤痛、失去故乡的茫然，也使我抑不住对早夭的中国兰的惋惜。最让我不能忍耐的，是它的身上看不出生命。

其实，任何有生命的，能会变成没生命的，人的存在就是最好的例证。人生的途程，有长，有短，有苦，有乐，有充实，有空虚，最后却总是殊途同归，没有一个人能避开死亡之旅的轨迹。生而注定死，有而化为无，是人的生象最真实的写照。我并非看不清。然而，愿见生不愿见死，是最自然的人性。阿尔卑斯山头的浮云和冷风带来的乡愁已够得负荷，我不想再看到死，想看到生；不要再接触失望，要看到希望。如何处置那点不忍丢弃也不愿保有的故乡土？我思索着。

思索着，思索着，处置那点别人看来不值一文的泥土，对我真是一件难于取决的大事。月球上挖回的石头虽贵重，总能说出价格，我的故乡土纵贱，却是无价，研究科学投下的是人力物力和时间，可用价估。人的情怎能用价估呢？

曾打算把那撮泥土送给一位被乡愁折磨的同乡父执辈。浪迹天涯的人，从一头青丝的壮年漂泊到迟暮的发白如霜，跟着来的该是什么？看到故乡的泥土，他会惊喜，会流泪？说不定会珍贵地保存，待它们陪着他走入坟墓。

故乡的泥土仿佛只属于眼泪、老人、凋零、枯萎、死亡和坟墓。把这样的东西赠给人，是不是等于把绝望捧到人的眼前呢？

我又犹疑了。装了泥土的小花盆被冷落地丢弃着。

照例是个黯淡的黄昏，照例地拿着铜质小水壶，给花窗上的几盆花草做三天一次的浇水。不经意的转瞬间，发现小花盆里的黑土有些异样。拿起仔细瞧瞧，原来中国兰枯死的根茎处，冒出两枝小小的新芽，尖尖的叶梢，挺挺的叶身，流泻进来的漫漫幽暗，一点也掩不住它鲜活、祥和的生气。

世界像被仙女用魔杖点了一下，瞬息间神奇地亮丽起来。重浊的空气里有生命的韵律在跳动，沉沉暮色化作婉美的朦胧秀色，盆里的两株小兰芽，泛着比星星还耀眼的光芒，我凝固着的心田，正在一道暖暖的水流经过中复苏，这一切，太可爱、太奇妙了。生的坚韧、神秘、虚玄与不可解，便那么赤裸裸的显现。带来的是大喜悦，大感动，和一份发人深悟的、充满空灵意味的美感。

我小心地培育着故乡泥土里生出的中国兰，定期地浇水，每天探视它成长的进度，那新芽蹿得也真快，不到一个月的时间，已冒得两寸来高，几片叶子立得笔直，峥峥崭崭，一个劲地往上冲，颜色绿得赛过最绿的翡翠，即使在这早春三月的放苞期，在一堆粉红淡紫的花朵间，也是最抢眼的。

故乡的泥土还是好的，美的，有生命的。它让我看到希望，看到宇宙万物竞生的潜力，追求存在的本能。植物、动物，以至最有情有灵的人，终极的归宿固然是同样的归于消逝，但逍遥在生的道路上的短短时空，都会用他们所有的力、所有的热，放射出最美的异彩，显现在生命的极致。原本荒凉的世界，便在这无尽的层层异彩、点点极致中，繁茂华丽了。

我已不想把故乡的泥土丢弃或送入坟墓了。只想着怎样维护它、灌溉它，让那株重生的中国兰发得更好，长得更壮，开出秀美的花朵来。

常听人说一粒沙尘中可以看到整个世界，我想我在那撮故乡的泥土中看到了全部生命的真谛。希望、失望，获取、失落，都不是绝对的。我幻想着，说不定在松花江畔的黑土地上，有天突然冒出个新的故乡来，就像枯竭的中国兰，在它的根茎发出新芽一样。

说也奇怪，拿起那个盛着故乡泥土的小盆闻闻，竟涌来一股浓郁扑鼻的芳香。

恣肆洒脱，曲婉感人

◇赏析／熊珊珊

对于一个旅居异国，与故乡相隔了万里之遥的游子来说，没有什么比泥土更能使他亲近自己的故乡了。作者以"故乡的泥土"为线索和主线，用汪洋恣肆，洒脱无羁的文笔，向读者谱写了一首曲婉感人的思乡华章。

文章先写故乡泥土的珍贵，因为若以"来路越难的东西越贵重"这个标准来稀量，它的来历竟硬是与太空人登月球之艰难找出了一点相同。作者好不容易回到故乡，想去寻根，没想到"我的根已整个的被斩断、掘出"，看热闹的故乡人把"我"看作一个"外星人"，使我感受到"渗心入肺的悲哀、悸人的陌生感和失落感"。由于两个美丽的小城已"不再是我寄托乡愁之所"，"我"于"失落的茫然"中拾回了两包故园的泥土。因这故园的泥土是"我仅能掌握的、证明我曾有过故乡的一点真实"，"来路有曲回"，所以更值得"我以虔敬与谨慎的心情"去珍惜。

然而这弥足珍贵的泥土却使作者的情感起了不小的波澜，随着情感的起伏，作者思乡的真实和真实的故乡情更加突出。

作者带回瑞士的野樱桃无奈地在"相思中枯萎、死去"后，作者更加珍惜故乡的泥土，对它也寄予了更大的希望。然而接下来的事令作者"颓丧、懊恼，希望幻灭"，中国兰的枯萎，母亲的病故，使作者感到"故乡的泥土是死土，丑陋的、无光泽的黑褐色里埋藏着孤绝和死的阴霾，嗅不到一丁点儿生的气息。"故乡的泥土仿佛"只属于眼泪、老人、凋零、枯萎、死亡和坟墓"，它不能给作者带来任何希望，它渐渐地折磨着作者那颗思乡的心，使作者既"不忍丢弃也不愿保有"。中国兰的复活不仅让"我"看到希望，而且又让"我"感受到了"故乡的泥土还是好的、美的、有生命的"。作者最后幻想"在松花江畔的黑土地上，有天突然冒出个新的故乡来"，将对故乡的热爱之情推向高潮。

文章容量很大，情调跌宕起伏，变化多姿。既写心志又述事情，既谈古论今，又由己及人。虽然如此，却显得条理清楚，层次分明。

全文夹叙夹议抒情，不仅饱有情感，而且富有哲理，表现极其形象生动，引起读者共鸣。

有谁能告诉我呢？有谁能为我再重新拼凑出一个不一样的故乡来呢？

飘　　蓬

◆文/(台湾)席慕蓉

一

据说，在我很小的时候，本来是会说蒙古话的，虽然只是简单的字句，发音却很标准，也很流利。

据说，那都是外婆教我的，只要我学会一个字，她就给我吃一颗花生米。

据说，我那个时候，很热衷于这种游戏，整天缠在外婆身边，说一个字，就要一颗花生米。家里有客人来时，我就会笑眯眯地站出来，唱几首蒙古歌给远离家乡的叔叔伯伯听。而那些客人们听了以后，常会把我搂进他们怀里，一面笑着夸我一面流眼泪了。

可是，长大了以后的我，却什么都记不起来，也什么都说不出来了。

每次有同乡的聚会时，白发的叔叔伯伯们在一起仍然喜欢用蒙古话来交谈，站在他们身边，我只能听出，一些模糊而又亲切的音节，只能听出，一种模糊而又遥远的乡愁。

而我多么希望时光能够重回，多么希望，我仍然是那个四五岁的幼儿，笑眯眯地站在他们面前。用细细的童音，为他们也为我自己，唱出一首又一首美丽的蒙古歌谣来。

可是，今天的我，只能默默地站在他们身边，默默地独自面对着我的命运。

二

当然有些事情仍然会留些印象,有些故事听了以后也从没忘记。

童年时最爱听父亲说他小时候在老家的种种,尤其喜欢听他说参加赛马的那一段。

父亲总是会在起初,很冷静很仔细地向我们描述,他怎样渴望着比赛那一天的来临,怎样怀着一颗忐忑的心骑上那匹没有鞍子的小马,怎样脸红心热地等着那一声令下,怎样拼了命往前冲刺,怎样感觉到耳旁呼啸的风声与人声,怎样感觉到胯下爱马的腾跃与奔驰。说着说着,父亲就会越来越兴奋,然后不自觉地站了起来,我们这几个小的也跟着离凳而起,小小的心怦怦地跳着。小小的脸儿也跟着兴奋得又红又热,屏息等着那个最后的最精彩的结局,一定要等到父亲说出他怎样英勇地抢到第一,怎样得到丰厚的奖赏之后,我们才会开始欢呼赞叹,心满意足地放松了下来。那个晚上,总会微笑着睡去,想着自己有一个英雄一样的父亲,多么足以自豪!

长大了以后,想起这些故事,才会开始怀疑,为什么父亲小时候样样都是第一呢?天上哪里会有那样不可一世的英雄呢?

好几次想问一个究竟,每次却都话到唇边又给吞了回去。

有一次,父亲注意到了,问我是不是有话想说?我一时找不出别的话来,就撒娇地坐到他身边,要他再讲一遍小时候赛马的事给我听。

想不到父亲却这样回答我:

“多少年前的事了,有什么好提的?”

我以后就再也没有提这件事了。

三

十几年来,父亲一直在德国的大学里教蒙古语文。

那几年,我在布鲁塞尔学画的时候,放假了就常去慕尼黑找父亲。坐火车要沿着莱茵河岸上走上好几个钟头,春天的时候看苹果花开,秋天的时候爱看那一块长满了荒草的罗累叶山岩。

有一次,父女俩在大学区附近散步,走过一大片草地,草是新割了的,我们周围散发出一股清新的香气。

父亲忽然开口说：

“这多像我们老家的香草啊！多少年没闻到过这种味道了！”说完深深地呼吸了一口。

天已近黄昏，鸟雀们在高高的树枝上聒噪着，是它们归巢的时候了，天空上满是那种金黄色的温暖霞光。

我心中却不由得袭过一阵极深的悲凉，远离家乡这么多年的父亲，却仍然珍藏着那一份对草原千里的记忆，然而，对眼前这个从来没看过故乡模样的小女儿，却也只能淡淡地提上这样一句而已。在他心里，在他心里藏着那些不肯说出来的乡愁，到底还有多少呢？

我也跟着父亲深深地呼吸了一口，这暮色里与我有着关联的草香，心中闪出了一个句子：

“那只有长城外才有的清香。”

又过了好几年，有一天晚上，在我们石门乡间的家里，在深夜的灯下，这个句子忽然又出现了。我就用这一句做开始，写了一首诗，没怎么思索，也没怎么修改，所有的句子都自然而顺畅地涌到我眼前来。

这首诗就是那一首：《出塞曲》。

四

以前，每当看到别人用“牧羊女”这三个字做笔名时，心里就常会觉得，这该是我的笔名才对。

不是吗？倘若我是生在故乡、长在故乡。此刻，我不正是一个草原上牧着羊群的女子吗？

每次想到故乡，每次都有一种浪漫的情怀，心里有一幅画面：我穿着鲜红的裙子，从山坡上唱着歌走下来，白色的羊群随着我温顺地走过草原，在草原的尽头，是那一层一层的紫色山脉。

而那天，终于看见那样的画面了，在一本介绍塞外风光的杂志里，就真有那样一张相片！真有那样的一个女子赶着一群羊，真有那样一片草原，真是那样远远的一层又一层绵延着的紫色山脉。

我欣喜若狂地拿着那本画给母亲看，指着那一张相片问母亲，如果我们没有离开老家，我现在是不是就是这个样子？

母亲却回答我：

“如果我们现在是在老家，也轮不到你去牧羊的。”

母亲的口气是一种温柔的申斥，似乎在责怪我对故乡的不了解，责怪我对自己家世的不了解。

我才恍然省悟，曾在库伦的深宅大院里度过童年的母亲，曾吃着一盒一盒包装精美的俄国巧克力，和友伴们在回廊上嬉戏的母亲，恐怕是并不会喜欢我这样浪漫的心思的。

但是，如果这个牧羊的女子并不是我本来该是的模样，如果我一直以为的却并不是我本来该是的命运，如果一切又得从头说起的话，我该要怎么样，才能再拼凑出一幅不一样的画面来呢？

有谁能告诉我呢？有谁能为我再重新拼凑出一个不一样的故乡来呢？

我不敢问我白发的母亲，我只好默默地站在她身边，默默地，独自面对着我的命运。

浪漫与现实的交融

◇赏析／刘　阳

这是一篇优美的叙事散文。文章自始至终洋溢着远离故土的游子的依依的怀乡之情。

文章通过“据说……”、“据说……”、“据说……”的排比段，拨动出一种类似乐韵般的感情旋律，一开始就把人们带进对遥远故乡的怀念。这使下文内容的引出非常自然。

对童年事情的回忆，作者以质朴的情绪表露。每次想到故乡，作者都产生出一种浪漫的情怀。她以童稚的心、纯真的热情，从内心描摹着故乡迷人的美景，每一笔无不流露出淡淡乡愁。

作者将现实与往事交替展示，自然造成一种流于全篇的婉转情思。

结尾处，作者对“牧羊女”这一笔的遐想与情感同母亲一句温柔的申斥又造成游子情、想像与现实的矛盾冲突，茫然中将乡愁推向更感人的高潮，形成艺术上最大的感染力。

怀念故乡是一种最本质最深刻的感情，越走近故乡，回家的感觉越强烈；每一次踏上大陆的土地，他都会激动不已。

回　　家

◆文/隆振彪

走过罗湖桥头，他低下头，深情地对父亲说："爸爸，你看看吧，你看啊——"

怀念故乡是一种最本质最深刻的感情，越走近故乡，回家的感觉越强烈；每一次踏上大陆的土地，他都会激动不已。记得四个月前，他第一次从台北飞往香港进入深圳，眼睛就不够用了，面前的一切都使他觉得新鲜，感到亲切；他明白父亲为什么一定要回到生他养他的故乡去了。

那年，父亲被抓壮丁入伍，不久就被裹挟去了台湾；乡思就成为剪不断的藤蔓，将湘西南那个山清水秀的小山村系在心头。魂牵梦萦，期待祖国统一，父亲将名字龙怀伟改为龙待，苦苦等待了二十年，头发都快等白了，他才与一位新竹姑娘结婚，生儿育女。按照祖传辈分，儿子本应叫龙宪逸，父亲却给他取名龙思源，饮水思源不能忘根本哪！如今，咿呀学语的小思源已长成了俊气的大小伙子，为寻找父亲的生身地和亲人单身赴大陆。父亲的故乡已不是半个世纪前的老地名了，到哪去寻找？却喜同宗同脉，乡情如酒；往事依稀，迹印犹存；几经周折，他终于找到了古稀之年的亲姑姑、亲堂姐。此时，眼泪便化成了颗颗珍珠，串起了半个世纪的相思。

第二次回大陆是在两个月后。父亲回家是件大事啊！选一个好日子，择一处好宅子，告一声老辈子，入乡随俗，习俗是故乡迎接父亲回家的桥梁，走过这座桥梁，父亲就扎根在他的生身之地了。

父亲盼回家，盼了多少年。他出生时，父亲已身患绝症，临终前，给他留下了上

千字的遗言，谆谆嘱咐道："思源儿，不管时局环境如何变迁，都不能改变我们的姓，你是我们龙家惟一的接代人。爸爸说不定哪一天就会离别人间，我对你只有一个要求：不管将不将我火葬，将来有一天你若能回我们大陆老家，你一定要把我的骨灰带回去，因为我做梦都想回家！"

父亲的声音他是听不到了，那时他还未满半岁呀！十八岁那年，他第一次读到遗言时，眼泪簌簌地往下落，夜不能寐。他暗自发誓：此生此世，一定要实现父亲的遗愿。

按台湾的地方规定，他应服兵役，服役期间是不能赴大陆探亲的；为了缩短服役期，他放弃了当军官的机会。退役时，他已二十四岁，在一家汽车销售公司找到了工作。几年下来，他积攒了一笔钱，他不买房子，不找女友，年近而立仍孑然一身，付出了一个青年难以舍弃的一切，一心一意要早日了却父亲生前夙愿。

今天他是第三次赴大陆了。几天前，烧化纸钱简单祭扫后，他从棺停里取出父亲遗骸进行火化（按国际惯例，航班上不能携带骨骸）；又过罗湖桥，他忍不住泪水盈眶，对抱在怀里的骨灰盒道："爸，大陆到了——"

几天后，隆重的招魂仪式在父亲小时住过的老屋里进行。他朝骨灰盒前的遗像三跪九叩道："爸，你到家了，大家都来看你了——"

他是孝子，全身披白走在最前面，紧跟在他后面的是几十位头缠孝布的亲戚族人；一路纸钱、一路鞭炮、一路跪拜，哀乐声中，父亲的骨灰被迎葬在绿树簇拥的山坡上。入土为安，父亲的在天之灵一定会感到欣慰的，他想。

故乡是一个人灵魂的最后的栖息地，游子像飘零的叶片一样，哪怕他浪迹天涯，飘零万里，最后总要落叶归根，回归到生命的本源。

父亲要在这里长眠，这里才是他的千年屋啊！他尊重父亲，理解父亲，同时心情感到沉重：他的根在大陆，他的父亲回了大陆，他也要常回家看看。可是，回家难啊！

他也会像父亲那样等待祖国统一，海峡虽有风浪，但，血浓于水，他不会像父亲那样再等待一辈子了。

落叶归根本 游子回故乡

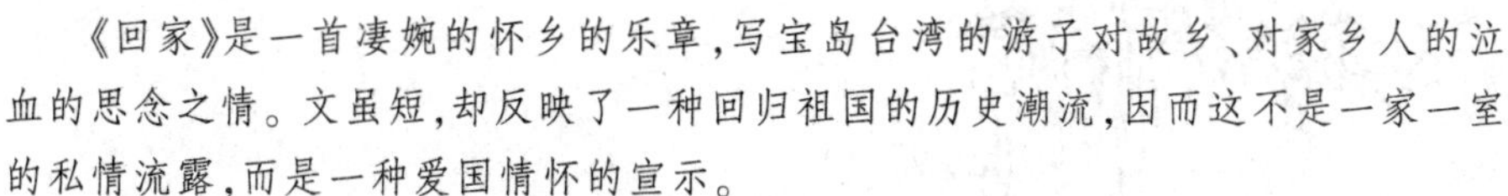

◇赏析／王书文

《回家》是一首凄婉的怀乡的乐章，写宝岛台湾的游子对故乡、对家乡人的泣血的思念之情。文虽短，却反映了一种回归祖国的历史潮流，因而这不是一家一室的私情流露，而是一种爱国情怀的宣示。

题目的含义逐步彰显。“回家”，开头写护送爸爸的骨灰盒走过罗湖桥头——回家。接下来插叙“他”——龙思源的三次回家——回故乡，中间还插进写父亲几十年盼回家而不能之憾、“临终前”的遗言：“你一定要把我的骨灰带回去，因为我做梦都想回家！”催人泪下。后写作者手捧父亲骨灰盒回家的感人场面诠释题目。文章结尾处有句：“他也会像父亲那样等待祖国统一”，这又是一种“回家”，是本文主题的深化。

记叙、抒情、议论相结合。如记叙“龙思源”名字的由来，插叙安葬父亲骨灰盒的场面，都简洁生动。文中写“可是，回家难啊！”这既是抒情，又是议论，一语道出政治、历史的原因及人为的原因，千言万语，凝聚在这句感慨中。

曾打算把那撮泥土送给一位被乡愁折磨的同乡父执辈。浪迹天涯的人，从一头青丝的壮年漂泊到迟暮的发白如霜，跟着来的该是什么？看到故乡的泥土，他会惊喜，会流泪？说不定会珍贵地保存，待它们陪着他走入坟墓。

那岂是乡愁

渡过黄河，有一天与父亲坐在潼关积雪的城墙上，隐隐望见河北岸赭黄色的隆起的大地，才第一次感到真正地告别了自己的故乡，黄河把一切与故乡的真实的联系都隔断了。

故乡的一轮明月正在异乡的土地上冉冉升起，我像童年时那样想问那月亮：你不是从头到尾都看见了、听见了吗？

我想问那月亮

◆文/白　桦

每当我想起故乡，浮现在我眼前的总是故乡的一轮明月，和月光下我母亲的身影。

母亲是个乡下女人，不识字，却能唱很多优美动听的民歌。歌里有泥土、荠菜、泉水、黄莺、羊羔、赤脚的姑娘和会跳田埂的鱼。坐在我们家的阳台上可以看到城墙，城墙外的河流，河流对岸的竹林，竹林背后的青山，青山顶上的云雾。夏夜，母亲手里的大蒲扇轮流扇着每一个孩子，惟独不扇她自己。她摇着摇着蒲扇就唱起歌来。她喜欢唱忧伤的曲子，我不知道她为什么总是那么忧伤！抗战前我家很富有。

“小白菜，地里黄呀，
三岁两岁没有娘呀……”

故乡的一轮明月飘浮在云雾之上。我想问那月亮：你听见了吗？你……

我第一次看见日本军人是在丛林里，那时我已经八岁了，颤抖着的母亲把我们推倒在潮湿的泥地上，我从红色和黄色树叶的缝隙中偷看出去，我看见一个端着大枪，戴着眼镜的年轻人，圆圆的脸，弯着腰四下倾听着，搜索着——好像他也很害怕。那时我心里特别感谢迟来的秋风，只给树叶染上鲜艳的颜色，而没有让树叶大量飘落，黄的、红的树叶和母亲一起护着我……一直到深夜，我们才敢从林里爬出来，母亲用手拂去沾在我们身上的枯草和泥土。

故乡的一轮明月正升腾在燃烧着的村庄上，我想问那月亮：你看见了吗？你……

父亲被日本宪兵逮捕的那个傍晚，孩子们都被突然降临的灾难惊呆了，一片号啕，最后一个个都哭得昏了过去。凌晨，当我苏醒过来的时候，看见门外母亲正跪在一个精瘦的中年男人面前，悲伤加着羞辱使我万分痛苦。我见过这个败类，看见他带着日本兵在一个小胡同搜寻“花姑娘”，母亲把一串金首饰捧给他。母亲以为他能使父亲生还，多么糊涂啊！娘！您能打动得了他吗？他只是一条日本宪兵的狗，狗只会在主子指使下狂吠撕咬，别的，什么也做不到。他满口答应着走了，把金首饰塞进腰间的大板带里，母亲扶着我的肩头站起来，她好像看到了希望。

故乡的一轮明月正搁在一扇残破的断墙上，我想问那月亮：你看见了吗？你……

一年以后的一个深夜，我像成人似的被门外的讲话声惊醒了。我是在父亲被捕的那个夜晚突然长大成人的。我光着脚走到门后，贴着门缝倾听，讲话的是拉洋车的大老王，我一听声音就能想起他的样子，个子很高，花白胡须，驼背，一双特别大的脚。不论春夏秋冬，不论阴晴雨雪，他都蹲在十字路口他自己那辆破洋车旁，等待叫车的顾主。他的声音很诚恳，也很悲。

“二奶奶！我一直不敢告诉你，可不告诉你心里又难受，二奶奶！二老爷真的已经不在了……”

“你小声点，小声点！这一年多，孩子们总也没睡踏实过。”

“去年十月初九，天擦黑，我在火车站兜座儿，看见一小队日本宪兵押着一个人向东走，我一眼就认出他是二老爷，虽然瘦脱了形，二老爷穿着夏天的纺绸长衫，他看着我，像是还认得，有话想说又没法说。我远远跟着他们，看他们到底把他往哪儿送！走着走着，他们过了铁路，铁路东就是阳山，我不敢再往前跟了，只能远远地看着。日本宪兵在阳山脚下喊了立定，把二老爷推进白天挖好的坑里，接着那些畜生把坑边上的浮土都推进坑里……”

“你瞎说！”母亲失声大叫起来。

“小声点，二奶奶！小声点！”

“你看错了！大老王！”母亲恨不能把大老王的眼睛戳瞎。“你看错了！”

“二奶奶，别生气，小声点，小声点……”大老王一边说一边退着逃走了。母亲大声号叫了一声，刚叫出声，就立即捂住了自己的嘴。

故乡的一轮明月正挂在门外那棵杨树梢上，我想问那月亮，你听见了吗？你……

鸡叫头遍，母亲就叫醒了她的一对双生儿子，那是她身边最大的孩子，十二岁，她把我们牵到廊上用她那双因操劳而粗糙的手给我们洗脚，四只小脚放进一个大木盆里，她一边用手洗一边说：“儿呀！不是娘的心狠，是为了你们的将来，你爹关进宪兵队还不断托人捎信出来，想看你们写的大字。最近经常托梦给我，要我

别荒废了你们的学业，只好把你们送出敌占区，像我们这种人家，日本人办的学堂也不让进。那里的亲友到底靠得住靠不住，娘也不知道。你爹不在了，人在情在，人不在情不在呀！你俩的棉袄腋窝里都缝了两块银元，要是没人收留你们，苦不下去了，你们就把钱拿出来当盘缠，回来，跟娘在一起苦……"

"娘！"我对母亲说，"我们走了，谁帮你过河上山拾柴呀？河水好深啊！娘！"

"你们的弟弟、妹妹也要长大的呀！"她说着眼泪吧嗒吧嗒滴在脚盆里……她擦干了我们的脚，给我们穿上她给我们做好的新鞋，新袜子，我们许久都没穿过鞋袜了。

母亲把我们送出城，天还没亮，在五里岗上她转过身去低着头，再也没敢扭过身来，我们走两步都要回头看一次，一直到雾气把她的背影完全淹没……

故乡的一轮明月正在雾气中沉浮，我想问那月亮：你看见了吗？你……

一个秋天的夜晚，一个十七岁的年轻学生，为了寻找中国的希望，又要离开故乡了。我没有告别母亲，行前，悄悄在母亲床前的衣柜里抽出一件棉大衣，我只能匆匆看她一眼，月光下的母亲正在沉睡，她太累了！最近她已经隐隐感觉到我在从事某种危险的、不寻常的事情。此时，我第一次发现她是那样苍老，两鬓如霜，嘴角在不安地抽动，那一瞬间我感到一阵辛酸，我逃跑似的夺门而出，跑到阴森的街道上我才让眼泪尽情地涌流。

故乡的一轮明月正在我将要攀登的高山顶上的云隙中旋转，我想问那月亮：你看见了吗？你……

母亲去世了！孤独无助地跌倒在长满青苔的院子里，没有人搀扶她一把，她养了那么多儿女，都不在身边。几个亲戚都忙着搜寻她可能有的一点可怜的积蓄，人们太贪婪了，人的贪婪和兽性只隔着一层纸。我离家很近，只有四个小时的车程，但我不敢回乡奔丧，因为那时已是"山雨欲来风满楼"的文革前夕了，我自己是个早就被打入另册的人，母亲多年戴着一顶"地主阶级"的帽子，我如果突然出现在她的遗体前，就构成了一个严重的政治问题，后果将不堪设想。虽然母亲从未享受过"地主阶级"的富贵，却替"地主阶级"赎了多年罪。当年，我父亲为了续娶一个会生儿子的后妻，从乡下一户贫苦农家挑了一个已婚的妇女。因为我父亲的前妻只留下了两个女儿。我几乎从来没看见父亲对母亲说过一句话，宾客来往也从不让母亲在场面上出现，母亲的岗位始终都在厨房里，她既会烹调南方菜肴，又会做北方的各种面食，不是在生儿育女，就是在灶前灶后。在很快就遭遇到家破人亡的灾难，抚养子女的困苦之后，又是长期远离子女的孤独，受歧视，受虐待，受惊吓，在如此漫长而残酷的重负下，她竟能站住不倒，摧眉折腰地活着，并毫无怨尤。母亲

生前，每个月收到我寄去的微薄的生活费以后，都要请人代笔回一封信，信中几乎总是那句话："我很好，过得很幸福。"我能相信吗？当然不相信，同时又相信代笔者所表达的却是母亲的真情。实意因为父亲托付给她的几个儿女没有一个由于战争、冻饿而夭亡。——这就是她心目中的最大幸福。母亲去世以后，我再也打不起精神重返故乡了。我知道，明月尚在，月光下却没了母亲，我怕我不能忍受难圆旧梦的悲伤、羞愧和落寞……

故乡的一轮明月正在异乡的土地上冉冉升起，我像童年时那样想问那月亮：你不是从头到尾都看见了、听见了吗？站在永恒的高度，一个母亲由于恪尽神圣职责、备受苦难而溘然长逝，这算是幸福，还是不幸呢？

明月千里寄相思

◇赏析／熊珊珊

“举头望明月，低头思故乡。”这是一句几乎所有蒙学儿童都能吟诵的思乡佳句。明月自古以来就和某种愁绪有着千丝万缕的联系。本文用故乡的一轮明月贯穿全文，引领读者随着作者的思绪，走回他的故乡，走近一位不平凡的母亲的近旁，共同感受作者那种“难圆旧梦的悲伤、羞愧和落寞”。

文章的结构非常明显，反复叠现的“故乡的一轮明月……我想问那月亮……”，是文章的骨架。每一个关于故乡和母亲的故事引出的反问，既有浓烈的抒情意味，渲染了作者的主观感受，又使文章各段故事衔接得十分自然，起到了承上启下的作用。文中每次明月的意象无不符合故事的背景，作者每“问”一次月亮，故事便深入一步，感情便炽烈一层。

作者于叙事中穿插抒情，把文章一步步推向高潮。文末对母亲一生的评价，表达了作者对母亲、对故乡的悲伤、愧疚，可以理解为对前面叙事抒情的思考和总结。读完文章，仿佛被文中沉重的故事压迫得喘不过气来，禁不住想随作者一起大声问那月亮：你听见了吗？你看见了吗？

我想像不出了。我只是茫然地想像着那种猩红的血，洒在洁白的雪上，在山上，在平原上，在河滨上，洒在一切的上边。

雪的回忆

◆文/穆木天

一

雨雪雾霏，令我怀忆起我的故乡来。居在上海，每年固然都冒过几次严寒，可是，总觉得像是没有冬天似的。至少，在江南，冬天是令人不感兴会的。

雪地冰天，没出过山海关的人，总不会尝过那种风味罢。一片皑白，山上，原野上，树木上，房屋上，都是雪。你想像一下好啦，在铅灰色的天空之下，皑白的地面，是如何地一望无边呀。一望是洁白的，是平滑的。

雪！雪夜！雪所笼罩着的平原，雪在上边飞飘着的大野，广漠地，寂静地，在展开着。在雪中，散布着稀稀的人家，好像人们都是鼾睡在自己的安乐窝里。

从冬到春，雪是永远不化的。下了一层又一层，冻了一层又一层。大地冻成琉璃板，人在上边可以滑冰。如果往高山瞅去，你可以看见满目都是洁白的盐，松松地在那儿盖着。

一片无边的是雪的世界。在山上，在原野上，在房屋上，在树木上，都是盖着皑白的雪层。是银的宇宙，是铅的宇宙。

儿时，我叹美着这种雪的世界。现在这种雪的世界，又在我的想像中重现出来了。

过去的一幕一幕，荡漾地，在我的眼前渡了过去。

雨雪雾霏，令我怀忆起我的故乡来。

二

雪！下了好几天的雪，居然停住了。

据人说，在先年，雪还要大，狍子都可以跑到人家的院子里来。又据说，某人张三，当下大雪时，在大门口，亲手捉住了两匹狍子。人们总是讲先年，说先年几个大钱能买多少猪肉，而在下雪的时候，人们多半是要讲先年的雪的故事的。

说这话，是我六岁的时候，也许是七八岁都不定。那时，我是最喜欢听人家讲故事的。特别是坐在热炕头上，听人讲古，是非常有味道的。

人们总是讲先年，说先年冷得多可是不知道是什么道理。现在想过来，怕是人烟稀少的原故。我们家里大概是道光年间移过去的。在那时候，我们是"占山户"。那是老祖母时时以为自豪的。你想一想，方圆一二十里，只有一家人家。那该是如何地冷凄呀。现在，人烟是渐渐地稠密了。

东北的冰天雪地中并不如内地人所想像的那样冷。在雨雪雰霏的时节，人们是一样地在外边工作。小孩子们是顶好打雪仗的。

这一天，雪花渐渐地停止了。空中是一片铅灰。地上是一片银白。狗在院里卧着，鸡在院里聚着。族中的一个哥哥，给我们作工，弯着腰，在院里，用笤帚扫雪，雪到车里，预备往外推。小院子里是寂静静的。下了好久的雪，居然停住了。

我看着人扫雪，在院子里，一个人孤独地留连着。抓了抓雪，瞅着，望着院里的大树。寂静的天气支配着。忽然，角门响了一声。东北屯的大哥又来了。

我是最欢喜东北屯的大哥的。他说话是玄天玄地的，两个大眼珠子，咕噜咕噜地动着，很是给我以刺激的。他能打单家雀，而且是"打飞"。他所打的那一手好枪，真不亚于百步穿杨的养由基，真是"百发百中"。他能领我到野外里跑。尤其是，他用沙枪打了好些家雀，晚上，可以煎给我们吃。他一进门，声音就震动了整个的小院落。

在数分钟之后，我们就到了街南的田地里了。是东北屯大哥，在同祖母和母亲说了几句话之后，拿着沙枪，带我出去的。他带我到近处各个大树的所在，打了好些家雀子，带了回来，虽然是冒着寒冷，可是，我是非常地兴高采烈的。

吃着煎家雀，东北屯大哥，大吹大擂地，给我们讲雪的故事：哪里雪是如何地大，在哪里他打死了多少兔子，哪里雪给人家封住了门，在哪里他打死了多少野鸡。雪的故事，是最令我怀起憧憬的。

到了夜间，东北屯大哥走了，后街的伯父又来了。祖母在吃消夜酒。祖母絮絮

叨叨地讲过来讲过去。随后，她叫后街的伯父说唱了一段“二度梅”。

依稀的月光，从镜帘缝里，透射到屋子里。濛濛的雪，又在下着。静夜里，又起了微微的冷风。

三

雪！濛濛的雪，下着。院里又铺上了一层棉絮。

我又大了两岁。这一年冬天，雪是不怎么大。地冻了之后，像是只下着小的雪。

这一个冬天，我们的院子里，好像比往常热闹得多了。我们是住在里边的小院里。外边是一个大的院子。现在，马嘶声，人的往来声，车声，唱歌声，打油的锤声，在外边的院子里交响着。颓废的破大院，顿时，呈出了新兴的气象。

父亲是忙忙碌碌的，从站上跑到家里，从家又跑到站上。一车一车的黄豆，每天，被运进来又被运出去。据说父亲在站上是做“老客”。

一个先生，是麻脸的，教我读书。可是，有时，他也去帮父亲去打大豆的麻包。

外院里，是好几辆车在卸载装载，马在无精打采地，倦怠地站着。身上披着一片一片的雪花。人，往来如梭地，工作着。

我也挤在人堆里。看着他们怎么过斗，怎么过秤，怎样装，怎么扛。

雪雰霏地下着。麻脸先生，划着苏州码子，记着豆包的分量。他的黑马褂上披着白，像是肿了似的。

雪雰霏地下着。秃尾巴狗在院里跑着。飞快地。在雪里轻轻地留下了爪印。

外院的东院是仓子，是马厩，是油房。人往来地运豆子。鸽子，咕噜咕噜地叫着，啄着豆子吃。

像是家道兴隆似的，各个人都在忙着。

晚上，工作完了，父亲同麻脸先生总是谈着行情，商量着“作存”好还是“作空”好。

麻脸先生会爻易经卦，据说，他的数理哲学是很灵的。父亲会算论语卦，有一次算到“长一身有半”，于是“作存”，果然赚了。

我呢，我夜里总是跑到油房里去。那里，是又暖烘，又热闹。

马拉着油辗子，转着。豆子被压扁，从银盘上落到下边槽子里。出了一种香的油气，马的眼睛是蒙着的，说是不蒙着，它们就不干活儿。

同着辗子的人打了招呼，进了去。顺着窄路，走到里边的房子里，则又是一个世界了。

油匠们欢天喜地地，笑谈着。他们一边在工作着，一边在讲着淫猥的故事。

我是欢喜他们的，他们也欢喜我。我上了高高的垫着厚板的炕上，坐着，躺着，看着他们在作工，一只手操起了大油匠刘金城所爱看的《小八义》。

我看着他们怎样蒸豆批，怎么打包，怎么上榨，怎么锤打。那是非常的有趣味的。扬着锤子邦邦地打着，当时，令我想到呼延庆打擂。而等待着油倾盆如注地淌下来，随后，打开洋草的包皮，新鲜的豆饼出了榨，我是感到无限满足的。有时，我是抓一块碎豆饼吃的。

卸了油垛，油匠们又是讲起张家姑娘长和李家媳妇短来了。他们垂涎三尺地讲着生殖器，有时，那也令我感到无限的满足的。

听够了，我则看我的《小八义》。我是崇拜猴子阮英的。

很晚的才回到房中睡觉。父亲没有问我。据说第二天要起早上站去，早就睡了。

翌日，早晨，天还是黑洞洞的时候，就听见车声咕咚咕咚地从院里响了出去，起来时，听说父亲已经走了。外边小雪在下着。

濛濛的雪下着。院里又铺上了一层棉絮。

四

厚厚的雪，下了几场，大地上好像披了丧衣。

隔江望去，远山，近树，平原，草舍，江南的农业试验场，都是盖着皑白的雪。

一带的松花江，成了白雪的平原。江上，盖着“水院子”。时时，在雪里跑着狗爬犁，飞一般地快。

狗爬犁，马爬犁，跑过来，跑过去。御者，披着羊皮大衣，缩着脖，在上边，坐着。

江心里，时时有人来打水。夏天渡江用的“小威虎”(小船)，系在岸边上。

夏天的排木没有了。不知道是哪里去了。

风吹着，冰冷地。太阳从雪上反映出银星儿来。人慢慢地工作着。

这是圣诞节前后。我因事回到久别了的故乡省会，看见了这种美丽的雪景。

有人说，吉林省城是“小江南”，可是那种美丽的雪景，是在大江南人所梦想不到的。

在火车中，遥望着皑白的大野，是如何地令人陶醉呀！在马车里，听着车轮和马蹄践轧在雪上的声音，是如何地令人欢慰呀！

雪！洁白的雪！晶莹的雪！吱吱作响的雪！我的灵魂好像是要和它融合在一

起了。

在这雪后新晴的午后，几个朋友，同我，站在江滨上，遥望着江南岸。

也许赏雪是对于有闲者的恩物罢。望着，望着，入了神，于是，大家决定了去玩一玩。

于是，从岸上下去，到江面上。

西望了望小白山，北望了望北山，再望了望江南的平川，我们就决定了沿着江流向东方走去。

人多走路是有趣的，特别是走在皎洁绵软的雪上。

在江北岸，是满铁公所与天主堂，雄赳赳地，屹立着，俯瞰着蜿蜒的大江。天主堂的尖塔，突入于萧瑟暗澹的天空中，傲然在君临着一切。

田亩上盖着雪，在江南岸。村外，树林中，有几个小孩子，聚在一起，玩着，闹着。

拉车的拉车，担柴的担柴，打水的打水，老百姓在冰雪中，忙忙碌碌地，工作着。

我们跑着，笑着，玩着。虽然都是快到三十岁的人，但是，到了大自然里，却都像变成小孩子。

远远地望去，龙潭山在江东屹立着。繁密的松柏，披上了珍珠衫子。松柏的叶子，显得异常青翠。

玩着，闹着，打着雪仗，我们，在江心里，不知不觉地，快要到旧日的火药厂的遗址了。望着岸上的废墟，心里，不由得，落下凭吊的事来。

顺着砖瓦堆积的小路，攀了上去，我们几个人，在积雪中，徘徊着。废墙还是在无力地支持着。那里，已成了野兔城狐的住所了。

我们呼喊，从废墟里，震动出来了回声，同我们相唱和着。回声止处，山川显得越发地寂寥。我呢，不觉要泫然泪下了。

我呆对着残垣上的积雪，沉默着。心中感着无限的哀愁。

江北岸，军械场的烟囱，无力地吐着烟，似在唏嘘，似在讽刺，似在凭吊，似在骄傲，一缕一缕的烟，飘渺地，消散在天空里。也许那是命运的象征罢！

大地是越发地广大了，雪的丧衣，无边无际地，披在大地的上面。

五

雪下了又停，停了又下。这一座古城，像是包围在雪的沉默中了。

这是我离开吉林城的那个冬季。因为当时感到那也许是一个永别，所以，那一年的雪，在我以为，是最值得怀恋的。

从卧室听着外边往来的车，咯吱咯吱地，压踏在雪上，是如何令人愁恼呀！在黎明，在暗夜，我，不眠地，倾听着风雪交加中的响动，是如何地孤独寂寥呀！

我曾在雪后步过那座古城的街上，可是满目凄凉，市面萧条得很。我也曾在晴日踏着雪，访过那些城外的村落，可是，田夫野老都是说一年比一年困苦了。多看社会，是越多会感到凄凉的。

在北山上建了白白的水塔。在松花江上架上了钢铁的江桥。可是，北山麓上，仍然是小的草房在杂沓着，在江桥边上，依然是山东哥们在卖花生米。农村社会没落了。好些商店，也是一个挨着一个地关上了门。

夜间，不寝时，听着外边的声籁，我总是翻来覆去地，想着。吉敦、吉海接轨的问题，农村破产的情状，南满铁路陆续地在开会议的消息，是不绝地在我脑子里萦回着。

有时，关灯独坐，望着街道上的灯光照在白雪上，颜色惨白的，四外，死一般地，寂静着，感到是会有“死”要降到这座古城上边似的。

在被雪所包围着的沉默中，无为地，生活着，心中是极度地空虚的。有时，如雪落在城上似的，泪是落在我的心上了。

虽然，过着蛰居者的生活，但是，广大的自然美也是时时引诱看我，而且强烈地引诱着。

雪下了又停，停了又下。沉默的古城，是又越发地显得空旷了。

雪停了，又是一个广大无边的白色的宇宙。

我们，三四个人，在围炉杂谈之后，决定了到江南野外里跑一跑。

走到江边，下去，四外眺望一下，江山如旧。野旷天低，四外的群山，显得越发地小了。小白山显得越发地玲珑可爱。

南望去，远山一带，静静地伏在积雪之中，村落、人家、田野、树木，若互不相识地，遥遥地，相对着。

在一切的处所，都像死的一般地，山川，草木，人畜，在相对无言。沉默的古城，好像到了死的前夜。

我们，三四个人，到了雪色天光之下，群山拥抱的大野里了。

天低着，四外，是空廓，寂寥。

白色，铅色的线与面，构成了整个的水墨画一般的宇宙。

赶柴车的，走着。拾粪的孩子，走着。农夫们，时时，在过路。但都是漠不相关

似的。

我们，三四个人，在田间的道上，巡回地，走着。有时，脚步声引出来几声狗吠。但，我们走开，狗吠也随着止住了。

对于神的敬礼，好像也没有以先那样虔诚了。小土地庙已倾圮不堪了。

有时，树上露着青绿的冬青。乌雀相聚着，聒叫着。待我们走近，立住，鸟儿，就一下子，全飞了起来。

江桥如长蛇似的跨在江上。像我们的血一天一天地被它吸去。

江北岸的满铁公所，好像越发高傲地在俯瞰松花江。它那种姿态，令人感到，是战胜者在示威。

天主堂的钟声哀婉地震响着。是招人赴晚祷呢？还是古城将死的吊钟呢？声音，是凄怆而清脆的。

我们，三四个人，在田野中，走着。暮色渐渐地走近来。我们，被苍茫的夜幕笼罩住了。

在苍茫的夜色里，我是越发地感到凄凉了，那种凄凉的暮色在我脑子里深深地印上了最后的雪的印象。

雪下了又停，停了又下。包在雪中的古城，吐出来死的唏嘘了。

六

雨雪霏霏，令我怀忆起我的故乡来。现在，故乡里，还是依然地下着大雪罢。可是，我呢，则是飘零到大江南，也许会永远没有回到故乡的希望了罢。

和我同样地流离到各处的人，真不知有多少哟。可是，他们同我一样，也怕会永久看不见故乡的美丽的雪景了罢。

在故乡呢，大概山川还是依然存在罢！永远没有家中的消息，亲友故旧是不是还存着呢，那也是不得而知了。特别地，对着雪景，我怀忆起来白发苍苍的老祖母的面影来。

有人从东北来，告诉我东北的农村的荒废。在那广大的原野里，真是“千村万落生荆杞，禾生陇亩无东西”了！

据说：有时土匪绑票子只绑十枝烟卷儿，在到处，人们都是过着变态的生活。

在故乡的大野里，在白雪的围抱中，我看见了到处是死亡，到处都是饥饿。

在白雪上，洒着鲜红的血，是义勇军的，是老百姓的。

据说，故乡的情形完全变样了。现在呈出了令人想像不到地变态的景象来了。

是死亡,是饥饿,是帝国的践踏,是义勇军的抵抗,是在白雪上流着猩红的血。在雪的大野中,是另一个世界了。

我想像不出了。我只是茫然地想像着那种猩红的血,洒在洁白的雪上,在山上,在平原上,在河滨上,洒在一切的上边。

雨雪雰霏,令我回忆起我的故乡来。

为了失去的回忆

◇赏析/李 霖

作者对雪的回忆,是对故乡的回忆,更是对故乡今昔变化的一种感叹和抒怀。在岁月车轮的行进中,作者对雪有着优美的诗的描述,只是,时事变迁,作者对飘雪故乡的情感也渐有不同,在向往的怀恋里,平添了无限的愁绪。

写作此文时,作家的故乡东北,正遭受着日本侵略者铁蹄的践踏。身在上海的作者,看到雨雪雰霏的天气,那绵绵的思绪源源不断地流露出来。童年时的故乡雪天,是诗是画,有温情有兴盛更有祥和。听大人讲古、跟东北屯大哥打猎、祖母的宵夜酒、油房里的忙碌……都在有雪的日子,如雪一样,轻轻柔柔地飘呀洒呀,漫了一天一地……后来在吉林城看到的,天空虽是一样飘着雪,大地上好像披上了丧衣,四野看去萧条而寂寥,与以往一般美丽的风物中,隐着沉郁与衰败……作者把童年的雪景与后来在吉林城看到的雪景作比,再加上对农村破产状况的描述,都让人感受被侵占了的土地,确是不同了,儿时的雪季成了童话,冬天失去了宁静,只剩下寒冷。

在文章的首尾两部分,作者四次用到"雨雪雰霏,令我怀忆起我的故乡来。"这种反复的语气,既能前后照应,又把人带入回忆的境界。开头的两次反复,把人带入童年的美好回忆中,一望无际的是"洁白"是"平滑",让人生出"叹美"的情感。后两次反复,作者怀忆的内容起了变化,那是故乡的情形起了变化,人们的"安乐窝"不复存在了,故乡"是死亡,是饥饿,是帝国的践踏,是义勇军的抵抗,是在白雪上流着猩红的血。"雪野变成了另一个世界,作者的忧愤之情就这样溢出了。

作者用优美的文字、沉缓的笔调叙说着一桩桩的往事,叙说着日寇入侵的事实,没有激愤之词,却自自然然地展露了一个游子的愤懑和哀伤……

黄河虽然没有把我的生命吞没，可是我的童年从此结束了，黄河横隔在我面前，再也回不到童年的家乡。童年，永远隐没在遥远的彼岸了。

离别故乡

◆文/牛　汉

一向以为，童年活在心灵中，不管想不想它，绝不会弃离自己，它是属于自己的天地，随时可以全身心地融入它的境界。可是这一次，主意要好生写写自己的童年，却引起我无限的伤感。童年与我之间，竟然有了前所未有的茫茫的距离。这里说的距离，不是地理学上的可以丈量的含义，它近似疏远或淡化，是一种心灵上茫茫然的感觉。我远远地看到了一个模糊不清的自己的影像，我向它走去，怀着虔诚和信任，可是，不是越走距离它越近，而是越走越远了，它远出了淡出了我的记忆。童年像一个灿烂的星座，黄昏（“黄昏”之前，我有意略去“生命”二字）之后，本该它出现，却无声地陨落了，就落在自己的心灵上。感到了它以往的重量和光芒，却很难从心灵上再升起那个完整而美丽的星座，照亮自己的生命。因此我至多只能写出童年在我心灵上留下的重量和一束束光芒。是的，连一九三七年十月末，在日本侵略军的炮火声中，离别家乡和亲人的情形，我都无法详尽而清晰地录写出来了，这还不令人伤感吗？

那个晚上，全家人只有我和两个弟弟跟平时一样睡觉，其他人都整夜没有合眼。祖母为父亲和我出远门准备干粮，用文火烙了七八个有油盐的厚厚的白面饼，有点像西北高原的“锅盔”，只是略小点薄点。走口外草地的人，上路都是带着这种经吃经饿的饼。祖父年轻时走归化城（今呼和浩特），祖母也是烙的这种饼，够十天半月吃。我还从来没吃过这种干粮，它的特点就是“干”。揉进油盐才有点发酥，否则难以咬动。穷人家烙的饼，只有盐，没有油，怕咬不动，烙之前，就把生饼切得棋

盘似的，吃时掰一块下来，正好塞满嘴巴，噙好一会，口水泡软才能嚼碎，因此十分耐吃。

祖母那天烙了一夜饼，十岁的妹妹帮着她。多少年后，妹妹告诉我，那天"晚上，祖母一边烙饼，一边默默地流泪，可能想起她死去多年的丈夫。她已经有多少年没烙过这种干粮。那天祖母烙饼时，油用得很多，隔壁金祥大娘闻到了油香气。第二天上午，她来我家，一进院就嚷嚷："哎呀，你家有甚喜事？"听说我母亲把她狠狠剋了一顿。两个不懂事的弟弟晓得家里烙了油盐饼，向祖母哭闹着要，但祖母没有留一张饼下来。

母亲为父亲和我准备行囊，她在我上路穿的棉裤裆里，一块一块地缝进十四块银元。听说我三舅父在太原坐牢时，母亲为他缝囚犯专用的带有脚镣能脱能穿的那号棉裤时，就絮进了几块银元，以备急用。

后半夜，祖母叩我的门，她用戴顶针的指头叩击门框的声音特别响(烙饼的同时，祖母还缝补一条狗皮褥子，所以戴着顶针)。上初中以后，我就住在与羊圈为邻的半间小屋，一向睡得很死，祖母喊我半天才醒过来，"成汉，快起来，你听，炮响得越来越近啦。"我有生以来，还没有听到过大炮声，坐起来，感到一种很闷的声音，像远方的雷朝这里滚动，炕有些颤动。

我走到院里，远方有密集的枪声，响得很脆，格外令人恐怖，仿佛老天在做噩梦咬牙。父亲正兀立在院子里听动静。他说："还远着哩，多半在忻口一带，诗人元好问的老家离那儿不远。"不久之前，父亲为我讲过元好问的诗。

母亲让我换上远行的衣裳，恨不得四季衣服全让我一层层地穿上。穿棉裤时，母亲才对我说："裤裆里絮了十四块银元，万一你和父亲被冲散了，你就一块一块拆下来花。但不到万不得已，不要动它。"母亲这番话也是说给父亲听的。父亲嗜酒如命，花钱多。

父亲说："天一亮就动身。晚了，村里人见到要问长问短。"

当时，全家人或许只有父亲一个人心里明白，这一走很难说什么时候能回来。他在县立初中教史地和语文，天天看报，当然晓得这一次抵抗日本侵略的战争不同于以往的国内军阀混战，那最多不过几个月，这一回，谁也难以预测。父亲近来常常默不作声，主要由于心情的沉重。

当时，我的头脑简单，不理解人世间还有生离死别这种事。我心想，跟父亲出去走走，去大地方开开眼界，起码能进省城太原转转，到一个地方躲一阵子就可回来。我连想都没有想过，一个人怎么可能与自己的故乡和亲人永远地分离。

那几天天气晴朗，凌晨有点寒意，墙角的蟋蟀叫声开始沙哑。父亲没有穿平常

穿的长袍，换成了对襟棉袄，看上去有些陌生，像公义生油盐店掌柜的老头。父亲右肩头背着包袱，挺大，我一只手拎着干粮。中秋节才过了一个多月，家里存的月饼全让我们带上了。隔着包袱都闻到“五油四糖”的月饼味，一斤面粉揉进五两油四两糖(当时一斤为十六两)。月饼是我母亲亲手制作的，她舍得多放油和糖。祖母可从不做这么贵重的吃食，她平时只想尽办法把活命的高粱面做得有滋有味，用油是一滴一滴用的。

全家人默默地把我们送到大门口。祖母走到我身边，摸摸我的棉裤，说：“薄了点。”母亲说：“等到穿厚棉裤那时，人还不回来？”她的眼睛瞪得很大，像是质问父亲和我。

父亲常出远门，一家人过去也就是在大门口分手的。什么祝福的美好的话都没说，全家人面对面地比平时多站了一会儿。父亲在前面走，我习惯地在他后面跟着。我憋不住回过头眨了眨眼睛，对妹妹说：“后天我可就在省城了！”要是平时，我这么说，妹妹总要回嘴：“臭闺女不值钱，你和爹是全家的命根子，谁能比！”今天，妹妹仿佛突然长大了，什么话没说，两眼泪汪汪的，她也许在心里还为我能出去走走高兴哩。

街巷里没有一个行人。远方的炮声还在闷闷地响着，仿佛不是从空中传来的，是从很深的地下鬼鬼祟祟地冒出来的。当父亲和我快拐弯走进另一条街时，听见妹妹飞快地跑到我跟前，对我说：“祖母让你回去一下。”我随着妹妹踅回到大门口，父亲立在街口等着，默默地望着自己的母亲和妻子。我看见祖母眼里噙着满盈盈的泪，但并没有哭出声，她的眼窝很深，泪水聚着不易流下来。祖母的眼睛年轻时又大又亮。她用粗糙的手习惯地在我面颊上抚摩一下，说：“快到大屋去，把炕头上一个包袱带上。”我心里奇怪，为什么刚才不带？回到大屋，靠窗口的炕头，放着个包得方方正正的包袱。我一摸，知道包的是狗皮褥子。其实不用摸也闻得出来。如果是现在，我是绝不会拿的。当时我只觉得祖母生怕我们在路上睡在露天的地里受了风寒。我回到大门口，祖母指指狗皮褥子对我说：“出村之前，不要对你爹说。”她怕儿子不肯带。这张狗皮是我家前几年老死的那条狗的，让村里刘春毛家鞣制过，毛长绒厚。祖母腰腿患有严重的风湿痛，她每年的冬春秋三季都离不开这张狗皮褥子，只有暑热天才不用它。包袱提在手里觉得很沉，我感到了祖母的厚重的爱。

回到街口，父亲可能沉溺在悲伤之中，并没问我手里拿的是什么。拐弯时，父亲还是没有回头。他一回头，一定哭出声来，他怕伤了母亲与妻子的心。我可知道父亲的这个脾气，他的心不硬。要是母亲带我远行，将是另一番情形。我回过头，朝

祖母和母亲大声地喊："我走了，我走了！"声音里没有一点儿真正的悲伤，没有就是没有，我不会作假。半个世纪之后，我才深深悔恨自己那种今生不能原谅的愚稚的行为。祖母和母亲站在家门口，像平常一样，没有招手，没有祝福。母亲的嗓门大，用哭腔冲着父亲和我的背影喊一声，"过大年时一定回来！"我回过头喊了一声："一定回来！"父亲不敢回头，只把头低低地垂下来，脚步放慢些。

然而自那以后，由于种种原因，我再没有返回家乡。这原因，本来想不说，考虑再三，还是应当说几句。五十年代初，工作繁忙，抽不出工夫；一九五五年之后的二十五年间，由于成了"反革命"，还是不回去为妥；八十年代，父母早故去，家乡几乎无亲人了，老屋成了废墟，不愿回去凭吊历史，今生只想在记忆中保持心灵的平衡。父亲建国以后从西北高原回去过两回，见到了不少亲朋好友，却没有能再见到他挚爱的母亲。祖母已于一九四三年病逝。

离开故乡后，父亲和狗皮褥子没有分开过，到一九六一年他逝世之前，一直铺在他的身子下面。绒毛早已磨损得很薄很薄了，可是在流寓他乡的极困难的日子里，它仍能给父亲以难以比拟的温暖。一九五九年，年近六旬的父亲被错划为右倾机会主义分子，在荒寒的陇山上背了两年石头，累得吐血不止。平反之后，人已瘦成一把骨头，不到半年就去世了。

在刚离家那一年，每到一个住处，父亲总是把狗皮褥子横着铺上，这样两个人的腰部都能贴着暖暖的毛皮，不容易受风寒。从介休县到风陵渡，是坐的太原兵工厂拆迁机器的没篷的敞口火车，父亲和我夹在机器缝隙中间。父亲说："天冷，千万不要把脸和手贴着机器，会把皮粘下来的。"我摸摸机器，的确有点黏糊，不，简直是在咬人！感到异常恐怖。天黄昏时，火车正经过韩侯岭，行驶得慢，被一架敌机发现了，追着火车朝下不停地扫射。枪弹打在机器的响声格外地凄厉，四处溅着火星，我不敢睁眼，父亲死死搂着我。后来听说那是架侦察机，如扔下几颗炸弹，我们坐的火车必定遭到毁灭。那天后半夜里，下起大雪，冷得睡不着，也不敢入睡，时刻担心日本飞机来轰炸。人夹在机器中间无法活动，冻得脸腮木木的，父亲打开行李，把狗皮褥子取出来，裹着两个人的肩头，才感到一点暖意。就在那天夜里，在机器缝里真冻死了几个人。天亮了，我看见人们把几具尸体抬下列车，冻死的人是蜷曲的，脸和手被机器"舐"得血糊糊的。那个情景至今仍历历在目。祖母的狗皮褥子被枪弹(也许是四溅的火星)穿了一个洞，却奇迹似的没有伤着父亲和我。父亲说他当时闻到了一股燎毛的气味。

在风陵渡过黄河时，父亲和我没有能挤到同一条船上，我坐的船小一点，那天有风，滔滔东去的黄河浪很高，我坐的船快到岸时翻了。幸亏我自小会游泳，还能

在浊浪中挣扎着。我被恶浪劈头盖脸地打入了浪的底层，穿着厚厚的棉衣，浑身动作不灵，几次沉了下去，又浮了上来。生命几乎永远地沉没了。后来，被一个老水手救上了岸。我一口气跑上了一个很陡的山坡，看见一个夯土的拱门，门楣上赫然有三个大字：第一关。恍惚到了另一个世界。我真的走过了人生的第一个关口?! 当时正是冰天雪地的十二月，正如艾青在《雪落在中国的大地上》那首诗里写的寒冷。(艾青的这首诗，正是写在我渡黄河的那个月的潼关)。上岸后，穿着湿透了的棉衣裳，走了几个钟头才找到了失魂落魄的父亲。他以为我多半被淹死了，父亲和我都哭了。结了冰的衣裳外面硬得嚓嚓作响，走起来十分困难。贴着身体的那一面，却又融化成水，顺着前胸后背和腿部不停地朝下流淌着。就这样不停地走了几十里路，父亲说不能停，一停下人要冻坏。到了潼关，住在一间民房里，我还是挺不过去，发高烧好几天，父亲日夜守护着我。最后出了一身汗才好了起来，身子下面的狗皮褥子被我的汗湿透了。我难过地说："把祖母的狗皮褥子腌坏了……"

十四块银元还缝在棉裤裆里。

一九三八年春天，父亲去醴泉县做事，我一个人留在西安，叫卖报纸糊口，舍不得拆下一块银元花。有一天，看到街上贴着一个广告，说民众教育馆内办了一个漫画学习班，正在招收学员，我从裤裆里拆下了两块银元去报了名。后来听说教画的先生中有诗人艾青。我哪里晓得？那时我只迷画，还没有迷上诗。只记得老师中有一位叫段干青，因为他是山西老乡故记住了。不久我徒步到了天水上学，又从裤裆里拆下两块银元配了一副近视眼镜。剩下的十块银元我全拆下来交给父亲收着。

没过黄河之前，总觉得脚下的地与家乡连着，每条路都能通到我家的大门口。渡过黄河，有一天与父亲坐在潼关积雪的城墙上，隐隐望见河北岸赭黄色的隆起的大地，才第一次感到真正地告别了自己的故乡，黄河把一切与故乡的真实的联系都隔断了。父亲哭了很久，热泪滴在积雪上，把雪烧出了密密的深深的黑洞，泪居然有那么大的重量和穿透的力量！半个多世纪过去了，我仍能听见父亲的热泪落在积雪上的沉重的响声。黄河虽然没有把我的生命吞没，可是我的童年从此结束了，黄河横隔在我面前，再也回不到童年的家乡。童年，永远隐没在遥远的彼岸了。

最真实的心跳

◇赏析／黄　艳

《离别故乡》是一篇回忆性的散文,但是作者并没有津津乐道于回忆之中不能自拔,他不是回忆承欢祖母膝下的金黄色的童年,也不是委婉动人地讲述清苦生活里的欢乐时光,他是在揣摸、省视自己那难以排遣的怅然若失的心境!

"离别故乡",这一文题下面让我们读出了多重令人心颤的含义。

离别是空间的、地理意义上的:走出自己睡觉的半间小屋、走出自家的院子、走过与家人惜别的大门口、走出本村的街口、渡过黄河……故乡渐去渐远。诚然,作者当年根本没有对这种离别感到悲伤,甚至连悲伤状都做不出。但那是少年不识愁滋味,"不理解世间还有生死离别这种事",以为"跟父亲出去走走,去大地方开开眼界,起码能进省城太原转转",想都没想过"怎么可能与自己的故乡和亲人永远地分离"。真的,如果不是日本侵略者的入侵,如果人们过着正常的生活,空间转换算得了什么呢?然而,那不是正常年代,离别注定不仅仅是空间的,离别更是时间意义上的:三九年至九一年,半个多世纪的光阴过去了,一次离别,在某种意义上来说成了生死的离别。难怪作者捶胸顿足,"深深悔恨自己那种今生不能原谅的愚稚的行为。"

作者叙述在空间上、时间上离别故乡是告诉我们他害怕在心理上离别故乡。当他坐下来欲有意识地回忆童年的时候,"竟然有了前所未有的茫然的距离",这种心灵上的茫然的感觉在他心中平添无限伤感,他开始怀疑自己是不是在真正的意义上与故乡疏离了。

其实,疑虑是多余的,作者的文字是他最真实的心跳,故乡永远不会走出他的心灵。那毕竟是落在心上的星座,有实实在在沉重的分量,有挥之不去的束束光芒。不管是有意识地去感受它,还是有意识地不去感受它,它都存在,在不经意中左右一个人。故乡是永远的故乡,是含在嘴里干散难咽的白面饼,是遮风祛寒的带着奶奶厚爱的狗皮褥子,是变成眼镜、变成诗心与画艺的银元,是落在积雪上发出沉重声响的父亲的热泪……不管是五十年还是一百年,不管是隔着黄河还是隔着长江,它都是属于自己的天地,都是自己心里永不陨落的星。

我岂能忘记那年的风雪，那北方古老的家园！那凄寒中如火般的光与热，那属于中华古国传统的含敛不露而真实无比的亲情！

那岂是乡愁

◆文/(台湾)罗　兰

台北的雨季，湿漉漉、冷凄凄、灰暗暗的。

满街都裹着一层黄色的胶泥。马路上，车轮上，行人的鞋上，腿上，裤子上，雨衣雨伞上。

我屏住一口气，上了37路车。车上人不多，疏疏落落地坐了两排。所以，我可以看得见人们的脚和脚下的泥泞——车里与车外一样的泥泞。

人们瑟缩的坐着，不只是因为冷，而是因为湿，这里冬季的"湿"的感觉，比冷更令人瑟缩。这种冷，像是浸在凉水里，那样沉默专注而又毫不放松地浸透着人的身体。

这冷，不像北方的那种冷。北方的冷，是呼啸着扑来，鞭打着、撕裂着、呼喊着的那么一种冷。冷得你不只是瑟缩，而且冷得你打战，冷得你连思想都无法集中，像那呼啸着席卷荒原的北风，那么疾迅迷离而捉不住踪影。

对面坐着几个乡下来的。他们穿着尼龙夹克，脚下放着篮子，手边竖着扁担。他们穿的是胶鞋。胶鞋在北方是不行的。在北方，要穿"毡窝"。尼龙夹克，即使那时候有，也不能阻挡那西北风。他们非要穿大棉袄或老羊皮袍子不可的。头上不能不戴一顶毡帽或棉风帽。旁边有一个人擤了一筒鼻涕在车板上。在北方，冬天里，人们是常常流鼻涕的，那是因为风太凛冽。那让人喘不过气来的猛扑着的风，总是催出人们的鼻涕和眼泪。

车子一站一站地开行着。外面是灰濛濛的阴天，覆盖着黄湿湿的泥地。北方的

冬天不是这样的。它要么就是一片金闪闪的晴朗，要么就是一片白晃晃的冰雪。这里的冷，其实是最容易挨过去的，在这里，人们即使贫苦一点，也不妨事，不像北方……

车子在平交道前煞住，我突然意识到，我从上了车子，就一直在想着北方。

那已经不是乡愁，我早已没有那种近于诗意的乡愁，那只是一种很动心的回忆。回忆的不是那金色年代的种种苦乐，而是那茫茫的雪、猎猎的风和那穿老羊皮袍、戴旧毡帽、穿“老头乐毡窝”的乡下老人，躬着身子，对抗着呼啸猛扑的风雪，在“高处不胜寒”的小镇车站的天桥上。

那老人，我叫他“大爹”，他是父亲的堂兄。那年，他已经五十多了。晒黑的、风尘仆仆的脸，朴实的五官，光头上戴顶土黄色的老毡帽。在那五进的宅院里，他辛辛苦苦地支撑着那个老旧家庭的生计。对外，他要照管田庄；对内，他要照管四代同堂的三十多口家庭的婚丧嫁娶和日常生活。而他，总是那么慢吞吞的，手揣在袖子里，微躬着背，迈着一定大小的方步。他说话的时候，总是那么把声音拖得长长的，仿佛字斟句酌，惟恐说走了嘴似的。其实，他只是习惯那么慢吞吞，好像任何重大的突发事件，都不会使他震惊似的。

我从小随父母在都市谋生，偶尔才回一趟老家。在老家的人们的眼里，我们已经是“化外之民”。而我对“大爹”的行动，也只觉得陌生而不惯。我不喜欢大爹，因为在他面前，我拘谨不安，而且动辄得咎。所以，如无必要，我几乎是不理他的。他似乎也不喜欢我们这几个在都市里学了新派的晚辈。我们有时无意中唱唱歌，或大笑几声，或说说从外面学来的国语，他都会一字一板地训我们几句，说我们粗野、忘本，没有一点书香人家的规矩。然后甩甩袖子，迈过门槛走开。

我每次回家，总是情愿耽在祖母房里。祖母是大爹的婶婶，大爹是长房里的。祖母似乎也不喜欢大爹。她总是责怪父亲，不该放下家当，赤手空拳地跑到外面去给工厂里做事。“这个家应该有你们一份的。”祖母叼着旱烟袋说：“你们倒慷慨！一家子到外面过去了。这家里的产业，可不就都给大房里占了去？看你大爹不声不响，老好人似的，岂不知庄上缴的、地里收的，都到了他手里，听他口口声声说穷，其实，谁有钱谁知道！只有我穷是真的。”祖母把旱烟袋里的烟灰磕掉，再去装芋，那芋叶是装在一个小小的蓝布口袋里的，发着呛人的气味。“我早就说，你们不在家里吃，这几年，省下来的，也够买几亩地的了。这还不都是入了你大爹的腰包？”祖母时常这样絮絮叨叨地说着。“将来分家的时候，说什么也不能马马虎虎的。你祖父弟兄三个，我们三一三十一，有钱分钱，有地分地。”

我不知道家里有多少可分的东西。除了我自幼在里面长大的这五进房子之

外，我只听大爹跟父亲说过，有两个田庄，押给别人；有多少芦苇地，也当给别人了。只剩下一个"靳庄子"，现在家里的进项，只是靠"靳庄"的收成。家里经常吃得很节省，我们每次回家，第一顿饭，大半是在外面叫的饺子，只有我们这几个从外面回来的人吃。以后，我们就跟着全家一同吃大锅饭。那菜多半是卤鱼，虾酱，小干鱼炒白菜，虾酱炖豆腐，卤菜拌豆腐。夏天的时候，后园里有自己种的茄子、南瓜和豆角。粮食多半是高粱、小米和棒子面。只有过年才吃米饭、馒头和猪肉。打仗的时候，家里吃一种面条，硬硬滑滑的，人们说，那根本不是粮食，不知是用什么做的。吃多了，胃会胀痛。

家里自己养鸡，反正一切自给自足。好像人们从来也不花钱似的。据说，只有我们回家的时候，才从外面买一点东西来吃，那是拿我们当客人招待的。

"别以为他对你们好。"祖母说，"你们几年不吃家里，省下的钱，够他招待你们的了！"

大爹的太太，我们的伯母，我们叫她"大妈"。大妈是家里的"心脏"。她永远是天不亮就起床。起床之后，她把自己打扮整齐，抱柴，烧水，把头天晚上浸好的秫米放在锅里煮粥。高粱米最难煮，要费很长时间，才可以煮稠。等我们起来的时候，红红的秫米粥已经盛在乌亮的瓦盆里，炕桌上摆好自家腌的酱菜和卤鱼，等着我们吃早饭了。

大妈和大爹不同，她总是笑脸迎人的。冬天，早上起来，她总是先问我们"夜里冷不冷"，然后舀热水，让我们洗脸。我常常注意着她那鹅蛋形的素脸，梳着光洁的发髻，她的眼睛很美，流溢着柔和的光，而她里里外外地张罗着全家的琐事，决定着每天膳食的分配，四季衣裳的添制，记着每一房大人孩子的生日。到了那天，一大早，就有烧饼油条和鸡蛋，表示庆祝。她把那一大堆煮熟的圆溜溜的鸡蛋放在过生日的孩子的炕上滚着，使人觉得那真是一种快活健朗的祝福。她说烧饼和油条是象征着腿的健康的。我很欣赏她这种祝福。她那明快、肯定而柔和的动作使我对她有无限好感。我还敬佩她每天早晚必定按规矩到祖母房里来问问安，点烟倒茶，整理被褥，在门旁侍立一刻，闲谈几句，然后退出房门的那番礼法——那已经被我们这维新的一代弃如敝屣的礼法。而祖母却说："你大妈当这个家，只会苦我们，她自己房里是富裕的，我才不稀罕她装模作样的来讨好我们！"

我不知道是否真的如此，我也不喜欢去深究这些。我并不关心老家财产的多少。自幼，我就受了父亲的影响。他常说："一个人靠祖产是没有出息的。我不在乎家里的财产，人人都该自立谋生。"

那正是那样一个转变的时代。许多读"洋学堂"的青年都丢下那旧得霉腐的老

家，去外面自立谋生。他们投入一种新的、工业化的生活里。他们用时钟代替了太阳。他们过着连吃一根葱也要去买的日子。他们按月领薪水，而薪水总是不够开支。但是，他们穿得一天比一天考究，妇女们慢慢地讲求时髦，而且学会了打牌。当我们隔几年回一次老家时，老家的人们都带着敬羡的眼光看我们，而我们也为自己能够自立谋生，和接触新的东西，学来新的"派头"而有点自豪。

但是，有一年，我们忽然不能自立谋生了！

那年，战争爆发，父亲忽然失业。小家庭的生活，怕的就是失业，我们没有积蓄，兄弟姊妹又多。正在彷徨无主，忽然接到大爹的信。我们拆开那旧式的印着红框的中国信封，看见大爹那朴拙的毛笔字。他写道："……小难逃城，大难逃乡。如在外生活不易，可随时返家团聚。家中虽清苦，然粗茶淡饭，尚可无缺。"

父亲一生好强，说："如果我发财还乡，还有脸回去。如今落魄，情愿在外面流落，也不回去丢脸。"倒是母亲看出家里实在无法维持，暗中写了一封信回家说，决定先让我带着两个妹妹回家，可以减轻一点负担，母亲和父亲带着弟弟则暂时在外面看看情形。

不两日，大爹来了回信，信中详细说明火车开到的时刻，让我们务必搭某日某班的火车回去。

那天，天气奇寒，风雪交加。十八岁的我，带着两个不满十岁的妹妹，上了火车。

火车在冰天雪地中奔驰。我们三人紧紧地挤在三等车厢里的一张椅子上坐着，茫然地望着外面的风雪。那平原真是荒凉。火车奔驰好几里，也看不到一户人家。只有冻僵的寒天，冻僵的河水，冻僵的平原，冻僵的枯树和颤抖的电线。那火车窗棂上积着高高的一层雪。车中的暖气驱不走那从四面八方袭来的严寒。我们的手和脚都冻得发痛。

那天，因为对面来的火车在路上出事误点，我们这班车在一个小站等着"错车"，等了好久，到达老家那小站时，已比平时晚了半小时余。冬天日短，车进站时，但见暮色苍茫。我们三个提着简单的行囊下了火车，那狂风吹得我们站不住脚。正在彷徨无主，却见大爹从那个写着站名的白色木牌后面跑过来。他脚下穿着大毡窝，身上穿着羊皮袍，头上戴着老毡帽。他跑的时候，那毡窝就陷在深深的雪里，使他举步维艰。他跑得那样吃力，而又那样快，使我们几乎不相信那就是大爹。我们从来也未见大爹跑过，他总是四平八稳的踱着方步的。而这次，他吃力地跑到我们面前，嘴唇"嗦嗦"地抖着，用他冻僵的手把两个妹妹搂在他怀里，说：

"好孩子！好孩子！冻坏了吧？孩子？"

两个妹妹被西北风夹着鹅毛大雪灌得喘不过气，扑在大爹怀里，一句话也说不出来。我在旁边把背对着风，满眼都是冰凉的泪，不顾得寒暄，只见大爹伸手接过我的箱子，说了一声："走吧！还得过天桥。"

小站的天桥是露天的，很简陋。高处风欺雪虐，我们又是逆风，大爹走在最前面，吩咐两个妹妹说："拉紧我的袍子！别抬头！我给你们挡着风！"两个妹妹紧紧抓住大爹的羊皮袍子后摆。我跟在最后，把围巾紧紧地裹住头和嘴。而那大片的雪和大股的风，"呼呼"的把我们一直往后推。我们连眼睛都睁不开，模模糊糊地只见大爹在前面躬着身子和寒风抵抗。走到天桥中间，忽然一阵疾风，把三妹的围巾吹飞，三妹被风吹得一个踉跄，险些从那稀疏简陋的栏杆下面掉下天桥去。大爹回身一把拉住了三妹，把他自己的围巾解下来，给三妹系在头上。又返过手来紧紧的拉住她们，踩着天桥上冻硬溜滑的积雪，步履蹒跚地走过了这惊险的一段。当我们下了天桥，走出站台之后，我才看见大爹的脸上冻得发紫，他嘴上花白的短须，沾着白白亮亮的冰花。他的嘴里呵着白气，哆嗦地说："来来！我已经雇好了'刘把式'的车。""刘把式"的车在车站转角的地方等着，他是镇上一个熟识的马轿车夫，乡下称赶车的叫"车把式"。

上了那挂着棉篷的马轿车，我们并没有停止抖颤。车被棉篷紧紧地围住，里面黑洞洞的。风雪被阻挡在棉篷之外，而大爹却跨坐在外面的车辕上。旧时的规矩，妇女才盘膝坐在车里，男子是要"跨辕"的。

我们不知道大爹有多冷。从车站到家，还有三里路，又是逆风。当我们好容易到家时，已经掌灯了。

老家还是那样，天已全黑，只有有煤油灯的地方是红红亮亮的。大爹把我们带到祖母房里，祖母房里升着炭火盆。大妈带着怜惜的笑容走过来，给我们打热水洗脸，给我们用开水冲茶汤喝了，我们渐渐暖上来。大妈让我们坐在烧热的坑头上，一面张罗给我们端饭，一面抱过簇新的棉被和枕头，问祖母，是让我们睡祖母的套间，还是睡大妈的套间。"他二婶(指我母亲)那东厢房太冷了，还是让孩子们和我们住在一起吧！"她建议着。祖母带着欣慰的心情答应着，一面向我们问长问短。而大爹早又恢复了他那慢吞吞地踱方步，和那慢吞吞的说话的腔调。当我们一面吃饭，一面激动地讨论着外面的风雪时，他只"嗯嗯"地答应着，仿佛那是一件很平常的事。

而一直到后来，我们才想起，那天火车误点，他在风雪中多等了我们半个钟头。老天！那样的风雪！

许多事都是这样的，在当时，觉得很平淡。也不知道究竟有多艰难，也不知究竟有多温暖,也不知道究竟有多感激。我只记得从那以后,祖母没有再提大爹独享我们财产的事,也不再提分家的事。

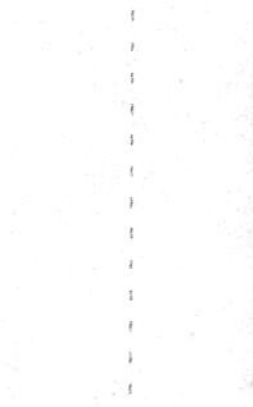

过了几年,战争完了,苦日子也过去了,我们才听说,大爹那些年省吃俭用,把押给人家的庄子已经赎了回来。芦苇地也差不多都赎回来了。镇上以前一共有四个有名的大户,后来都破落了。我们是其中之一。我们也是惟一留住祖产房屋,而且赎回祖产田庄的一户。

我想,假如从那时候不再荒乱该多好!努力和节俭本来是最真实、最不会被否定的东西。亲情也是最真实、最不会被否定的东西。而我们这一代就缺少那种福分,家里刚刚振作,就又被变乱席卷了!

我到了台湾,要结婚的时候,收到大爹一封信。信里附着一个红包,里面是四千万元的汇票。信上大意说:"家中年景不好。我原为各侄女每人积存一份妆奁,但不幸,币值贬降,这数目大约也只能给你买双丝袜了,伯伯不才,未能克尽家长之责,希吾侄谅之。"

我岂能不"谅之"?我岂能不感激涕零?我岂能忘记那年的风雪,那北方古老的家园!那凄寒中如像火般的光与热,那属于中华古国传统的含敛不露而真实无比的亲情!

原汤原汁抒写真情

◇赏析/李　霖

罗兰的散文,像一泓微波不兴的湖水,细细品味之后,就会有一种难以抑制的情感,油然而生,作品仿佛在一点点打开读者的心扉,那是弥漫在字里行间的真情逐渐扩散到读者的整体肺腑。

那岂是乡愁,那是一个很动心的回忆。回忆北方,回忆故土,回忆茫茫的雪、猎猎的风,回忆老羊皮袍、旧毡帽,还回忆那风雪中躬着身子的老人和栏杆简陋的天桥。

作者笔下的老人是一个质朴无华的艺术形象。他是一个常见的本分的北方老头。因为要支撑这个老旧家庭的生计,他平时很节俭,即使来人——像来了几个久别了的弟媳、侄女等,也是大锅饭,菜多半是卤鱼、豆腐,及自家种的蔬菜。

但老人的性格内蕴以及性格发展,并不如卤鱼、豆腐、蔬菜那么单调。在一次

战争爆发时，他心底里最真最善最美的本质显露出来了，完全丢弃了平时的木讷、不近人情，代之以诚挚和炽情，把人性升华到了极点。这是全文的高潮，是作品中最美的一道风景线。罗兰笔下没有猎奇和拔高，只是像常人聊天一样，把原汁原汤端在了读者面前：疾风夹裹着的鹅毛大雪，冰得发紫的脸和短须上的冰花，步履蹒跚的老人和三个孩子……

散文重情，情贵在真。罗兰能摆脱脂粉气，素面朝天地铺陈性情，把感情始终融化在每一个质朴无华的文字里，可谓创作上的大手笔。

索性凭着深刻的印象，将这些往事，移在白纸上罢——，再回忆时，不向心版上搜索了！

我的故乡

◆文/冰　心

我生于一九〇〇年十月五日（农历庚子年间八月十二日），七个月后我就离开了故乡——福建福州。但福州在我的心里，永远是我的故乡，因为它是我的父母之乡。我从父母亲口里听到的极其琐碎而又极其亲切动人的故事，都是以福州为背景的。

我母亲说：我出生在福州城内的隆普营。这所祖父租来的房子里，住着我们的大家庭，院里有一个池子，那时福州常发大水，水大的时候，池子里的金鱼都游到我们的屋里来。

我的祖父谢子修（銮恩）老先生，是个教书匠，在城内的道南祠授徒为业。他是我们谢家第一个读书识字的人。我记得在我十一岁那年（一九一一年），从山东烟台回到福州的时候，在祖父的书架上，看到薄薄的一本套红印的家谱。第一位祖先是昌武公，以下是顺云公、以达公，然后就是我的祖父。上面仿佛还讲我们谢家是从江西迁来的，是晋朝谢安的后裔。但是在一个清静的冬夜，祖父和我独对的时候，他忽然摸着我的头说："你是我们谢家第一个正式上学读书的女孩子，你一定要好好地读呵。"说到这里，他就原原本本地讲起了我们贫寒的家世！原来我的曾祖父以达公，是福建长乐县横岭乡的一个贫农，因为天灾，逃到了福州城里学做裁缝。这和我们现在遍布全球的第一代华人一样，都是为祖国的天灾人祸所迫，漂洋过海，靠着不用资本的三把刀，剪刀（成衣业）、厨刀（饭馆业）、剃刀（理发业）起家的，不过我的曾祖父还没有逃得那么远！

那时做裁缝的是一年三节，即春节、端午节、中秋节，才可以到人家去要账。这一年的春节，曾祖父到人家要钱的时候，因为不认得字，被人家赖了账，他两手空空垂头丧气地回到家里，等米下锅的曾祖母听到这不幸的消息，沉默了一会，就含泪走了出去，半天没有进来。曾祖父出去看时，原来她已在墙角的树上自缢了！他连忙把她解救了下来，两人抱头大哭；这一对年轻的农民，在寒风中跪下对天立誓：将来如蒙天赐一个儿子，拼死拼活，也要让他读书识字，好替父亲记账、要账。但是从那以后我的曾祖母却一连生了四个女儿，第五胎才来了一个男的，还是难产。这个难得出生的男孩，就是我的祖父谢子修先生，乳名"大德"的。

这段故事，给我的印象极深，我的感触也极大！假如我的祖父是一棵大树，他的第二代就是树枝，我们就都是枝上的密叶；叶落归根，而我们的根，是深深地扎在福建横岭乡的田地里的。我并不是"乌衣门第"出身，而是一个不识字、受欺凌的农民裁缝的后代。曾祖父的四个女儿，我的祖姑母们，仅仅因为她们是女孩子，就被剥夺了读书识字的权利！当我把这段意外的故事，告诉我的一个堂哥哥的时候，他却很不高兴地问我是听谁说的？当我告诉他这是祖父亲口对我讲的时候，他半天不言语，过了一会才悄悄地吩咐我，不要把这段故事再讲给别人听。当下，我对他的"忘本"和"轻农"就感到极大的不满！从那时起，我就不再遵守我们谢家写籍贯的习惯。我写在任何表格上的籍贯，不再是祖父"进学"地点的"福建闽侯"，而是"福建长乐"，以此来表示我的不同意见！

我这一辈子，到今日为止，在福州不过前后呆了两年多，更不用说长乐县的横岭乡了。但是我记得在一九一一年到一九一二年之间我们在福州的时候，横岭乡有几位父老，来邀我的父亲回去一趟。他们说横岭乡小，总是受人欺侮，如今族里出了一个军官，应该带几个兵勇回去夸耀夸耀。父亲恭敬地说：他可以回去祭祖，但是他没有兵，也不可能带兵去。我还记得父老们送给父亲一个红纸包的见面礼，那是一百个银角子，合起值十个银元。父亲把这一个红纸包退回了，只跟父老们到横岭乡去祭了祖。一九二〇年前后，我在北京《晨报》写过一篇叫做《还乡》的短篇小说，就讲的是这个故事。现在这张剪报也找不到了。

从祖父和父亲的谈话里，我得知横岭乡是极其穷苦的。农民世世代代在田地上辛勤劳动，过着蒙昧贫困的生活，只有被卖去当"戏子"，才能逃出本土。当我看到那包由一百个银角子凑成的"见面礼"时，我联想到我所熟悉的山东烟台东山金钩寨的穷苦农民来，我心里涌上了一股说不出来难过的滋味！

我很爱我的祖父，他也特别的爱我，一来因为我不常在家，二来因为我虽然常去看书，却从来没有翻乱他的书籍，看完了也完整地放回原处。一九一一年我回到

福州的时候，我是时刻围绕在他的身边转的。那时我们的家是住在“福州城内南后街杨桥巷口万兴桶石店后”。这个住址，现在我写起来还非常的熟悉、亲切，因为自从我会写字起，我的父母亲就时常督促我给祖父写信，信封也要我自己写。这所房子很大，住着我们大家庭的四房人。祖父和我们这一房，就住在大厅堂的两边，我们这边的前后房，住着我们一家六口，祖父的前、后房，只有他一个人和满屋满架的书，那里成了我的乐园，我一得空就钻进去翻书看。我所看过的书，给我的印象最深的是清袁枚（子才）的笔记小说《子不语》，还有我祖父的老友林纾（琴南）老先生翻译的线装的法国名著《茶花女遗事》。这是我以后竭力搜求“林译小说”的开始，也可以说是我追求阅读西方文学作品的开始。

我们这所房子，有好几个院子，但它不像北方的“四合院”的院子，只是在一排或一进屋子的前面，有一个长方形的“天井”，每个“天井”里都有一口井，这几乎是福州房子的特点。这所大房里，除了住人的以外，就是客室和书房。几乎所有的厅堂和客室、书房的柱子上墙壁上都贴着或挂着书画。正房大厅的柱子上有红纸写的很长的对联，我只记得上联的末一句，是“江左风流推谢傅”，这又是对晋朝谢太傅攀龙附凤之作，我就不屑于记它！但这些挂幅中的确有许多很好很值得记忆的，如我的伯叔父母居住的东院厅堂的楹联，就是：

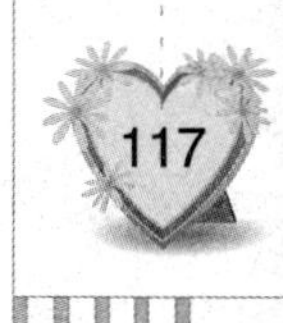

海阔天高气象
风光月霁襟怀

又如西院客室楼上有祖父自己写的：

多足知不足
有为有弗为

这两副对联，对我的思想教育极深。祖父自己写的横幅，更是到处都有。我只记得有在道南祠种花诗中的两句：

花花相对叶相当
红紫青蓝白绿黄

在西院紫藤书屋的过道里还有我的外叔祖父杨维宝（颂岩）老先生送给我祖

父的一副对联是：

有子才如不羁马
知君身是后凋松

那几个字写得既圆润又有力！我很喜欢这一副对子，因为"不羁马"夸奖了他的侄婿，我的父亲，"后凋松"就称赞了他的老友，我的祖父！

从"不羁马"应当说到我的父亲谢葆璋（镜如）了。他是我祖父的第三个儿子。我的两个伯父，都继承了我祖父的职业，做了教书匠。在我父亲十七岁那年，正好祖父的朋友严复（幼陵）老先生，回到福州来招海军学生，他看见了我的父亲，认为这个青年可以"投笔从戎"，就给我父亲出了一道诗题，是"月到中秋分外明"，还有一道八股的破题。父亲都做出来了。在一个穷教书匠的家里，能够有一个孩子去当"兵"领饷，也还是一件好事，于是我的父亲就穿上一件用伯父们的两件长衫和半斤棉花缝成的棉袍，跟着严老先生到天津紫竹林的水师学堂，去当了一名驾驶生。

父亲大概没有在英国留过学，但是作为一名巡洋舰上的青年军官，他到过好几个国家，如英国、日本。我记得他曾气愤地对我们说："那时堂堂一个中国，竟连一首国歌都没有！我们到英国去接收我们中国购买的军舰，在举行接收典礼仪式时，他们竟奏一首《妈妈好糊涂》的民歌调子，作为中国的国歌，你看！"

甲午中日海战之役，父亲是"威远"舰上的枪炮二副，参加了海战。这艘军舰后来在威海卫被击沉了。父亲泅到刘公岛，从那里又回到了福州。

我的母亲常常对我谈到那一段忧心如焚的生活。我的母亲杨福慈，十四岁时她的父母就相继去世，跟着她的叔父颂岩先生过活，十九岁嫁到了谢家。她的婚姻是在她九岁时由我的祖父和外祖父做诗谈文时说定的。结婚后小夫妻感情极好，因为我父亲长期在海上生活，"会少离多"，因此他们通信很勤，唱和的诗也不少。我只记得父亲写的一首七绝中的三句：

××××××××，
此身何事学牵牛，
燕山闽海遥相隔，
会少离多不自由。

甲午海战爆发后，因为海军里福州人很多，阵亡的也不少，因此我们住的这条

街上，今天是这家糊上了白纸的门联，明天又是那家糊上白纸门联。母亲感到这副白纸门联，总有一天会糊到我们家的门上！她悄悄地买了一盒鸦片烟膏，藏在身上，准备一旦得到父亲阵亡的消息，她就服毒自尽。祖父看到了母亲沉默而悲哀的神情，就让我的两个堂姐姐，日夜守在母亲身旁。家里有人还到庙里去替我母亲求签，签上的话是：

> 筵已散，
> 堂中寂寞恐难堪，
> 若要重欢，
> 除是一轮月上。

母亲半信半疑地把签纸收了起来。过了些日子，果然在一个明月当空的夜晚，听到有人敲门，母亲急忙去开门时，月光下看见了辗转归来的父亲！母亲说："那时你父亲的脸，才有两个指头那么宽！"

从那时起，这一对年轻夫妻，在会少离多的六七年之后，才厮守了几个月。那时母亲和她的三个妯娌，每人十天替大家庭轮流做饭，父亲便帮母亲劈柴、生火、打水，做个下手。不久，海军名宿萨鼎铭（镇冰）将军，就来了一封电报，把我父亲召出去了。

一九一二年，我在福州时期，考上了福州女子师范学校预科，第一次过起了学校生活。头几天我还很不惯，偷偷地流过许久眼泪，但我从来没有对任何人说过，怕大家庭里那些本来就不赞成女孩子上学的长辈们，会出来劝我辍学！但我很快地就交上了许多要好的同学。至今我还能顺老师上班点名的次序，背诵出十几个同学的名字。福州女师的地址，是在城内的花巷，是一所很大的旧家第宅，我记得我们课堂边有一个小池子，池边种着芭蕉。学校里还有一口很大的池塘，池上还有一道石桥，连接在两处亭馆之间。我们的校长是黄花岗七十二烈士中之一的方声洞先生的姐姐方君瑛女士。我们的作文老师是林步瀛先生。在我快离开女师的时候，还来了一位教体操的日本女教师，姓石井的，她的名字我不记得了。我在这所学校只读了三个学期，中华民国成立后，海军部长黄钟瑛（赞侯），又来了一封电报，把父亲召出去了。不久，我们全家就到了北京。

我对于故乡的回忆，只能写到这里，十几年来，我还没有这样地畅快挥写过！我的回忆像初融的春水，涌溢奔流。十几年来，睡眠也少了，"晓枕心气清"，这些回忆总是使人欢喜而又惆怅地在我心头反复涌现。这一幕一幕的图画或文字，都是

我的弟弟们没有看过或听过的，即使他们看过听过，他们也不会记得懂得的，更不用说我的第二代第三代了。我有时想，如果不把这些写记下来，将来这些图文就会和我的刻着印象的头脑一起消失。这是否可惜呢？但我同时又想，这些都是关于个人的东西，不留下或被忘却也许更好。这两种想法在我心里矛盾了许多年。

一九三六年冬，我在英国的伦敦，应英国女作家弗吉尼亚·沃尔夫(Virginia Woolf)之约，到她家喝茶。我们从伦敦的雾，中国和英国的小说、诗歌，一直谈到当时英国的英王退位和中国的西安事变。她忽然对我说："你应该写一本自传。"我摇头笑说："我们中国人没有写自传的风习，而且关于我自己也没有什么可写的。"她说："我倒不是要你写自己，而是要你把自己作为线索，把当地的一些社会现象贯穿起来，即使是关于个人的一些事情，也可作为后人参考的史料。"我当时没有说什么，谈锋又转到别处去了。

事情过去四十三年了，今天回想起来，觉得她的话也有些道理。"思想再解放一点"，我就把这些在我脑子里反复呈现的图画和文字，奔放自由地写在纸上。

记得在半个世纪之前，在我写《往事》(之一)的时候，曾在上面写过这么几句话：

索性凭着深刻的印象
将这些往事

移在白纸上罢——
再回忆时

不向心版上搜索了！

这几句话，现在还是可以应用的。把这些图画和文字，移在白纸上之后，我心里的确轻松多了！

回忆童年怀念故乡

◇赏析／黄 艳

冰心说过："生命从八十岁开始。"她的晚年创作也翻开新的一页，陆续推出了一批新作。《我的故乡》，是她晚年新作中的一篇重要代表作。

中华民族的子子孙孙都有很深的故土情节，回忆童年，怀念故乡，是我国文学创作中的永恒的主题。冰心就这样把她深深眷念故土之情，诉诸清新委婉的文字，把胸中感情"奔放自由地"抒写出来，正像她自己所说："十几年来，我还没有这样畅快地挥写过！"

文章开头，开门见山，点明自己的生年及出生地福州。对出生地福州城内隆普营故居，一句话便把读者带进她那童年美丽的记忆中："院里有一个池子，那时福州常发大水，水大的时候，池子里金鱼都游到我们的屋里来。"寥寥三十多字，真如一段童话，简练，生动，富有语言张力，把一幅祖居鲜明地勾勒出来，充满童真的久远的记忆是那样鲜活。同样，在另一处童年美好的记忆是关于福州女子师范学校，其地址是在城内的花巷，"课堂边有一个小池子，池边种着芭蕉"，"学校里还有一口很大的池塘，池上还有一道石桥，连接在两处亭馆之间。"这幅校园图用的文字也仅仅几十字，图中有亭台楼阁，小桥流水，琅琅的书声，童稚的欢笑，渗透着古朴而烂漫的童趣。

这篇作品的重要内容是冰心叙谈家世。她的叙说娓娓动人，一样充满美好的回忆，字里行间跳动着一颗童心。曾祖父是一个不识字、受欺凌的农民裁缝。祖父"满屋满架的书，那里成了我的乐园，我一得空就钻进去翻书看"。父亲跟着严复去当水师驾驶生，参加甲午海战，而母亲因此过着"一段忧心如焚的生活"。在叙说家世之中，特别写了两三段影响作家一生的事：一是祖籍长乐横岭乡父老送给父亲的红包竟是一百个银角子凑成的"见面礼"，父亲恭敬地退回去了。二是父亲作为一名巡洋舰上的青年军官，到过许多国家，他曾气愤地对小冰心说："堂堂一个中国，竟连一首国歌都没有！"英国在举行购船接收仪式时，竟奏《妈妈好糊涂》的民歌调子作中国国歌。三是中日甲午海战，阵亡将士不少，父亲因军舰被击沉，泅海上岸，回到福州。这些童年生活情景，对冰心幼小的心灵，产生了深刻的影响。后来，冰心一生正直、善良，爱祖国，爱人民，与深厚的家庭教育有着密切的关系。

雨雪雰霏，令我怀忆起我的故乡来。现在，故乡里，还是依然地下着大雪罢。可是，我呢，则是飘零到大江南，也许会永远没有回到故乡的希望了罢。

和我同样地流离到各处的人，真不知有多少哟。可是，他们同我一样，也怕会永久看不见故乡的美丽的雪景了罢。

来自乡野的风

人到了村口，眼界自然就要变得开阔，自然也就多了一些非想。然真的奔了出去，天涯海角地远了，才会觉得村口上的暖热。那思乡之情，往往就是想这要命的村口，从这村口上哩哩啦啦地开始。

没有了这些，对于我来说家乡和乡情就消失了一大半。

月照板门

◆文/清　雪

我的乡情很淡漠。我的家乡就在离单位不远的地方。因此，我不用刻骨铭心地思乡，也不用长吟游子诗。那一定是个十分美妙的情思，我想。很久以来，我总能回家，有时是每月一次，有时是每周一次，有时还要多。家乡就在手边，回家对于我方便得像一把剃刀，或一篇能哄婴儿睡觉的"瞎话"。

一九七一年五月二十九日，一列火车把我与八百多名姑娘小伙拉出家乡，半小时后，我们就走上工作岗位。晚上，墨绿色的列车又把我们拉回了家乡。往后的日子，我天天车来车去，风雨无阻。有一段时间，我还在车上偷偷地爱上一个女孩。当然，那个青春恋人没有成为妻子，而是渐渐地消失在从前的火车后面。我经常做这样的梦：背着一个黑牛皮的工具袋，走下火车，走进一道铁栅栏里，向前走哇、走哇，可怎么也走不出那个灯光昏暗的检票日。我工作单位曾是九层楼，天气若好，我常于窗前眺望，我看见出生的地方冒出一缕缕的浓烟和影影绰绰的楼影。这时，我没有那种蜜蜂般黏稠的乡情，心里只是说：真快。二十多年一晃，没了。家乡，对于我来说，一度就是那种肮脏的市郊列车，和精疲力竭的出站口。

家乡是人，它的核心是人。乡情是人情，是亲情，是友情。家乡，对于我来说，首先是奶奶。她是一个人格的化身。我曾在一篇文章里写过她，她三十八岁守寡，拖儿带女，把我们这个家带到现在。我是长孙，她疼我。小时候，她上街、看戏带我，到城外拾柴带我，去乡下串亲带我，我是她身后的一个小小的影子。记得有一次看《铡美案》，戏台上的陈世美被包拯铡杀时，我吓得放声大哭。晚上，奶奶大半夜睡

不着,一遍又一遍在门框上敲,边敲边喊:小清雪啊,回家吧!小清雪啊,回家吧!直到现在,我的耳边还回响着奶奶那发颤的叫声。在我执勤的日子,火车进站的笛声传进屋,奶奶就踮着小脚跑出门,一直到我的身影在街角出现。她总为一些火车轧人的消息惊悚,在她的心中,我永远是个小小的鸡雏。七十年代初,我干力工,每月拿六十多元。我给奶奶每月开五元零花钱。可她不花掉,偷偷地接济了她的兄弟姊妹。我十分不满。采取了一种刻毒的措施,一个休息日,把奶奶的钱差不多都要出来,上街买回了很多糖果点心,目的是强迫她自己吃,奶奶很激动,她说:我以后不要你的钱,不要你的东西。你不是孝心。顺者为孝,你这孩子不行!现在,我体会到了奶奶的心情,她也关心她的兄弟姊妹,那是她的深挚浓烈的乡情。而我却不懂,伤了她的心。为此,我承认我是一个不孝子孙。

家乡,对于我还是母亲父亲几个弟弟妹妹,我常见他们。有时,给父母送点孝敬钱,给弟妹一点力所能及的帮助,不藏奸,很忠实,做到这些,回到自己的窝躺着,心情很宁和。普通百姓的乡情,没有比这更普通和自然的了。乡情该实在,它不该有企图,不该矫情,它不是一种痛苦的贸易展览会,也不是幸福的瑶池蟠桃宴。我喜欢有的陕北民歌,比如《走西口》,比如《三十里铺》,歌里面的乡情浓得化不开,实在得像土疙瘩。听着听着,就像回到家,它不是儿童手上的泥阿福,也不是大车店土炕上的下流话,更不是省级刊物上的几个换钱的文字。我想起了一首歌:

说凤阳,道凤阳,
凤阳是个好地方,
自从出个朱皇上,
十年倒有九年荒……

这歌唱得挺好。凤阳也是那皇上的家乡,可他是怎么对待家乡的?他给了家乡什么?他给了家乡人什么?家乡不会因个“名人故里”的牌子而江河改道,大地易容的;家乡人也不能靠几页颂诗、若干纪念文字来取暖和填肚皮。游子吟的是慈母,吟的不是梓里风物、张家长李家短。当然,吟那“在河之洲”的“关关雎鸠”也无妨。我们能忘了那个为家乡盖学校的南洋富商陈嘉庚么!如果一个人不懂孝悌,不懂仁慈,他不配有家乡,更不配说乡情。

我对于家乡的贡献,只局限于对家中亲人的亲情与义务。这对于我,恐怕也只能如此,我信奉北大学生的生活:从我做起,从脚下做起。别的,我不能。做了这些,我的乡情不伟大,很安谧,没有回流与惊雷,甚至可以忘掉它,不去为它九转柔肠、

魂牵梦绕，扎扎实实地做一个平凡自然的孙、儿、哥。

一九七六年春节后一天，我离开家乡去山东。一去三个月。那时，奶奶还没病，她还能在清早为我做饭。记得临出差的那天早上，奶奶流泪了。我说，奶，我出差，去工作，不往那儿调。

奶笑了。那时，我还未满二十二岁，是个瘦伶伶的小黄毛儿。在山东，我想家、想奶，也想三弟(三弟从小与我盖一床被，是我的一个影子)，还想上面说的那个车中女孩。想归想，白天坐着汽车到各处去检查工作，晚上开会，吃小灶，睡沙发床，“梦里不知身是客”。日子不算快，亦不算慢。三个月以后，我依时回家。下火车的时候已经天黑。我背着两个大旅行袋，里面装满山东大米和花生，足有一百斤。从火车站到家的三个街口，我歇了不知几次，可心一点也不累，一想到家人享受花生时的图景，脚步就轻松了。

很快，我拐过那个街角，望见家的大门。家的大门刷的是黑漆，左面的门板向里面开，屋子里的灯光照在那块门板上，黑门板泛着淡淡的灯光。回家了，我松了口气。又走了十几米，双眼蓦地热了。在右面门板外面，奶奶还像三个月前那样站着，伸长脖颈向街口这边张望。那时月亮才爬上前面的屋顶，它很圆很大，照得我家的门口像白昼一样。在月光里我发现，奶奶的脸有些消瘦，头发有点凌乱，眼睛也显得有些朦胧，朦胧到我几乎走到她眼前都看不见。后来，她看见了我，眼睛瞪圆了，嘴撇了撇，没说出话，颤巍巍地回过身去，双手推开那块关着的门板……

奶奶一九八一年春天去世了。我们家也从那个黑色板门的房子搬出来。现在，我再回家时，已经没有了那块黑板门，更没有了倚在门旁的奶奶眺望着街角，她白发苍苍，披一身明亮月光……没有了这些，对于我来说家乡和乡情就消失了一大半。

月照板门，倾诉乡情

◇赏析／胡从登

“乡情是人情，是亲情，是友情。”

“乡情该实在，它不该有企图，不该矫情，它不是一种痛苦的贸易展览会，也不是幸福的瑶池蟠桃宴。”

“如果一个人不懂孝悌，不懂仁慈，他不配有家乡，更不配说乡情。”

这就是《月照板门》一文对乡情最好的诠释。

奶奶三十八岁开始守寡的身世，奶奶对“我”的疼爱，以及奶奶对她兄弟姐妹的关心，犹如春风化雨滋润着“我”幼小的心灵，让“我”懂得了什么是人情、亲情和友情。

一九七六年春节后，“我”曾离开家乡三个月，出门前是奶奶流泪送“我”。三个月后的一个月夜，奶奶站在门前，伸长脖颈守望着“我”回家。月光中，奶奶消瘦的脸，凌乱的头发，蒙眬的眼睛，见“我”后撇了撇嘴，颤巍巍地回过身去，双手推开家门……这幅“月夜守候图”已构成“我”心中永恒的定格。因此，文章结尾便有了“现在我再回家时，已经没有了那块黑板门，更没有了倚在门旁的奶奶眺望这街角的……没有了这些，对于我来说家乡和乡情就消失了一大半。”

如今的月光，依旧是那样的朗照，漆黑的板门和疼爱“我”的奶奶已离我远去，后辈的心中好感凄凉与失落，一种难言的乡情在泪水中融化在心头，文章的结尾给人一种感情迂回的过程。

它不会让人时时挂念，却能令人终生难以忘怀。这就是故乡，人人都有的故土之情。

故 乡 情

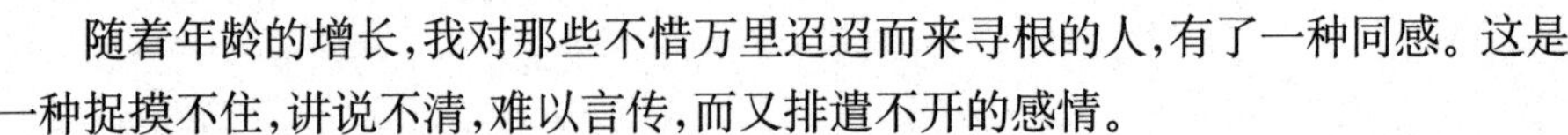

◆文/茹志鹃

随着年龄的增长，我对那些不惜万里迢迢而来寻根的人，有了一种同感。这是一种捉摸不住，讲说不清，难以言传，而又排遣不开的感情。

它好像很巨大，又好像很琐细。具体得如一撮土，一滴水。但要说它只是一撮土一滴水，又似乎绝非如此，它又大得无从搬移，无法传递，不可替代。它是天，它是地，它是山，它是水。然而它又非一般的天、地、山、水，它和民族，和祖先，和各人逝去的童年，或青年时代的岁月，和中华民族的历史，和个人的经历镶嵌在一起，盘根错节地联在一起的那个天、那个地、那个山、那个水，还有那种对别人毫无意味，对自己却无比亲切的乡音。

说实在话，世上有着许许多多比乡土更加美妙，更加怡人的地方。但独有故乡却是“我的”，它像母亲一样，无可选择。美的，不够美的，都一样，是亲爱的，是“我的”。它不会让人时时挂念，却能令人终生难以忘怀。这就是故乡，人人都有的故土之情。

绍兴是我的祖籍，我没有在这里住过，对它并不熟稔。绍兴话亦只是小时候听祖母说过，但不知为什么，这里的一切都使我向往。为了探望故土，为了聆听乡音，我来到了绍兴。

坐着蚱蜢似的乌篷船，沿着小河，沙沙地擦着野生花草，经过一道一道圆拱的、半菱形的石头小桥，经过林边的埠头，那里，着青布衫的姑娘在洗衣裳，穿红球衣的小伙子在挑水。在一圈一圈的水晕里，他们好像飘动在纡青拖蓝的白云之间。

坐在船尾摇船的老倌，一面用脚蹬着桨，用手里的划子点拨着船的方向，一面嘴里热闹地说着话，说着路途如何的远，到的所在又是如何的偏僻，回程的生意又是如何难找，等等。当听到我们同意加他一点船钱的时候，他又大声地发出一连串的感叹词：

"喔唷！啧啧，这位师母真是……啊！真是……"随着那汩汩而进的小船，那乡音在故乡的水上跳着，笑着，滑着，热热闹闹地送得老远老远……

这一切对我都是新鲜的，但又觉很熟悉，是见过的。在哪里见的呢？说不出，也许是在梦里。

我曾经做过这样的梦么？

……

我提着小竹篮，两只脚踏踏实实地走在故土上了。沿着晚稻田畈当中的石板小道，浴着刚升起的太阳光，向小镇慢慢走去。在镇上一所校办的尼龙袜厂里做工的姑娘们，下了夜班回村来了。穿得山青水绿，手里提一个小竹篮，篮上盖一块新的花手帕，手帕边上伸出一双筷子，穿着布底鞋儿的脚，迈得轻轻地，迈得急急地，赶回家来了。家里的小鹅儿等她们回去切萝卜菜哩！那挑了一半的花边，也要赶紧完工；那河埠头正等她们去淘米；那太阳光也正等着她们去晒草呢！多少事啊！脚步儿更加匆匆起来。我站在路边让着道，目送走了三个，又迎来了五个，故乡的姑娘们走远了，苍黄的稻田上面增加了几只鲜艳的蝴蝶。稻篷上面断断续续地传来了脆松松的声音："……懊煞哉！真当是顶了石臼做戏文……"

"……伊屋里灶司菩萨，还是伊大……"

风把声音吹远了，剩下面前一条寂寂的石板路。两旁的田畈把它挤得窄窄的，细细的一条，逶迤地牵引着人向镇上而去。

这情这景，我觉得新颖，然而我熟悉，我见过的。在哪里见的呢，也许在梦里。……

小路引我走过一个小村尾，一团绿雾似的小竹园，掩映着一排白灰墙乌板门。一个五六岁的女孩，不知哪里受了委屈来，抹着眼睛。裤脚吊到小腿上，散了半边的辫子，遮着她有一点点脏的半边红脸蛋，独自寂寞地走在竹园后面。我猜，在那紧闭着的黑板门中，总有一扇是她家的。

啊！家，是了，是家。哦，故乡，没有我的家的故乡！从前，当我也像这女孩这么大的时候，你不曾好待我过。记得么，你让我走在那石乞磴石乞磴的石板路的深巷里，两边偌高的风火墙把我隔在外面，连想像的翅膀都无法飞越。那幼稚的想像，无非只是想到里面有一张眠床，有一碗热饭，有一点点不那么冷的暖意。这就是我

心目中“家”的全体，这就是我所能有的、最美妙的想像。故乡，故乡，我在你身边做过多少次“家”的梦，多少次问过我惟一的亲人，说：“嗯奶，我们什么时候也能有一个‘窝’呢？……”

没有我的“窝”的故乡啊！你未曾好好待我过，然而却在梦中无数次地使我萦回。我梦见故乡的天，故乡的地，故乡的山，故乡的水。因为，你给我的就是这些，因为，我把这些就当作我的家。我的家啊，总是席卷了所有的荒漠，贫瘠，顶着一片黄苍苍的穹苍，四周围垂着灰蒙蒙的暮霭，当中缀着一弯淡淡的孤月。反复地出现在我的梦里。多么冷啊！你冰醒了我少年时代的梦。我走了，我不能总看着你那凄恻的面容。

我也做过好的梦。那是在后来，在巍峨的孟良崮上，在马衔嚼，人轻装的陇海路旁，在济南解放的捷报声里，在白雪皑皑的淮海平原上。在那冷的北方，我梦见了温暖的故乡，梦见一个青山郁郁，绿水悠悠的故乡。那里有白米饭乌干菜；有自家的冬笋；有野生的蘑菇；有鲜红的杨梅；有金黄的蜜橘；有青布蓝衫的姑娘；有母亲般的温柔关注。没有我的家的故乡，却给了远来的战士暖和和的床，热腾腾的饭。多么好的故乡，多么美的梦啊！

绕过了小村尾，石板路接着石拱桥。傍河的小镇，沿河伸开了一条街道。豆腐担连着鲜鱼摊，担儿前的人多，摊前的人少。点心店里热气腾腾，倒并不客满，布店柜台边却站了个里三层外三层，富裕的人置冬装，更富裕的人在买花的确良。立冬刚过，有人已在筹备添夏天的衣裳。有名的羊肉银水，驮着一杆秤，敞着一件盖屁股的棉袄，背脊上的面子已不知去向，露出的棉花，远看就像一件羊皮背心。一顶新的罗宋帽，高高地顶在头上，帽顶款款地歪在一边，像京戏里的武生模样。他急匆匆赶过人群，作兴要赶去宰羊。我和老友蹲在卖鱼的木盆边，挑了两尾活跳的鲫鱼，放在小篮里，任它干张合着嘴，我们自顾慢慢地走。

在回来的路上，顺便去看了那个校办的袜厂，就是来时路上遇见那些姑娘们工作的地方。

厂，就是一个大客堂，里面坐了二十多个姑娘，摇着二十多部摇袜机，“喳喳喳”地摇完袜筒，就左一针右一针的挑袜跟，手是飞快的。挑完袜跟就“喳喳喳”地摇脚筒。

这机器，这操作，这程序，我熟悉，我见过的。不是在梦里，是真的，是在五十年之前，我暂住在杭州那危危的小阁楼里，房东聋奶奶的女儿，就整天在楼下“喳喳喳”地摇着这个。不过那时她摇的不是尼龙袜，是线袜。这“喳喳”的声音，伴着她轻轻呼的“的笃”调，让人感到凄婉和寂寞。

这机器我见过,这操作我熟悉,只是少了那凄楚的轻哼。真的,我后来梦见的情景要比这个好。那好的梦里,似乎是在一个很亮发光的展览大厅里,一部锃亮发光的立式机器,由工人一按电钮,几秒钟就拿出了一只夹花尼龙袜。我想着我的梦,走出了那间客堂工厂。可是一抬头,只见我已走到一个建筑工地上,一大排三层楼的楼房已大致完工,只差些门窗之类、木作师傅的功夫了。人家告诉我,这是造的校舍和教室,人家又告诉我,这就是用那"喳喳"响的摇袜利润建起的。我走了,摇袜机的声音已远远地落在了后面,但是依然还是"喳喳! 喳喳! "地回响在我的心里。用它陈旧的方式,古老的声音,竭尽自己所能,一圈又一圈地转着,摇着,为了三层楼的楼房,为了农民的冬装和夏衫,为了四个现代化,老老实实地奉献着自己的一切。

哦! 于是在那好的梦的前面,我又看见那些盖着花手帕的小竹篮,那些穿着布鞋儿的匆匆脚步……我也该动身了,太阳已升得老老高,还有三里路要一步一步的走过去,篮里的鱼,还在干渴地张合着小嘴。

石拱桥连着石板路,石板路带我回到老友家的村头,看见路上相遇过的那些姑娘,已换下干净的新布鞋,脱下了山青水绿的新衣裳,正蹲在河埠头洗菜,正"罗罗"地唤着小鸡小鸭……我赶紧回到了不是我家的"家"里,把鱼放进淡水缸里,干搁了两个钟头的鲫鱼,居然又悠悠地游了起来。

故乡,这就是我实实在在的故乡。

家园,那一片精神的归宿

◇赏析/黄　艳

读《故乡情》,扑面而来的,是淡雅的画,是浓烈的情,是用诗情连接起来的重重画意。在女作家笔下,这个对她并不熟稔,只是听说过的故乡的一切都是那么亲切、怡人,仿佛早已经历、早已熟识一般。这便是对家乡、对故土的深深的眷恋。

作者以亲身感受开篇,轻拨读者的心弦,纵使足迹遍布天涯海角,那魂牵梦萦的故土情思无法传递也无法用别的东西来代替。那天、那地、那山、那水,那乡音、小路……都是作者成长过程中时时的挂念。

作者踏上乡土,就把家乡的特点浮雕似的呈现在人们面前:"坐着蚱蜢似的乌篷船,沿着小河,沙沙地擦着野生花草,经过一道一道的拱桥、经过井边的埠头,那

里,着青布衫的姑娘在洗衣裳,穿红球衣的小伙子在挑水。在一圈一圈的水晕里,他们好像浮动在纤青托蓝的白云之间。"这一切都充满诗情画意,把江南水乡的那份古朴与自然,描绘得清晰可见,可摸可触。

作者回到了没有窝的故乡后,追昔抚今,思绪万千。首先勇敢地对故乡说:"你未曾好好待我过","荒漠、贫瘠""你冷醒了我少年时代的梦",笔至于此,作者内心没有一丝怨言,却向读者激情地展示了战争年代故乡的真挚、善良、无私、竭诚照顾革命战士:"暖和和的床、热腾腾的饭",饥饿的故乡能做到这一点是难能可贵的。

作者写到眼前的故乡,办起了袜厂、盖起了楼房、笑意布满了人们的脸、乡亲们用自己勤劳的双手为家乡编织着一幅美好的蓝图。

作者用女性特有的细腻的笔触,极为准确地将难以言表的故乡之情形象、真实地诉诸笔端,用"梦"这个介于幻觉与现实之间的状态来勾这一幅幅的画面与一重重的情怀,融激情深沉于一炉,使文章的境界陡然升华。

它像一缕来自乡野的风，清新、自然、温馨，具有泥土的气息。

故　园

◆文/阎　浩

我住的小村四面环山，四十几户人家精致地排列在山中间的盆地上，如卧篮婴儿般恬静安逸。各自独立又绵延不断的群山以无比温柔的姿态延伸，牛脊样的线条起伏从容，没有山岩险峰的奇丽却多了一份稳当的犹如母亲般的安详之感。

山呵护了一方儿女的繁衍生息，同时也呵护了一份朴素并带着野草味的山的文化——是山的品质也是人的精神。

走进故园就是走进大山，就是走进一份无语而博大的爱。

住宅、景致、充满了萧条生动感的冬天

这里的建筑是随遇而安的，盆地的西边有微微的凸起，大部分人家的房子就建在这里，顺着地形逐次升高。从高处看，房顶便很像一级一级的阶梯，整齐而规则。还有散乱的房子，依地形建得各具特色，像生长出来的一般。房子与房子之间点缀着菜园和果树，夏天的时候，村舍便在绿色中若隐若现，显出几分可爱的拙朴之气。除了村子四周的茂盛树林，南山还有一片四季常青的松树，所以，这里的绿色除了有空间上的层次感，更有时间上的纵横感，每一个季节都有绿色，有绿色就总会有景致，有景致就会有常在的美丽。

而冬天的时候，除了一南山的绿，就只剩下一树树枯枝和着北风白雪了。早晨或黄昏的时候，柔若无骨的缕缕炊烟缭绕僵硬发抖的各式树木。伸向四面八方的

枝枝丫丫上，总是落满了果实般的麻雀。这些树林随着麻雀的飞去归来，呈现出一丝萧条的生动感，成为冬天一道别样的风景。

炊　烟

在故乡，像我所住的那种仅有几十户人家的小村子随处可见；它们分布在山与山之间的谷地上，河流边，我们叫它屯子，其实就是比村子还要小一级的地域单位。由于屯子大都在谷地，地势低洼，倘若站在平地上互相之间是看不见的。可是一旦站在高处，那些隐藏起来的房房屋屋便会一个个地跃入视线，如变戏法般神奇。

当然，要想在平地上找到其他屯子的位置也不难，只要在早晨和傍晚的时候找炊烟，凡是在山谷间有炊烟飘起的地方，一定就有屯子，这些飘浮着的淡蓝色或乳白色的烟，升起，飘游，并拢在一定高度凝成一条淡蓝色或乳白色的带状烟雾，静止般地笼在屯子上方，而且越拉越长，远远地飘到下面的山脚下或树林边，就那么袅袅娜娜地一点一点变淡，最后消失。

七岁的时候我到离我住的地方四里地外的村小去读书，每天早上，当我爬上那道不高的山梁，那带状的炊烟也刚好延伸到山脚下，和山脚下河里蒸腾出来的水雾混在一起，屋顶上还有炊烟在冒，河里还有水汽在蒸腾，那烟带便渐拉渐长，渐长渐浓。在小学念了六年的书也看了六年的炊烟，以至于让那烟丝缕缕地飘进了身体，凝成了感情，无论在何时何地看到炊烟便陡然生出一种无以言表的亲切感和细腻的乡愁。

后来第一次接触到“人间烟火”这个词语，我一下子就想到了炊烟，有炊烟的地方就会有家园，而炊烟下面就是人间的烟火和人间的幸福。

所以，和乡村的炊烟比起来，城市的高楼太冷酷。

农家饭

在老家，流传着这样一个有趣的故事：

一对夫妇，女的想吃荞麦面的片汤，春天的时候他们便在地里种上了荞麦。在播种的时候，女的对男的说：我们到时候可以吃面片汤了。男的却说：不一定。转眼间到了夏天，锄草的时候女的又说：荞麦长得好啊，有面片汤可吃了。男的又说：那不一定。再转眼间到了秋天，收割麦子的时候女的再次说：麦子都收了，这回终于

可以吃面片汤了吧！不想男的还是那句不一定。轧麦的时候、粉麦面的时候女的还是同样的话，男的回答铁打不动：那不一定。终于，面片汤下锅了，烧开了，起锅了，装盆了，女的最后一次问丈夫：这下子可以吃到了吧！男的不一定刚出口，端着面盆的女的一个趔趄，可惜一盆热气腾腾的面片汤全部扣到了地上。男的最后说：我说不一定嘛！

每次种荞麦的时候，就会有人讲这个故事，大家都把它当成是一个和粮食有关的笑话来讲，当然其真实度也是很值得怀疑的，单就这故事的结局看，这顿吃不着，还可以再做嘛，总不能顿顿扣在地上吧！可它却从一个角度体现了农民与粮食的关系——从播种到侍弄到收回再到盘中餐，这中间的每一个环节，他们都是亲历过的，正因为此，他们对粮食的感情便要亲切得多，吃起来也格外地香甜。

千万不要小看那碗中青白或黄灿灿的米粒，从打粒装袋到粉制不知要经过多少次农民的亲手抚摸，农民对粮食不仅存在生存上的联系，更重要的是，那种由过程而培养出来的近乎相濡以沫的感情。

再比如大碗的蔬菜，那也一样是在自家的园子中种出来摘下来煮到锅里：现挖来带泥的土豆和带着叶子的豆角，洗洗干净下到锅里炖，吃的就是那满嘴的鲜味。然而鲜有鲜的味儿，陈有陈的理儿，挂着白霜的酸菜，一进腊月门蒸的豆包，一墩一整个冬天却又偏偏吃的一个“陈”字。

山里人的饭菜永远没有城里的那份精细，却能体现一种富庶的殷实，一种让人放心的原汁原味，就像人的情怀。

青蒿百草

很值得一说的是山里的蒿草。

他们在田埂上、路两旁、山坡上、低谷里，无处不在无拘无束地生长繁殖，野火烧不尽，春风吹又生。

大多数的蒿草都以气味命名，最典型的就是香蒿，顾名思义，香蒿的叶子能发出浓浓的香味，在早晚尤其浓重，所以早年晚上纳凉的时候我们都选择在屋后的井台边。在井院的墙角处，长满着几株高大茂盛的香蒿。喜欢那些个吸得满鼻都是香味的晚上，充满了温馨的天伦之乐。

苦艾蒿闻上去则永远是苦森森的，它是一种药类植物，有清凉解暑的功效。每年的端午节，爷爷一大早就会采来大把大把的艾蒿，插在门的缝隙里，等到艾蒿晒干了再收起来，把晒干了的蒿叶泡在洗澡水里，腊月二十九的晚上用来沐浴，据说

可以除去过去一年的风尘，并且保佑来年百病不侵。

也有以功用命名的蒿草，比如火绳蒿，这种蒿子是灰绿色的，长得又高又茂盛，割下来编成绳子再盘成一圈一圈地晒干，晒干后就叫火绳。过去山里穷，喜欢抽旱烟的人害怕浪费“洋火”，便利用火绳蒿爱着火又不起烟这一性质，用火绳来存火。为了节俭，过去几乎所有吸烟的人家里都有这种的火绳。燃烧时有清凉的苦味的火绳终日在墙上燃着，想抽烟的时候便到上面去点。

姑姥姥是一个嗜烟的老太太，她那暮气沉沉的小屋里长年累月地燃着一盘火绳，也就长年累月地充满着苦森森的香味，那红色的明明灭灭的火绳，使姑姥姥的屋子显得陈旧而神秘，似乎隐藏着某种无可言喻的玄机。

雾

在我很小的时候，山里有很多的狼，它们总是在下雾的天气跑下山来祸害人——叼走谁家的鸡、鹅或羊。不知为什么，那时候总有那么多有雾的天气并总有那么多在雾天跑出来的狼。

如果没有狼来捣乱的话，下雾的天气也很美，看着雾大团大团地从山谷中涌出来，毫不客气地把清澈的空间填满，那过程本身就妙不可言。偶尔传来的鸡鸣狗吠，走近了才能看清晰的带露水的喇叭花，都沾上了平日里所不能体会的感受，可是这些却全被随时会闯进村子的狼给搅乱了。其实除了小孩子，大人们是不太害怕那种动物的，母亲和婶子就曾在狼口夺过鹅。

母亲和婶子是在去河滩放鸭子的时候，看到嘴里叼着大白鹅的狼的。她们俩随手捡了块石头连喊带叫地跟了过去，雾大，她们既不敢离得太近又不能太远，就那么不远不近地跟着。狼走走停停，她们也走走停停。很显然狼并不怕她们，却十分不耐烦这种有韧性的纠缠，最后它丢下嘴里的鹅跑了。

尽管鹅未能活下来，却为晚饭的饭桌上多加了一道鹅肉。

迷蒙蒙湿润的雾也曾是某些事情美好的背景。第一天上学的时候下着大雾，在还没有安上玻璃和门的教室里，挤着湿漉漉的我们和雾，教室中间一盏昏黄的灯光显得温情无比，老师在前面喊我的名字，我答“到”的声音尖亮圆润，把满世界的雾劈开了一道缝，阳光便顺着缝隙挣扎着挤进了教室，我看见那如丝的光线刚好停落在讲桌的粉笔上，最后一点点变粗变大，一点点溢满整个教室，灿烂无比。

美丽的女老师教我们歌谣：

落雾的时候
山村变成了一间白房子
没有门
也没有窗
我们就在这房子里捉迷藏……

唱歌谣的时候同桌的女孩头发上沾满了细密密的水珠，她快活地摇着头，把水珠甩在了我的脸上，又凉又痒。

世界就是从那个有雾的早晨开始逐渐在我面前鲜活起来的。

散发着泥土气息的温馨故园

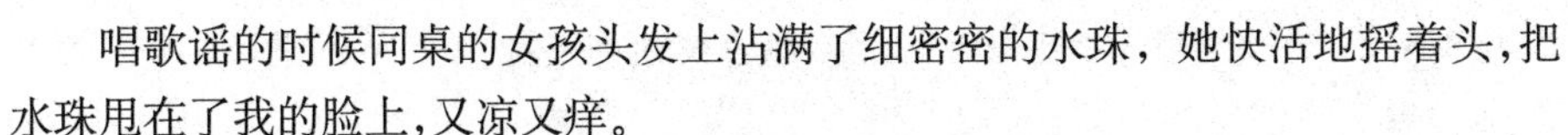

◇赏析／张 洁

《故园》是一篇描写故乡的优美散文。它像一缕来自乡野的风，清新、自然、温馨，具有泥土的气息。作者在文中细致地描述了故乡小山村的美丽景色和淳朴的风土人情，使这个小山村跃然纸上，给读者亲切、美好的印象，让读者心生向往之情。

文章开篇即对小山村进行写意似的总体描述："我住的小村四面环山，四十几户人家精致地排列在山中间的盆地上，如卧篮婴儿般恬静安逸。各自独立又绵延不断的群山以无比温柔的姿态延伸，牛脊样的线条起伏从容，没有山岩险峰的奇丽却多了一份稳当的犹如母亲般的安详之感。""走进故园就是走进大山，就是走进一份无语而博大的爱。"这段极富感染力的描述，不仅让读者对小山村的地形地貌有了初步的了解，而且营造出一种和谐、温馨的氛围，让读者心里一下就接受了这个小山村，喜欢上了这个小山村。随后，作者就在这种氛围中以一种看似散漫的笔触对小山村进行细部的描述。

首先，文章描述山里的住宅、景致和充满萧条生动感的冬天。"这里的建筑是随遇而安的，盆地的两边有微微的凸起，大部分人家的房子就建在这里，顺着地形逐次升高。从高处看，房顶便像一级一级的阶梯，整齐而规则。还有散乱的房子，依地形建得各具特色，像生长出来的一般。""这里的绿色除了有空间上的层次感，更有时间上的纵横感，每一个季节都有绿色，有绿色就总会有景致，有景致就会有常

在的美丽”。冬天,“就只剩下了一树树枯枝和着北风白雪了”,“在伸向四面八方的枝枝丫丫上,总是落满了果实般的麻雀。”正是它们使冬天“呈现出一丝萧条的生动感”。

然后是炊烟。在故园,“这些飘浮着的淡蓝色或乳白色的烟,升起,飘游,并拢在一定高度凝成一条淡蓝色或浮白色的带状烟雾,静止般地笼在屯子上方,而且越拉越长,远远地飘到下面的山脚下或树林边,就那么袅袅娜娜地一点一点变淡,最后消失。”这使得作者“无论在何时何地看到炊烟便陡然生出一种无以言表的亲切和细腻的乡愁。”

接着是农家饭。文章由一个传说写出农民“对粮食的感情要亲切得多”,是因为“那种由过程而培养出来的近乎相濡以沫的感情”。作者以生动的描述告诉读者,“山里人的饭菜永远没有城里的那份精细,却能体现一种富庶的殷实,一种让人放心的原汁原味,就像人的情怀。”

山里的青蒿百草也很有特色,叫人难忘。香蒿使人“充满了温馨的天伦之乐”,苦艾蒿“可以除去一年的风尘,并且保佑来年百病不侵”,火绳蒿可以编成火绳,用来存火。他们的共同点是“无处不在无拘无束地生长繁殖,野火烧不尽,春风吹又生”。

最后是山里的雾。山里的雾总是和狼相联系,“那时候总有那么多有雾的天气并总有那么多在雾天跑出来的狼”。但无论如何,那“下雾的天气也很美,看着雾大团大团地从山谷中涌出来,毫不客气地把清澈的空间填满,那过程本身就妙不可言”。在文章中,这“迷蒙蒙湿润的雾也曾是某些事情美好的背景”。

作者在文中选取有特色的景物,使用比喻的方法,对故园作了生动有趣的描述。文章同时运用引述故乡歌谣等手法,使文字更为丰满也更有趣味,深化了文章所要表现的主题:作者对故园的思念,作者心目中故园的美好。读这篇文章,给人感受最深的是扑面而来的浓重的乡土气息和文中弥漫的温馨、和谐以及诗一般的意境。

啥时说起村口，心里都是咣咣当当地一阵好想！

村　　口

◆文/星　竹

在北方，村口的模样大同小异，通常离村口不远的地方，便是晾麦打谷的场院，或圆或方，但一定是光光亮亮的那种，阳光铺在上面，黄灿灿的耀眼。场院上总是堆放着隔年的草垛，稻秸，风吹雨淋中，很像是一种被村人的忽视。

旧时的村口上，还会有被遗弃的石碾，老磨，烂木，马桩，这成了许多年月里，村口上的一种特定，一种摆设。无论过去还是现在，村口处的电线杆上，也总是鸟窝般地坐落个大喇叭，年月里喊人，村长或是支书，便嗡的一声拧开扩音器，扯开嗓子：分粮，缴款，领化肥。或是谁家来了亲戚在门上等候，或是谁家的猪狗祸害了庄稼……人们于村外二里三里的田间地头，也能听得仔细。

村口的重要，在于它是全村父老乡亲们进进出出的一座无形的大门，鸡狗牲畜，走至村口，都要愣愣站站，步子里显出几分迟疑，也懂得，这就是一个界限了，再远，就出了家门，到了另一番天地。

老早的年月，村口上的榆树或柳树上，还要挂一口大钟，那钟可能是一块废犁，可能是一块烂铁，真正像样的钟，反而不多。不管是啥，不论是废犁还是烂铁，一律地被称作为钟。人们下地或是收工，都得竖起耳朵，听着它的声音。现在的钟大都没了，恍惚地还能瞥见那挂钟的一根老绳，或一节生了锈的铁丝，孤零零地挂在村口的树上。

村口处的房子，不管是老旧的，还是新式的，给人的感觉都尤为重要。过去年月里的标语，口号，都要醒目而郑重地刷在村口的街墙上，任风吹雨打，或歪或斜，

或红或蓝，规划着一个村庄的年代。如今的标语已经少了许多，但新的宣传仍在村口上张扬，什么“女戴环，狗带牌，耗子洞里塞药丸”，尽管不雅，也都要先在村口处惹眼，让外人迈进村庄，就觉得这里该落实的，都早已经落实，透着几分乡村人的质朴与认真。

北方的村口，多数冲南，是朝着太阳，给人以希望。村口上的大道也就格外地平整敞亮，且印了无数的牛脚，车印，都是叠在村人的脚印上。

村口，乃是村人奔田地、奔日月、奔前程的地方。总有热闹和故事在这里发生。如今的村人，从村口上迈出脚去，从此的一生，便在村口处留下了一个个谜团儿，可能于淡薄苦寒中，彻底地改变了农家的命运。可能于某一日，突然轰轰烈烈地锦衣荣归。谁能说得准呢。然或生或死，无论是生是死，走出村口的时候，都要有相当的勇气陪伴。

村口，于平淡平常之中，也就系着撕心裂胆，揪肠挂肚的一缕缕乡情。村里的女孩，刚刚长成了桃红，正水灵灵的时候，便要于村口上，在那唢呐声中，被人接了去。而村里的男孩，是刚刚懂得了地里的活路，肩上才担了生活的苦重时，便立在村口，盼望着啥时娶回一个女人。一年四季里，村口上总有哭哭啼啼，吹吹打打的事情不断。村里的老人去了，村人要手举招魂幡，抬起棺木，一步一颤地把老人从村口上送往阴间的尽头。因此的村口，也就演义着每个村人的生生死死，而那红白丧娶的过场，也总是一桩接了一桩地往复。要说乡村的味道，村口上总是最为浓烈，最为饱满。在乡人的记忆里，啥事都像是发生在村口一样。

人到了村口，眼界自然就要变得开阔，自然也就多了一些非想。然真的奔了出去，天涯海角地远了，才会觉得村口上的暖热。那思乡之情，往往就是想这要命的村口，从这村口上哩哩啦啦地开始。

如今走出村口的乡人，是越来越多了，但无论走到哪里，这村口上的大道，石磨，老树，都会挂牢在村人的心上。闭眼睁眼，醒着梦着，黄白的村口大道，都会于眼前晃得明亮。啥时说起村口，心里都是咣咣当当地一阵好想！

牵肠挂肚的乡情

◇赏析／邹成平

“有至情之人，才有至情之文。”文中那一缕缕挥不去、忘不掉的乡情，正是因为作者心中的至情。

本文的艺术结构正如村口一般，是那样的简朴和紧凑。作者先给我们展示了村口的画面：在村口的周围，有光光亮亮的晾麦打谷的场院，场院上总是堆放着隔年的草垛，稻秸；在村口上，有被遗弃的石碾，老磨，烂木，马桩；不远的电线杆上，总是鸟窝般地坐落个大喇叭……在作者的笔下，描绘得是那样真实；接着文章又以重墨叙写了村口的重要性：那是乡亲们进进出出的一座无形的大门，是传递各种信息的重要场地，是各种活动举办的惟一场所，是离村游子寄托乡情的存放地……村口，早已是全体村民心中的最爱。文章的内容是如此简单，却让人感觉不到丝毫的平淡与杳散，字里行间，乡情成了联系的纽带。

本文的语言也如村口一般，娓娓道来，不作丝毫的雕饰。作者总像一个冷静的旁观者，客观地向读者展示着一切，“村长或是支书，便嗡的一声拧开扩音器，扯开嗓子：分粮，缴款，领化肥”，多么朴实而真切的描述，没有半个华丽的词藻，却让你仿佛经历了那个年代一般。本文的语言，简朴得就像那些乡民的生活语言，“女戴环，狗带牌，耗子洞里塞药丸”，又如“啥时说起村口，心里都是咣咣当当地一阵好想”，把乡风乡俗展示得如此淋漓尽致，在简朴的语言中，一股乡情却愈来愈浓！

平淡平常的村口，怎忘得了那一缕缕揪肠挂肚的乡情！

现在这群渔夫，大人们不过是因为闲散，青年们和孩子们因为感觉到兴趣浓厚罢了。

钓　鱼——故乡随笔

◆文/鲁　彦

秋天早已来了，故乡的气候却还在夏天里。

那些特殊的渔夫，便是最好的例证。

那是一些十岁以上十六岁以下的男女孩子，和十六岁以上的青年以及四五十岁的将近老年的男子。他们像埋伏的哨兵似的，从村前到村后，占据着两道弯弯曲曲的河岸。孩子们五六成群的多在埠头上蹲着，坐着，或者伏着，把头伸在水面上，窥着水中石缝间的鱼虾。他们的钓竿是粗糙的，短小的，用细小的黄铜丝做的小钩，小钩上串着黑色的小蚯蚓，用鸡毛做浮子，用细线穿着。河虾是他们惟一的目的物。有时他们的头相碰了，钓线和钓线相缠了，这个的脚踢翻了那个的虾盆，便互相詈骂起来，厮打起来。青年们三三两两的或站在河滩的浅处，或坐在水车尽头上，或蹲在船边，一边望着水面的浮子，一面时高时低的笑语着。他们的钓竿是柔软的，细长的，一节一节青黑相间，显得特别美丽。他们用鹅毛做浮子，用丝线穿着，用针做成钩子。钩上串着红色的大蚯蚓。鲫鱼是他们的目的物。老年人多是单独的占据一处，坐在极小的板凳上，支着纸伞或布伞，静默得像打瞌睡似的望着水面的浮子。他们的钓竿和青年们的一样，但很少像青年们那样美丽。他们的目的物也是鲫鱼。在这三种人之外，有时还有几个中年的男子，背着粗大的钓竿，每节用黄铜丝包扎着。发着闪耀的光，用粗大的弦线穿着一大串长而且粗的浮子，把弦线卷在洋纱车筒上，把车筒钉在钓竿的根上，钩子是两枚或三枚的大铁钩，用染黑的铜丝紧扎着，不用食饵。他们像巡逻兵似的，在河岸上慢慢的走着，注意着水面。那

里起了泡沫，他们便把钩子轻轻的坠下去，等待鱼儿的误触。鲤鱼是他们的目的物。

说他们是渔夫，实际上却全不是。真正的渔夫是有着许多更有保证的方法捕捉鱼虾的。现在这群渔夫，大人们不过是因为闲散，青年们和孩子们因为感觉到兴趣浓厚罢了。有些人甚至不爱吃这些东西，钓上了，把它们养在水缸里。

我从前就是那样的一个渔夫。我不但不爱吃鱼，连闻到有些鱼的气息也要作呕的，河虾也只能勉强尝两三只。但我小时却是一个有名的善钓鱼虾的孩子。

我们的老屋在这村庄的中央，一边是桥，桥的两头是街道，正是最热闹的地方。河水由南而北，在我们老屋的东边经过。这里的河岸都用乱石堆嵌出来，石洞最多，河虾也最多。每年一到夏天，河水渐渐浅了，清了，从岸上可以透澈地看到近处的河底。早晨的太阳从东边射过来，石洞口的虾便开始活泼地爬行。伏在岸上往下望，连一根一根的虾须也清晰地看得见。

这时和其他的孩子们一样，我也开始忙碌了。从柴堆里选了一根最直的小竹竿，砍去了旁枝和碰杈，在煤油灯上把弯曲的竹节炙直了，挂上一截线。从屋角里找出鸡毛来，扯去了管旁的细毛，把鸡毛管剪成几分长的五截，穿在线上，加上小小的锡块，用钢丝捻成小钩，钓竿就成功了。然后在水缸旁阴湿的泥地，掘出许多黑色的小蚯蚓，用竹管或破碗装了，拿着一只小水筒，就到墙外的河岸上去。

“又要忙啦！钓来了给谁吃呀！”母亲每次总是这样的说。

但我早已笑嘻嘻地跑出了大门。

把钩子沉在岸边的水里，让虾儿们自己来上钩，是很慢的，我不爱这样。我爱伏在岸上，把钓竿放下，不看浮子，单提着线，对着一个一个的石洞口，上下左右的牵动那串着蚯蚓的钩子。这样，洞内洞外的虾儿立刻就被引来了。它颇聪明，并不立刻就把串着蚯蚓的钩子往嘴里送，它只是先用大钳拨动着，作一次试验。倘若这时浮子在水面，就现出微微的抖动，把线提起来，它便立刻放松了。但我只把线微微的牵动，引起它舍不得的欲望，它反用大钳钩紧了，扯到嘴边去。但这时它也还并不往嘴里送，似在作第二次试验肥钩子一推一拉的动着，于是浮子在水面，便跟着一上一下的浮沉起来。我只再把线牵得紧一点，它这才把钩子拉得紧紧的往嘴里送了。然而倘若凭着浮子的浮沉，是常常会脱拨的。有些聪明的虾儿常常不把钩子的尖头放进嘴里去，它们只咬着钩子的弯角处。见到这种吃法的虾子，我便把线搓动着，一紧一松的牵扯，使钩尖正对着它的嘴巴。看见它仿佛吞进去了，但也还不能立刻提起线来，有时还须把线轻轻地牵到它的反面，让钩子扎住它的嘴角，然后用力一提，它才嘶嘶嘶的弹着水，到了岸上。

把钩子从虾嘴里拿出来，把虾儿养在小水筒里，取了一条新鲜的小蚯蚓，放在左手心上，轻轻地用右手拍了两下，拍死了，便把旧的去掉，换上新的，放下水里，第二只虾子又很快的上钩了。同一个石洞里，常常住着好几只虾子，洞外又有许多游击队似的虾儿爬行着：腹上满贮着虾子的老实的雌虾，全身长着绿苔的凶狠的老虾，清洁透明的活泼的小虾。它们都一一的上了我的钩，进了我的小水筒。

"你这孩子真会钓，这么多！"大人们望了一望我的小水筒，都这样称赞说。

到了中午，我的小水筒里已经装满了。

"看你怎样吃得了！……"母亲又欢喜又埋怨的说。

她给我在饭锅里蒸了五六只，但我照例的只勉强吃了一半，有时甚至咬了半只就停筷了。

到了第二天早晨水筒里的虾儿呆的呆了，白的白了，很少能够养得活。母亲只好把它们煮熟了，送给隔壁的人家吃。因为她和我姊姊是比我更不爱吃的。

"你只是给人家钓，还要我赔柴赔盐赔油葱！"她老是这样的埋怨我。"算了吧，大热天，坐在房子里不好吗？你看你面孔，你头颈，全晒黑啦！"

但我又早已拿着钓竿、蚯蚓，提着小水筒，悄悄的走到河边去了。

夏天一到，没有什么比这更快乐，空水筒出去，满水筒回来，一只大的，一只小的，一只雌的，一只雄的，嘶嘶嘶弹着水从河里提上来，上下左右叠着堆着。

直至秋天来到，天气转凉了，河水大了，虾儿们躲进石洞里，不大出来，我也就把钓竿藏了起来。但这时母亲却恶狠狠的把我的钓竿折成了两三段，当柴烧了。

"还留到明年吗？一年比一年大啦，明年还要钓虾吗？明年再钓虾不给你读书啦，把你送给渔翁，一生捕鱼过活！……"

我默默地不做声，惋惜地望着灶火中毕剥地响着的断钓竿。

待下一年的夏天到时，我的新钓竿又做成了：比上年的长，比上年的直，比上年的美丽，钓来的虾也比上年的多。母亲老是说着照样的话，老是把虾儿煮熟了送给人家吃。

十六岁那一年，我的钓竿突然比我身体高了好几尺。我要开始钓鱼了。

两个和我最要好的同族的哥哥，一个叫做阿成哥，一个叫做阿华哥，替我做成了钓鱼竿，竹竿、浮子、钩子、锡块，全是他们的东西，我只拿了母亲一根丝线。做这钓竿的工厂就在阿华哥的家里，母亲全不知道。直至一切都做好了，我才背着那节节青黑相间的又粗长又柔软的钓竿，笑嘻嘻地走到家里来。

"妈……"我高兴地提高声音叫着，不说别的话。

我把背在肩上的钓竿竖起来，预备放下的时候，竿梢触着了顶上的天花板，发

出窸窸窣窣的声音。我仿佛觉得自己长大了许多，亲手触着了天花板似的。

这时母亲从厨房里走出来了。她惊讶地呆了许久。像喜欢又像生气的瞪着眼望了望我的钓竿，又望了望我的全身。

过了一会，她的脸色渐渐沉下，显得忧郁的样子，叹了一口气，说了："咳！十六岁啦，看你长得多么高啦，还不学好！难道真的一生钓鱼过活吗？……"

她哽咽起来，默然走进了厨房。

我给她吓了一跳，轻轻把钓竿放下，呆了半天，不敢到厨房里去见她。过了许久，我独自走到楼上读书去了。

但钓竿就在脚下，只隔着一层楼板，仿佛它时刻在推我的脚底，使我不能安静。

第二天早饭后，趁着母亲在厨房里收拾碗筷，我终于暗地里背着我的可爱的钓竿出去了。

阿华哥正拿着锄头到邻近的屋边去掘蚯蚓，我便跟了去，分了他几条。又从他那里拿了一点糠灰，用水拌湿了，走到河边，用钓竿比一比远近，试一试河水的深浅，把一团糠灰丢了下去。看着它慢慢沉下去，一路融散，在河边做了一个记号，把钓竿放在阿华哥家里，又悄悄的跑到自己的家里。

母亲似乎并没注意到钓竿已经不在家里了，但问我到哪里去跑了一趟。我用别的话支吾了开去，便到楼上大声地读了一会书。

过了一刻钟，估计着丢糠灰的地方，一定集合了许多鱼儿，我又悄悄地下了楼，溜了出去，到阿华哥家里背了我的钓竿。

这时丢过糠灰的河中，果然聚集了许多鱼儿了。从水面的泡沫，可以看得出来。它们继续不断的这里一个，那里一个，亮晶晶地珠子似的滚到了水面。单独的是鲫鱼，成群的大泡沫有着游行性的是鲤鱼，成群的细泡沫有着固定性的是甲鱼。

我把大蚯蚓拍死，串在钩子上，卷开线，往那水泡最多的地方丢了下去，然后一手提着钓竿，静静地站在岸上注视着浮子的动静。

水面平静得和镜子一样，七粒浮子有三粒沉在水中，连极细微的颤动也看得见，离开河边几尺远，虾儿和小鱼是不去的。红色的蚯蚓不是鲤鱼和甲鱼所爱吃，爱吃的只有鲫鱼。它的吃法，可以从浮子上看出来：最先，浮子轻微地有节拍地抖了几下，这是它的试验，钓竿不能动，一动，它就走了；随后水面上的浮子，一粒或半粒，沉了下去，又浮了上来，反复了几次，这是它把钩子吸进嘴边又吐了出来，钓竿仍不能动，一动，尚未深入的钩子就从它的嘴边溜脱了；最后，水面的浮子，两三粒一起的突然往下沉了下去，又即刻一起浮了上来，这是它完全把钩子吞了进去，

拖着往上跑的时候，可以迅速地把竿子提起来；倘若慢了一刻，等本来沉在水下的三粒浮子也送上水面，它就已吃去了蚯蚓，脱了钩了。

我知道这一切，眼快手快，第一次不到十分钟就钓上了一条相当大的鲫鱼。但同时到底因为初试，用力过猛了一点，使钩上的鱼儿跟着钓线绕了一个极大的圆圈，倘不是立刻往后跳了几步，鱼儿又落到水面，可就脱了钩了。然而它虽然没有落在水面，却已拍的撞在石路上，给打了个半死半活。

于是我欢喜的高举着钓竿，往家里走去。鱼儿仍在钓钩上，柔软的竿尖一松一紧地颤动着，仿佛蜻蜓点水一样。

“妈！大鱼来啦！大鱼来啦……”我大声地叫了进去。

走到檐口，抬起头来，原来母亲已经站在我右边的后方，惊讶地望着。她这静默的态度，又使我吃了一惊，一场欢喜给她打散了一大半。我也便不敢作声，呆呆地立住了。

“果然又去钓鱼啦！……”过了一会，她埋怨说，“要是大鲤鱼上了钩，把你拖下河里去怎么办呢？……”

“那不会！拖它不上来，丢掉钓竿就是！”我立刻打断她的话，回答说。我知道她对这事并不严重，便索性拿了一只小水筒，又跑出去了。

到了吃中饭的时候，我提了满满的一筒回家。下午换了一个地方，又是一满筒。

“我可不给你杀，我从来不杀生的！”母亲说。

然而我并不爱吃，鲫鱼是带着很重的河泥气的，比海鱼还难闻。我把活的养在水缸里，半死的或已死的送给了邻居。

日子多了，母亲觉得惋惜，有时便请别人来杀，叫姊姊来烤，强迫我吃，放在我的面前，说：“自己钓上来的鱼，应该格外好吃的，也该尝一尝！要不然，我把你钓竿折断当柴烧啦！”

于是我便不得不忍住了鼻息，钳起几根鱼边的葱来，胡乱地拨碎了鱼身。待第二顿，我索性把鱼碗推开了。它的气味实在令人作呕。母亲不吃，姊姊也不吃，终于又送了人。

然而我是快活的，我的兴趣全在钓的时候。

十八岁春天，我离开家乡了。一连五六年，不曾钓过鱼，也不曾见过鱼。我把我大部分的年月消耗在干燥的沙漠似的北方。

二十四岁回到故乡，正在夏天里，河岸的两边满是一班生疏的新的渔夫。我的心突突地跳着，想做一根新的钓竿去参加，终于没有勇气。父亲母亲和周围的环境

支配着我,像都告诉我说,我现在成了一个大人了,而且是一个斯文的先生,上等的人物,是不能和孩子们、粗人们一道的。只有我的十二岁的妹妹,她现在继续着我,成了一个有名的钓虾的人物,我跟着她去,远远地站着,穿着文绉绉的长衫,仿佛在监视着她,怕她滚下河去似的,望了一会,但也不敢久了,便匆匆地回到屋里。

直至夏天将尽,我才有了重温旧梦的机会。

那时我的姊姊带了两个孩子,搬到了离我们老屋五里外的一个地方,我到那里去做了七八天的客人。

她的隔壁是我的一个堂叔的家。我小的时候,这个堂叔是住在我们老屋隔壁的,和我最亲热,和我父亲最要好。他约莫比我大了十二三岁,据说我小的时候,就是他抱大的。我只记得我十一二岁的时候,还时常爬到他的身上骑呀背呀的玩。七八年前,因为他要在婶婶的娘家那边街上开店,他便搬了家。姊姊所以搬到那边去,也就是因为有他们在那里住着,可以照顾。

这时叔叔已经没有开店了,在种田。有了两个孩子。他是没有一点祖遗的产业的人,开店又亏了本。生活的重担使他弯了一点背,脸上起了一些皱纹,他的皮肤被太阳晒成了棕红色,完全不像六七年前的样子了。只有他温和的笑脸,还依然和从前一样,见到我总是照样的非常亲热。他使我忘记了我已是二十几岁的大人,对他又发出孩子气来。

他屋前有一簇竹林,不大也不小,几乎根根都可以做钓鱼竿。二十几步外是一条东西横贯的河道。因为河的这边人口比较稀少,河的那边是旷野,往西五六里便是大山,所以这里显得很僻静,埠头上很少人洗衣服,河岸上很少行人,河道中也很少船只。我觉得这里是最适宜于我钓鱼了,便开始对叔叔露出欲望来。

“这一根竹子可以做钓鱼竿,叔叔!”我随意指着一根说。

叔叔笑了,他立刻知道了我的意思,摇一摇头,说:“这根太粗啦。你要钓鱼,我给你拣一根最好的。——你从前不是很喜欢钓鱼吗,现在没事,不妨消消遣。”

我立刻快乐了。我告诉他,我真的想钓鱼,在外面住了这许多年,是看不见故乡这种河道的。随后我就想亲自走到竹林里去,选择一根好的。

但他立刻阻止我了:“那里有刺,你不要进去,我给你砍吧。”

于是他拿了一把菜刀进去了。拣出来的正是一根细长柔软合宜的竹竿。随后鹅毛,钩子,锡块他全给我到街上买了来。糠灰,丝线是他家里有的。现在只差蚯蚓了。

“我自己去掘,”我说。

“你找不到,”他说,拿了锄头,“这里只有放粪缸的附近有那种蚯蚓,我看见别

人掘到过，那里太脏啦，你不要去，还是我给你去掘吧。”

他说着走了，一定要我在屋内等他。

直至一切都预备齐，我欣喜地背上新的钓竿，预备出发的时候，他又在我手中抢去了小水筒和蚯蚓碗，陪着我到了河边。随后他回去了，一会儿拿了一条小凳来。

“坐着吧，腿子要站酸的哩。”

“好吧，叔叔，你去做你的事，等一会儿吃我钓上来的鱼。”

但他去了一会儿又来了，拿着一顶伞。

“太阳要晒黑的，戴着伞好些。”他说着给我撑了开来。

“我叫你婶婶把锅子洗干净了等你的鱼。我有事去啦。”他这才真的到他的田头去了。

五六年不见，我和我的叔叔都变了样了，但我们的两颗心都没有变，甚至比以前还亲热，面前的河道虽然换了场面，但河水却更清澈平静。许久不曾钓鱼了，我的技术也还没有忘却，而且现在更知道享受故乡的田园的乐趣。一根草，一叶浮萍，一个小水泡，一撮细小的波浪，甚至水中的影子极微的颤动，我都看出了美丽，感到了无限的愉悦。我几乎完全忘记了我是在钓鱼。

一连三天，我只钓上了七八条鱼。大家说我忘记了，我真的忘记了。

“总是看着山水出神啦，他不是五六年不见这种河道了吗？”叔叔给我推想说。

只有他最知道我。

然而我们不能长聚，几天后我不但离别了他，并且离别了故乡。

又过三年回来，我不能再看见我的叔叔。他在一年前吐血死了，显然是因为负担过重之故。

从那一次到现在，十多年了，为了生活的重担，我长年在外面奔波着，中间也只回到故乡三次，多是稍住一二星期，便又走了。只有今年，却有了久住的机会。但已像战斗场中负伤的兵士似的，尝遍了太多的苦味，有了老人的思想，对一切都感到空虚，见着叔叔的两个十几岁孩子，和自己的六岁孩子，夹杂在河边许多特殊的渔夫的中间，伏着蹲着，钓虾钓鱼，熙熙攘攘，虽然也偶然感到兴趣，走过去踱了一会，但已没有从前那样的耐心，可以一天到晚在街头或河边呆着。

我也已经没有欲望再在河边提着钓竿。我今日也只偶然的感到兴奋，咀嚼着过去的滋味。

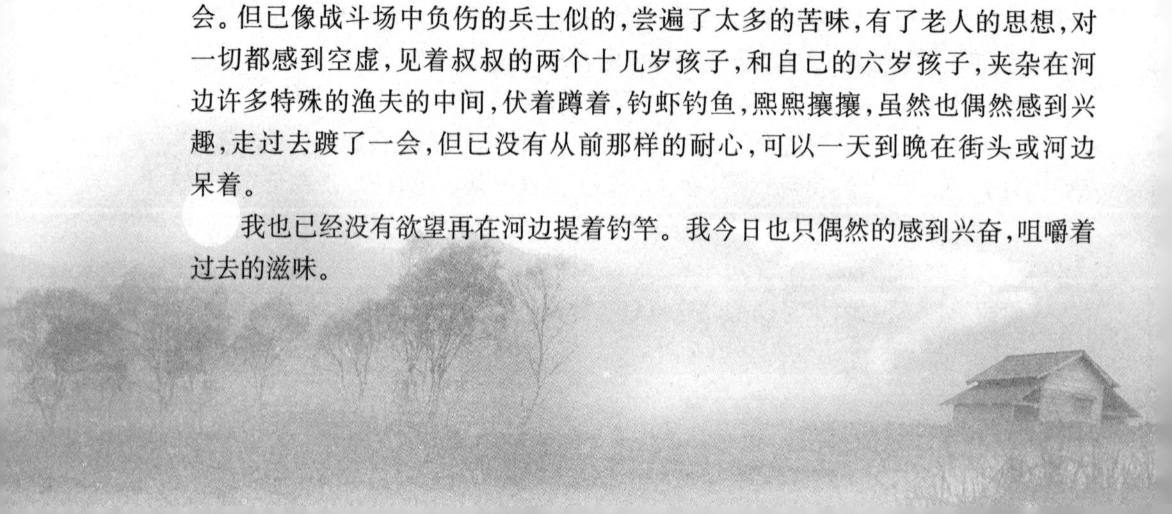

具有地方色彩的童年生活

◇赏析／木　木

鲁彦是二十世纪二三十年代流行的“乡土文学”的代表作家之一，他写的小说、散文常常取材于浙东家乡生活，富有地方色彩，不时流露出浓郁的怀乡之情。随笔《钓鱼》便是一篇这样的散文。

这篇文章篇幅较长，共分四个部分：总述；钓虾；钓鱼；再过“钓鱼瘾”。第一部分总写各类钓鱼的人：孩子、青年和老人。在每一类人中，又依次写了钓竿的形状、钓饵、浮子和钓鱼时的神情模样。一切都显得多姿多彩，不会混淆，堪称江南水乡的钓鱼大观。

从第二部分开始，作者便从容地叙写自己精彩的“钓鱼史”。先写自己如何做钓竿，再写如何伏在岸上钓虾。这部分写得非常出色，把作者如何引诱虾儿上钩的情形生动地再现了出来。

写过钓虾，第三部分再写十六岁那年钓鱼的经过，写法和顺序与第二部分相近，边读边前后对照，相映成趣，让人懂得鲫鱼上钩和虾儿上钩的异同。这部分较多地穿插了母亲的忧虑和唠叨，以此突出钓鱼在自己心中的地位。

最后一部分写堂叔如何热情地帮自己又过了一次“钓鱼瘾”。和前几部分的写法不同，作者略写钓鱼的经过，而侧重写堂叔的神态动作。对堂叔的描述，体现了“自然和朴素”的美，读来极其亲切感人。

总之，这篇散文描述详尽而不繁琐，具体而不呆板。作者在叙述过程中处处渗透了自己的渴望和乐趣。读完《钓鱼》，可以想像得出作者是如何珍惜自己童年的家乡生活。

我想，作为一个城市人，只消匆匆几瞥就能将那乡村生活美丽和妙处尽收眼底，反之亦然。而每一种生活的难处和隐痛只有过这种生活的人去细细品味，这是永恒的定律。

乡村生活

◆文/秦文君

父亲在家乡有一所祖传的旧居，一溜平房，圈起一个偌大的院子，单是这一院子就令我常常念及：早起推拳，夜间赏月，当院一站，八面临风；冬日可依院墙晒晒太阳；夏日一壶凉茶，备几样小食，听蝉声阵阵。这样的日子旷久、悠然，闭上眼就能想见岁月宛如安静的小河潺潺流过。

然而，乡村生活的妙处还在院门外。我在旧居小住时，时常穿一双布鞋，换一身便装出门采风。

走在青山绿水中，视觉上最为舒服的是山村姑娘那大红大绿的衣装，而听觉方面的享受则是那些耳目一新的鸡鸣虫叫，庄户人家打开院门的声音，这种艳俗的色彩以及拙朴的音响与这大片的麦穗，蹒跚前行的牛群最为亲和。

往前再行，在民宅集居的远处有一酒肆，店号为"快活林"。心里甚欢，脚下生风，仿佛沾上点中国功夫的仙气。

站在村口的大路上观看风尘仆仆的行人也是乐事一桩。看奔波着的人从一端出现，又从另一端消逝，却不知他们来自何处，奔向哪里，也不知他们几多欢喜，几多忧，见一长相颇似黄梅戏里的董永那样的年轻人，骑一辆旧车，驮着米面、干枣、花布，一看就是那种舍得为过日子花力气的人。

花布也许是带给心上人的，在乡村的日子里较少变迁，还适合山盟海誓，死生相守的爱情观。

去小铺子里替祖父买了烟、酒、白糖，沉甸甸地拎往旧居，可途中却让一个五

岁的孩童抱住双腿,无论如何要我去他家。不知是村里难得一见城里人,物以稀为贵,还是天下小孩同一生性,喜好有热情的客人上门。

不过,城里来的客终究是乡村生活的局外人,那些买回的烟、酒又被原封不动地送回铺子,去换回食用油、大袋的面粉以及若干现钱。

乡村的生活原则是勤快、节俭,是手心里攥着钱仔细地算计着。想想也是,乡村生活不容易,还得靠老天给个好年成才能过有声有色的日子,那种对大自然的仰仗,这一个"靠"字是极易让人从骨子里生出些许规矩而又小心翼翼的人生观。

最难忘却的是返城前夜,亲友相送,围坐叙旧,讲的都是老话;朴实、厚道却又落伍得任凭时光不知退回多少年。人往往就是如此,长在哪里,就比较多的有那地盘上的思想、见识,这也是我发现自己并不像想像的那样爱乡村生活的原因。

当然,我还不爱那里乡镇厂放肆的烟囱;不爱人们把茶叶渣随手泼在地上;更不爱当地的小官趾高气扬地说大话……

我们曾数次将祖父接回城市居住, 他往往扛着行李做出打算久居的样子,可实际上他住不了几天就心急火燎地执意赶回去,说他得去守着他的果树,他说起果园的神情,仿佛是像讲述天堂一样。

我的祖父现已作古,就葬在他视若天堂的果园旁。这位在年岁很大时双眼仍亮若星辰的老人酷爱乡村生活,认定那才是有根底有滋味的日子。

然而, 老人在世时最爱做的事是给村里人讲述活泼的城市生活的浮光掠影……

也许人会厮守着一种生活而向往另一种生活,可谓人在此,心在彼。我想,作为一个城市人,只消匆匆几瞥就能将那乡村生活美丽和妙处尽收眼底,反之亦然。而每一种生活的难处和隐痛只有过这种生活的人去细细品味,这是永恒的定律。

局内人,局外人

◇赏析 / 熊珊珊

秦文君是我国当代著名儿童作家,其作品语言清新隽永,给人以美的享受。

作者先采用白描的手法为读者勾画出了一幅淳朴的乡村生活图:院内的日子如"安静的小河潺潺流过",显得是那样的安静与祥和。院外的生活更是惹人喜爱,视觉与听觉上给人的享受、淳朴的民风让每一个城市人"只消匆匆几瞥就能将那

乡村生活美丽和好处尽收眼底”。

然而，由于“人往往就是如此，长在哪里，就比较多的有那地盘上的思想、见识”，作者作为一个“城里来的客终究是乡村生活的局外人”，承认自己也并不像想像的那样热爱乡村生活。连祖父也因为恋着他“视若天堂的果园”，最终也不过是城市生活的局外人。作者通过这种真实的对照，悟出了生活的内涵：人总是“厮守着一种生活而向往着另一种生活”。这份情感无不饱含着一种对家乡的依恋与热爱。

正如作者所说“每一种生活的难处和隐痛只有过这种生活的人去细细品味”，虽然文章写的是乡村生活，但我们从作品清新隽永的文字中还是品出了一丝淡淡的乡愁。

冰凌花开在刺骨的残冬，当冰凌花破冰顶雪地长出来时，春天也就快要来了，冰凌花凋谢时，就是山花烂漫、绿草茵茵的春天。

乡　雪

◆文/杨明显

你寄来的那张有白茫茫雪景的贺年卡，足以令我加倍怀念起落雪的冬天，不，是落雪的故乡。

我偏爱冬天：一个在酷寒、冷峻、孤寂中孕育着温暖、明媚和欢乐的季节。踩着冻僵的双脚，捂着麻木的耳朵满怀期待地喊一句：

“啊，冬天就要过去喽！”

冰冷，令人清醒，凛冽，叫人抖擞起精神挥发体腔内所有的热量抗拒严寒。我始终怀恋围着小煤球炉子，静听北风在庭院猖狂呼号，而心底蕴藏着渴望的那段日子。

窥柳梢点点碧色，感廊檐下一线暖阳，让凝结的心，冷缩的感情绽出一朵希望的火花——没有希望、渴慕，生命就成了空壳，无所求的人生岂不像被蠹虫蛀蚀的书页。

严冬虽寒并非一无可取。

那一片片，一团团，飘舞在天空的雪花，增加了宇宙的庄重、肃穆；点缀了彩色人生的典雅、圣洁，正因为有个白皑皑朴素冷酷的冬天，才加浓了春的温馨、夏的艳丽、秋光中红叶黄菊的灿烂。

友，因为你的贺年卡使我跌进相思中；眷恋、熟悉，纷纷扬扬的雪花夜夜飘洒在梦里……

在积雪的大道上车老板甩着长长的鞭梢儿，清脆的鞭子和哒哒的马蹄伴随着

车轮下嘎吱——嘎吱——呼叫的雪声，赶车人浑厚低沉的吆喝划破冰封的田野：银塑的远山，冰雕的江海，狗皮帽子下凝霜的眉毛，胡子和马嚼子上变冰碴儿的哈气都镶着雪。

扫净庭院积雪的墙角把短木棍中间绑一条长绳——长到能从院子拉进门缝。用木棍支住箩筐的边沿儿，撒一把黄黏米、红高粱，隔着挂冰花的窗户往外窥视，等呀、等呀，等那群雪天无处觅食的麻雀"入瓮"。

猛拉线绳，飞起木棍，翻落箩筐，或许能扣进一只贪吃失去警觉的"大家贼"，也许忙乱整个下午一无所获；快乐，无法用得失计算。

抽冰猴儿的鞭把用四棱的竹筷子做，央求妈妈用三色的布条儿编个上粗下细的小辫子当鞭梢儿，冰猴儿底座按进一枚亮晶晶的大铜钉，冰猴儿顶上糊层红红绿绿的花纸，旋转起来底座光滑飞快，顶面像万花筒似的转出彩色斑斓的花纹。找个冰坚的宽敞地用双手把冰猴儿用力一捻，紧抽几鞭，转呀，转呀，像踮起脚尖跳芭蕾舞的胖姑娘在冰上滑翔。

雪地上的鸡爪印似竹叶。

狗爪印像五瓣的梅花。

扒开小河中央的厚雪凿穿一个冰洞，晚上把糊红纸的玻璃灯笼放在洞口，就会有成群结队的螃蟹从冰河里往洞外爬，它们蹒跚横行，好奇地聚集在小红灯笼四周。呼唤，跳跃，用戴着棉手套的手不费力气的一个、又一个丢进桶里去。

立起拳头在结冰的窗户上一印立刻出现一个小脚掌，用指头轻轻在脚掌上端点出一、二、三……五个小脚指豆——像极了！一个雪娃娃的小脚丫儿。

冬天早晨，大雪封住了门和窗。

屋檐下的滴水全变成了一排排倒垂的冰鞭，是尉迟敬德的神鞭，抑或呼延庆的双鞭？

窗户上每块玻璃都凝着厚厚一层冰花，美极了！像糊上的挂千，似贴上的剪纸窗花，躺在暖暖的被窝中仔细端详：

那是一株灵芝草，那是一丛百合花，
一棵棵的小杉树长在重重的山峦间，
一个披着长发的美人儿昂着头啄起朱唇在呼唤，
啊，那是一匹怒吼的雄狮站在一团浓郁的白云下面。
窗上的冰花能编织出一个缥缈的梦，
能谱写出一首动人心弦的歌。

当太阳升起来的时候，它先吞噬了那株灵芝草，拔走了所有的野百合，坎平了茂盛的杉树林，踏平了险峻的山岭，抱起长发美人儿骑在雄狮背上，慢慢、慢慢，消失在郁郁的白云间……

窗上的冰花消失了，只留下一汪水珠顺着窗台往下滴答，我伸手接住。

生命，何尝不像易融的冰花。我们自诩掌握了命运，其实接住的不过是些自制的幻影罢了。

记得那年三月你从寒凝的北方归来，带给我一株开着碎碎花瓣儿有着金黄色花蕊的小黄花，你说：

"见识一下吧，这就是开在长白山下的冰凌花。"

冰凌花又叫"福寿花"，我知道它的根、茎、叶、花均可做药材，却想不到它是这么单薄平凡。

"你看，冰凌花开在刺骨的残冬，当冰凌花破冰顶雪地长出来时，春天也就快要来了，冰凌花凋谢时，就是山花烂漫、绿草茵茵的春天。"

它是报春的使者，还是滋春的肥料？

我梦见：白皑皑的雪地上开满金煜煜的冰凌花，有一个花盘突然变成你的脸。

"做一朵雪地的冰凌花还是做无根的水仙？"我犹豫地问。

形散神聚的《乡雪》

◇赏析／张　洁

这篇文章看起来有些散漫，内容上既有对人生的思考，也有对故乡的思念；时间涉及现在、童年、三年前。作者似乎在以贺年卡为触发点，任思绪自由飞扬。细读，才发现这些思绪又是相互勾连的。

文章由一张朋友寄来的贺卡引入。卡上白茫茫的雪景勾起了作者对落雪的故乡的思念。但文章并没有立即对故乡的雪景进行描写，而是荡开一笔写对冬天的热爱。为什么偏爱冬天呢？因为它孕育着温暖、明媚和欢乐的季节，"窥柳梢点点碧色，感廊檐下一线暖阳"，凝结的心会绽放出希望的火花，生命会因此而充满了活力，人生也会因此而有意义。这大概也就是作者怀念落雪的故乡的深层心理因素吧。从结构上看，这荡开的一笔，是作者有意埋下的一个伏笔。

然后，作者开始描绘故乡的雪景。故乡，总是和童年的美好回忆联系在一起，

作者在这里选择了童年视角来表现"乡雪",显得生动活泼,童趣盎然。童年时在雪中嬉戏的场景一幕幕栩栩如生地呈现在读者眼前:在积雪的大道上赶车的车老板,在雪地上捉麻雀、抽冰猴儿,在冰河上捉螃蟹,"几回回梦里回故乡",不由勾起了读者的思乡之情。童年,还是富于幻想的年龄,童年时落在窗上的冰花也常常勾起作者的遐思,灵芝草,百合花,美人,雄狮,奇思异想,浮想联翩,就在这似乎漫无边际的遐想中,作者巧妙地把文章从起始的回忆拉回了现实,重新回到对生命意义的探讨上。

结尾关于冰凌花的思考呼应了前文关于"热爱冬天"的伏笔,这样,整篇文章浑然一体,大功告成。

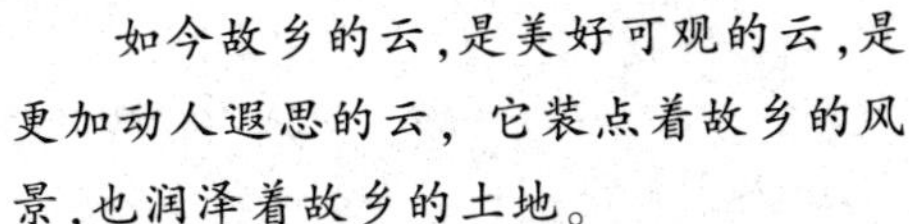

如今故乡的云，是美好可观的云，是更加动人遐思的云，它装点着故乡的风景，也润泽着故乡的土地。

故乡的云

◆文/刘炳森

在那繁忙日子里的一天傍晚，我偶然搭乘乡弟学义驾驶的汽车，顺便到久居天津的二哥那里去。谈笑之间，不觉已经到了我的家乡武清地面。晚霞的光辉染红了京津公路两旁所有的树干，道边的庄稼一片浓绿，而且绿里透黑。穿过枝干向东望去，天空里飘着几大朵白云，那中间一朵云的下面，有我在十六岁以前曾经居住过的小村庄海自洼村。望着云彩，想着家乡，更忆起许多往事，历历如在眼前。学义兄弟好奇地听着我的絮叨，时而微动着他那手中的方向盘。

啊，"海自洼"。顾名思义，家乡一带地势比较低洼，每逢雨水过多，便是一片汪洋。四十年前当过村长的相林大叔，给八路军干部介绍本村的自然状况时，曾经有过这么一句话，"大洼小洼金盆洼，村前庄后火沙子，还有两处窑疙瘩"。照直说，就是没有良田。后来，这句话虽然变成了话柄和孩子们的歌谣，却是说得很真实。老人们常说："蛤蟆撒脬尿，就能闹水灾。"然而，这真不能算是太夸张，在我的童年时代，家乡的年景就经常是春旱秋涝，害得大家总是糠菜半年粮。在我后来写的一首律诗中也曾为此有过一副对联："春苗火火千根刺，秋月茫茫万顷涟。"就是对当年灾荒景象的追记。

说来也怪，在那闹水灾的年代，偶尔飘过来一片云彩就下雨，甚至还带着冰雹。记得有一次我初学耪棉花地，忽然从西北方涌上来一阵乌云，像是黑锅底，电闪雷鸣之中爆发着豆青色的强光，我见势不妙，便扛起那把锄头要跑回家。谁想它来得竟是那么迅猛，红枣大小的冰雹从天空里用力地打来，慌忙之中顾不得疼痛，

赶快将那二号锄板顶在头上，于是丁当作响，待我跑到了村头的碾棚里的时候，却只剩下淅淅沥沥的小雨了。我气喘吁吁地望着天空，只见高层云彩动得很慢，低层云彩却是飘得飞快，不到抽一袋烟的工夫，雨停云过，高唱午鸡，房檐还在滴答着水，时而闻到一丝谁家午炊燃烧柴草的气味儿。下午，大人们从地里回村，几乎无不长吁短叹，骂骂咧咧。才生出几片叶子的棉花苗儿，竟被砸得精光，连我们这些不懂事的孩子，也知道对那些翻滚的乌云又怕又恨。

那些年月，也有另外一种云彩时常出现，虽然它不雷闪大作，也不挟带冰雹，但它捂在你的头上十天半月不动，缠绵细雨，下个没完。老师说这叫“霪雨”，大人们说是“拆房雨”。村中的瓦房，只有南边四爷一家，剩下的灰黄一色，全是土房。在连雨天的日子里，你就听吧，时常有呼隆呼隆的墙倒屋塌声。不停的小雨落在土屋顶上，全部渗入房上的泥土中，虽有柴草搪托，但年久的也会因为糟朽而连同泥土一并塌下，砸在屋里伤人毁物。好土房也得因渗透而漏水，于是锅碗瓢盆一齐用上，赶上夜间，还得划着难燃的火柴照明，来找准这些容器的位置，火柴受了潮不能发火燃烧，便摸着黑，只能凭借听觉和触觉了，因为滴滴答答的声音随其落点而有所不同。遇上闹水灾的年头，青蛙就显得格外多，种类齐全，而且特别欢乐。村子的东、西、南三面都有池塘，一场大雨过后，随之而来的便是聒耳的蛙声，有时还能凑巧合成一段节拍，我们这些出来戏水的孩子们，冒着毛毛细雨，也随着它们叫成的节奏而呼喊着：“哼啊哼啊，来抓蛤蟆；外头大下，屋里小下；外头不下，屋里还下……”大人们却是眼巴巴地看着天空里的云，盼着它能够有一丝裂缝和动向，好及早开晴。我和同学们也都头顶着双折着的粮食口袋，像是披了雨衣，仰面朝天一边跳跃一边叫嚷：“老佛爷，别下雨，蒸包子熬肉往上举！”任凭大人们心烦意乱，任凭孩子们叫嚷求情，霪雨仍然是下个不停，毁坏着房屋和庄稼，那些软磨硬泡的低云，实在是使人痛苦难当。

还有另外一种情形，赶上干旱的年月，连汲上来的井水都带泥沙，土地龟裂，庄稼被旱得非常可怜，几乎点火就能燃烧。长期的晴朗天气，也足以使人处心积虑，一旦天空里有了云，人们便立刻寄予厚望，然而那些云朵竟在众人的注视中逐渐消散，剩下的仍是那干干巴巴的淡蓝色的天空。乡亲们实在别无他计可施，只有沿用老祖宗留下来的最后一招儿，那就是向老天爷求雨了。村里热衷于公益事业的老年人，把常在春节期间扮演花会的一班子活跃人物召集了来，操起锣鼓，求起雨来。全村男女老幼都拿着盆碗聚在街里，从担来的水桶里舀了水，纷纷向被大家团团围拢了的那个人泼过去。那时我个子还很小，从大人们的空隙中挤进去看，只见那人浑身上下湿淋淋的，头顶一个圆笸箩，两手把住边缘在不停地摇晃着。上面

的中心部位紧趴着一个体呈圆形且带黑绿色的什么玩意儿，它的头和尾还不时地伸出来，动一动又缩了进去，四支爪子被细麻绳结结实实地系在那个笸箩上。众人欢笑着把水争相向耍笸箩的人和他顶着的那个圆东西泼洒过去，那个人是村里盛成老爷的表叔，他整年地给表侄扛着长活。每天和我形影不离的炳臣哥告诉我说，系在笸箩上的那个活物，就是王八，它会发水，只是不如龙王爷的本领大。后来由于念书，才知道它就是鳖，又叫鼋，形象真不好看，难怪有人借它的名字来骂街道巷。那次的祈雨求神之举，热闹了一阵，只算作村里的一次文艺活动。可雨呢，到底还是没有下。至于祈雨活动，在古代就早已有之，最晚在唐朝时候就已经很普遍了，有一首唐诗不就这么写的："桑条无叶土生烟，萧鼓迎龙水庙前。朱门几处看歌舞，犹恐春阴咽管弦。"事实上，龙也好，鳖也罢，真的到了干旱时节，它们谁也不来帮忙，龙王庙也只是街巷中的一种摆设。那些千姿百态的云，特别是带着雨的云，不知都躲藏到哪个大海里去了。我在童年时代曾听母亲说过，有一种喷云虎，住在深山里，从它嘴里能够喷出很多的云，聚积起来就能下雨。可是在干旱缺雨的时候，它们竟然也都歇息着不动，一朵云彩也不喷了。总之，那些令人乞求显灵的神物，届时一切都像入海的泥牛，毫无踪迹，不见动静。

有那么一回过大年，门框和门楣等等到处都照例贴了春联，可习惯性的老词儿却都不见了，像"一元复始、二字黄金、三阳开泰、四时吉庆、五福临门、六合同春……"这些传统的写法，突然间都被一些新的内容所代替，我也大着胆子学着韩庆华老师，写了一副春联："民主自由新世界，读书劳动好人家。"梅红纸上写的黑墨大字，泛出暗绿色的光彩，很是好看，色彩的辉映，给我那两行结构失当、运笔稚弱的毛笔字遮了不少的丑。

就在那年的春天，又逢上了干旱。我们小学校组织上街去游行，同学们拿着三角形的五彩纸旗，上面还写着各种标语口号，走遍了东五村和西五村。所到每个村庄都高呼着："一亩棉，三亩田；要发家，种棉花。"各村的学生队伍，连接起来很长，凡是走过的街道，无不尘土飞扬，往前不见队伍的头，往后不见队伍的尾，空气显得格外干燥。看看立夏已过，枣树叶子虽然还嫩，却已长大，转眼便到了种棉已晚的小满节。若是往年，大人们总是那么忧心忡忡，嘴里天天嘟哝着那句警人的农谚"小满花，不上家"，并且会不时地抬起头，用乞求而困顿的眼光望着那没有一丝云彩的天空。然而这一年，大家的精神面貌居然有所改观，随着人民政府的抗旱号召，都舒眉展眼，而且振奋了起来，纷纷挖了土井，担水点种棉花。因为没有违背农时，后来长势果然都挺不错。这便与以往多少年来完全等雨靠天的办法大不相同了，已经有了初步喜人的成效。在那以后的若干年间，春旱秋涝也还常有发生，灾

情虽也严重，但由于挖掘土井和修泄水渠，情况就逐年好转了。家乡还有那么一句话："人不哄地，地不哄人。"这是多年老实务农的经验之谈。的确，种地就得有个老实态度和正常思维。但是，如果发高烧、说胡话，办起事来便没个"准谱儿"；若是睁着眼睛硬要说瞎话，那么，这不仅是极端荒诞，而且必然遭到严厉的惩罚。有过声称"亩产十万斤"水稻的"大冒进"，那个非常惨痛的教训，实在是令人永世难忘。

我的父老乡亲，都是忠实厚道的根底农民，一年到头，总是面朝黄土背朝天地辛勤劳动，谁也没有痴心妄想，谁也不会胡作非为。然而，一旦遇上了多事之秋，也就只能算得上"遭劫在数"了。那是我在京城里上高中的最后一年，勤劳质朴的乡亲们被迫不顾天时地利，胡乱改种作物，而且竟然还不得不撒起谎来。暑假回家的愉快心情自不待言，愈是走近村头，当然更是载欣载奔，只见耕种很好的旱田竟都改栽起水稻，蓦地又见到田边插着木牌，上面写着"亩产十万斤"，"啊？十万斤？"我望着那黑字木牌变得呆傻了，因为我怎么也不能相信村里人会这样说傻话，会这样说瞎话，还把这等瞎话写在牌子上，并插在地头来蒙骗自己和吓唬过路的人。后来才知道不写上谎话不行，上边不答应。扯谎，自欺，再加上欺人，这绝非村中人等之所愿，至少谁也不敢和自己的口腹开玩笑。可是谁能料到，就这个"亩产十万斤"的谎言及其理论根据，说"人有多大胆，地有多大产"，竟把我的父老乡亲害得好苦，有那么两三年，每人每天只能吃到三两九钱六的定量代食品。这种空前的饥馑，既不是因为遭逢干旱之所致，也不是由于蒙受霪雨而成灾。一言以蔽之，都是人为的。旱涝本是天灾，可是那三年的大饥饿，竟是出自痴人说梦所造成的人祸啊！

我在故乡读小学的时代，是孤儿寡母过日子的，前半天到小学校去读书，后半晌便跟着母亲下地干活，算得上半耕半读。上五年级时，虽然还戴着红领巾，若是论身高，除去瑞林大叔以外，我已是村中最高的个子了。长得虽快，却没有同学们那么强的力气，干着农活，有时就发怵。地头休息时，我时常手拄锄柄，顶着下巴望着天空里各式各样的云彩，并引起过许多遐想。母亲虔诚地指着东天上那些宛如重叠起伏的山峦般的云朵，说神仙就在那里面居住。我当时不仅非常相信，而且更加仔细地观察每一块云，有的像山峰，有的像岛屿，不知不觉地那座小山竟变成了个白象，真像佛画里的那一头，我在崔老师的那本书里看见过的。有时在阵雨过后，我们母子去地里补种大豆，冒着零星雨滴，只见那纯洁蔚蓝的天空里，云彩飞得很快，好像是在互相追逐，既似行路又像跑马，令人看得入迷，甚至还感到非常神秘。直到长大起来，我还是喜欢看云，特别是骤雨初歇、乱云飞渡的景象，就更加可观。有一次，我在河北遵化还为此写过一首词：

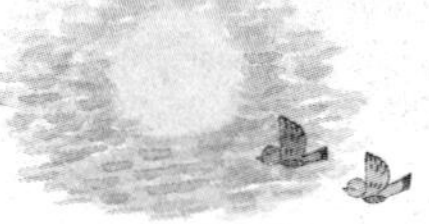

菩萨蛮·彤云

飞船走马齐相逐，
仙台圣岛奇无数。
歇雨辄开晴，
东方映彩虹。

腾空看大地，
碧海应无际。
昂首望青山，
彤云到极天。

这首词，实际上是我在孩提时代观云有感的再现，所以直到今天，我还时常忆起童年时代在家乡半耕半读的田园生活。

说来也奇怪，近十年来，家乡的气候似乎也因逢时而变得温和起来，冬天不太冷，夏季也不太热，虽然也出现过变幻多端的云彩，也有过春风秋雨失当的年份，却都没有妨害了丰收。在我的家乡，谈到吃白面，从前都是等到过大年才算有可能。现在可不然了，丢下越吃越穷的“大锅饭”以后，产量是真的提高了，生活是一年好过一年，蔬菜虽然还不很足，可永远谁也别再担心挨饿了。每日三餐都是细粮，而且家家如此。每逢我回村去看望，大家总是热情挽留我多住几天，并且述说着多少年来没有过的好年景，便情不自禁地忆起“大锅饭”的苦来，甚至还要提起当年的“三两九钱六”。

如今故乡的云，是美好可观的云，是更加动人遐思的云，它装点着故乡的风景，也润泽着故乡的土地。县上的雍阳宾馆委托我随便写两块匾，用以布置环境，我硬是想不出什么绝妙的内容来，到底还是庄稼人出身，索性不求华丽的词藻，于是就用楷书写下了几个大字“风调雨顺”和“祥云”，作为对我家乡父老的长久祝福吧。

从容大气，亦文亦画

◇赏析／刘　阳

刘炳森是中国当代著名书画家，其散文《故乡的云》一如他的书画，从容大气，给人一种亦文亦画的感觉。

在作者的记忆深处，经常春旱秋涝的故乡留给人印象最深的就是天上的云了，因为在那靠天吃饭的年代，天上的云彩几乎决定了庄稼人一年的收成。在作者的画笔里，读者通过几幅故乡云彩图，了解到了那个称作"海自洼"的地方曾经是多么的贫穷与愚昧，再加上"痴人说梦所造成的人祸"，以前的故乡在作者心里显得是那么的沉重。

然而，故乡的云彩也给作者的童年留下过美好的记忆，曾经引起过作者许多的遐想。苦涩的记忆渐渐褪去后作者的思绪变得欢快起来，展现在读者眼前的是另一派故乡云彩的景象。如今飘荡在故乡上空的云成了美好可观的"祥云"，"家乡的气候似乎也因逢时而变得温和起来"，"虽然也出现过变幻多端的云彩，也有过春风秋雨失当的年月，却都没有妨害了丰收。"这是党的富民政策给家乡带来的可喜变化，这是勤劳的家乡人民与自然斗争的结果。

作者通过对故乡云彩的几笔简单的勾勒，故乡发生的翻天覆地的变化已跃然读者眼前，作者对故乡的热爱之情亦倾泻于笔端。拥有如此高超的丹青手法，我想对作者来说用任何华丽的词藻来赞美故乡都是多余的了吧。

别了，我的小河，别了，小河中我欢快的鱼儿们，憨态的蝌蛄们，精灵般的蛤蟆们。

故乡的小河

◆文/李春良

童年鱼趣

久离故乡，最难忘的是那小河。清清爽爽、丁丁冬冬的一条条溪流从村南的山山岭岭中溢出，汇聚在一起，映着葱茏的山野款款地流过村东，逶迤向山外。多少次这清澈的小河水哗哗地流入我的梦境，多少次梦境中又被这哗啦啦的小河水惊醒。

故乡的小河，滋润着我的儿时岁月，如一根根铮铮动听的琴弦，弹奏出一首首欢乐的歌谣。

河中有鱼，但因水凉澄碧，只少许几种，皆名不见经传。繁殖较快，数量较多的一种是柳根儿。此鱼黄褐色的脊背，雪白的肚皮，成群结队地游于水流平缓处，偶见嬉戏，水中便泛起一片耀眼的银白。还有一种是老头鱼，头大、身短、尾小、通体黑色、行动迟缓，有时用手即可捉住。另有一种花泥鳅，身长黄花纹，煞是好看。小河里的鱼大都一拃来长，要说大一点的，便是细鳞鱼了。此鱼极珍贵，说其珍贵，一是个大，成鱼可达尺把长，这在小河中堪称鱼王；二是生长期极慢，一般要长十几年，并且数量极少，积我在故乡十几年的捉鱼史，才仅仅捉住过两次。《辞海》里对细鳞鱼注释为：鱼纲、鲑科、体延长、侧扁、长可达 0.8 米，背紫黑色。产于我国东北及西伯利亚，肉肥，卵名贵。现今的酒店里这鱼也算是一道大菜，然而无论形状或口味，我均有这细鳞非那细鳞的感觉。故乡小河中的细鳞鱼，不仅个小、鳞亮，并且

在鱼腹两侧尚有几道规则的五彩斑斓的条纹，十分美丽。此鱼极具活力，尺把长的一条竟能噼噼啪啪地搅起很高的水花。

小河里的鱼，皆肉质白嫩、少刺且肉中带油，或炖汤或生炒，撒点盐即可，味道却是极其鲜美的。离开故乡后，大大小小的宴会赴过多少次，所吃的鱼却无一能与故乡的相比。山外的鱼，或多或少都带有一丝淡淡的土腥，令人反胃。而海里的鱼，咸腥的又太过刺激。惟那条清冽的小河里的鱼，与其说腥，不如说是鲜，那种鲜美的味道不亲自尝过的人是很难想像的。

每年春天，当小河的桃花水涨过后，小草拱出了地皮，山上的李子树开花时，在深水湾中呆了一冬的鱼儿要逆流而上交尾产卵，捉鱼的最佳季节便到了，在水湾上游一侧河边，用河卵石和粗沙垒一"八"字形的石坝——我们叫它坞口。一股呈网状波纹的细细水流便从八字的口处直通深水湾，在"八"字口处置一小嘴坞子，夜间熏风起时，水湾中的鱼儿嫌主河道的水流太急，便成群结队地顺这股细小的水流钻入坞子中。

不用说你也能知道这坞子是一种捕鱼的工具。在故乡，坞子有大嘴和小嘴之分，大嘴坞子用柳条编成，形状如一个半米多高的景泰蓝花瓶，是口朝上迎着水流放置，垒成的坞口（石坝）是倒"八"字形，因水流有一个落差，鱼进入后很难跃出。而小嘴坞子是顺着水流放置，制作比较麻烦，要用柳条和细麻线编扎而成，内用柳条编一个带花边的使鱼能进不能出的如喇叭样的倒须。一个新编扎的小嘴坞子，其精细做工不亚于一件精美的工艺品，所以，儿时的手艺，一直使我引以为豪。

当夕阳衔山时，三五个要好的伙伴相约，扛一铁锹，各挑三四个坞子，顺着那条清凌凌的小河一路走去，在早已砌好的坞口处下好各自的坞子，已是夜幕降临。远远地遥望村庄，那方的袅袅炊烟与山岚雾霭相融，化作一层淡淡的白色的纱幕，轻轻地罩在山村上空，飘荡着，鼓动着，空气中弥漫着山花的香味，小河的水闪着亮亮的光，淙淙哗哗地流淌，河边的小路上，几个少年荷锹晚归。浓浓的夜色中，我们很少说话，都各自憧憬着晨光中那水花闪动、收获颇丰的一刻。

蝲　蛄

待盛夏来临，闲时便抓蝲蛄。前几年，初食龙虾时，我先是惊叹于龙虾的昂贵，待见之形，不禁脱口道："这不就是大蝲蛄吗？"服务小姐猩红的唇一撇，笑我寡闻。是的，北部湾产的珍品，怎成蝲蛄？然而我生性固执，坚持认为既然有丑小鸭长着长着就成了白天鹅的童话，也一定应有蝲蛄长着长着就成为龙虾的故事。待食之，

只觉凉凉的、滑滑的，再无他味，便顿觉猩红的唇有点故弄玄虚。

后来又食一种小龙虾，说产自江中，我称之为中蝲蛄，口味更远不及。故乡小河中的蝲蛄，大多长两寸，通常有两种吃法，一是用小石磨磨成蝲蛄汁，纱布过滤后，蒸成蝲蛄豆腐，其味鲜美无比，但因制作麻烦，人们很少得空做。再是把蝲蛄剁碎，拌韭菜末、盐末，再加少许白面，白面当时也很金贵，煎成蝲蛄饼，其味更是入口难忘。其实小河中的蝲蛄并非名不见经传，它也曾为长白山文化增添过一道亮丽。传说中，专门为进山采药挖参人提供帮助的山神老把头，在走麻达山（迷失方向）临饿死前，吃的惟一东西就是蝲蛄；现在长白山腹地的山神老把头坟处，仍有自题诗为证："家住莱阳本姓孙，翻山越岭来挖参；三天吃了个蝲蛄，你说伤心不伤心？"

夏日缺水，几天不下雨，小河的腰身就瘦了许多，于是在浅浅的溪流中便可以抓蝲蛄，每块有缝隙的石头下，均是蝲蛄的藏身之处，轻轻地翻开一块石头，一只大蝲蛄正偎在细细的金色河沙中，神态极安详，此时你只需用手一按即可抓获，若不慎惊扰了它，它便尾巴一伸跃上水面，倒退着啪啪的用尾巴拍着水面跑上一段距离，而这时你再抓它，就要看准了非常迅速地出手，先捏住它的两个大钳子，不然手准被它夹出血来，而迅速出手这一招，也如金庸笔下的人物练武，非一日之功。

倘若嫌一个个地抓太慢，还可用网去网。到村里的供销社，向人家哀求一块用麻织的棉花包，穿上两根木棍，下缘绑上几块旧牛蹄铁掌当铅坠，一个小抬网便做成了。来到小河，一人拿网，一人用镐头在上游翻石头，蝲蛄们受到惊吓便纷纷撞到网里。这时的关键是掌握起网的时机，早了蝲蛄没全进网，晚了进网的又逃出，儿时的我曾在这方面狠下过一阵工夫，最终摸索出在浑水将变清的一刹那迅速起网，是最佳时机，所以小伙伴中只要是我起网，必保每网的收获都是喜人的。

蛤　蟆

想起故乡的小河，最难忘的是当时抓蛤蟆了。蛤蟆又称田鸡或林蛙，小河中的蛤蟆应是最纯正的中国林蛙了。

当冰雪消融，小河正涨桃花水时，伙伴们便三三两两地顺小河各自选好了下大嘴坞子的地方。用石头和苞米秸砌好倒"八"字型的坞口，如果两个人都看好了同一地方，就按先后顺序，先来的人在河边处扔几块石头，后来的就知道今年春天这里叫人先占下了，只好到别处。如果两个人同时看好一个地方，就先协商，不行

就石头剪子布，输的走了。选坞口也有讲究，上游不远处有深水湾子，湾子中有倒木、淤柴、大石头者当为上乘。砌坞口，有经验的人尽量少用石头，多用苞米秸，因为蛤蟆是漂在水面上走的，所以关键要拦住水面。尽管这样，因水太大，伙伴们大多只拦河的一小部分，并将倒“八”字的一撇尽量向河中延伸。我生性喜水，总是先钉几根木桩，然后挂上一捆捆的玉米秸，把整个河道全部拦上，看湍急的水从坞口处流下，听有点惊心动魄的轰鸣声，我颇感刺激。有了拦全河的坞口，必然要有特大号的坞子，于是我便用几捆柳条编几个差不多和我一样高的大坞子，连拖带拉地才弄到河沿。为等蛤蟆出河的那一刻，就天天盼着下雨，有时，暖风吹来了，天也沉下脸，经过一番搏斗将坞子下到河中，可很快就又春寒料峭，月朗星稀，第二天还得扫兴地把坞子在冰水中拽出。

春天的第一场雨终于被我们盼来了。天刚麻麻黑，暗暗的天幕上就飘忽下细细的雨丝，南风轻拂，吹面不寒。下好坞子后，草草地扒拉口饭，在极度兴奋中背上一背筐松树明子，提一只明罩子，就直奔小河。这明罩子用钢铁丝编成网兜状，把松树明子放入，呼啦啦地引燃，一团火很快就呼呼地燃旺，如同挑一盏火灯笼。后来，在银幕上看到座山雕威虎厅中吊着的一团团火球，我还颇有亲切感。

此时的小河两岸，火光星星点点，一字排开，在岸边飘忽着，映红了翻着浪花的河水，水中蛤蟆趴在水面上，随水飘荡，当飘到水流平缓处的岸边，便就势爬上岸来，落入了徘徊在河边拣蛤蟆人的口袋里。我这时只在下坞子处来回巡视，边拣爬上岸来的蛤蟆，边过半个小时起一遍河中的坞子。当在水的轰鸣中把坞子吃力地拖到岸上，看到其中几十只或者百只欢蹦乱跳的蛤模，那种喜悦的心情是极少能体会到的。有时坞中还有一两个大癞蛤蟆，便咬着牙闭了眼去摸，待有麻麻瘌瘌的手感时，摸出扔掉，剩下的悉数倒入口袋。

沉浸在这不可多得的情趣中，会使人忘记时间的流逝。夜深了，河边的火团不见了，背筐里的松树明子不多了，半口袋蛤蟆也沉甸甸的有些背不动，于是就将最后几块明子投入明罩，挑一团旺旺的火，在空中使劲地摇上几圈，向伙伴们发出信号，回家！

一夜春雨，小河中的蛤蟆便全部出尽，大部分没被捕获的跳入岸上的死水泡子中。这时，我们便不再打扰它们，任由它们呱呱地唱着欢乐的歌生儿育女，然后又呼朋引伴，灵巧地跃入山林间栖息。与之再见，只好待霜染红叶时。

仍然是一场淅淅沥沥的秋夜凉雨，蛤蟆们又静悄悄地从山林间跳入了小河，在石缝、倒木洞、深水湾中潜藏起来，准备过冬。有一些蛤蟆也会在深水湾的沙滩上偎一小坑，晒晒太阳，偎圆坑的是母，偎扁坑的是公，这时，可做两股带倒须的小

铁叉，瞅准一个个小坑扎下去，一扎一个准。当然，我们扎的都是圆坑，因为和春天不同，春天的蛤蟆一冬天不吃东西，十分干净，能为贫寒的山里人餐桌上添一道美味，而秋天的山里人认为蛤蟆吃了一夏天虫子不干净，是不吃它的，主要抓母蛤蟆扒油。右手拿一枚钢针，左手握住蛤蟆，食指轻压蛤蟆头，其背处便有一不太明显的小沟，从此处下针，正扎心脏，蛤蟆立时四腿蹬直，之后串成一串，其实蛤蟆并未死透，两只前爪过一会儿便在肚子上挠一下，把蛤蟆油渐渐聚到下腹处，直至风干。当时我颇觉自己太过残忍，每次下手时都有些抖，然而，这蛤蟆油却是山里老人们冬天的绝佳补品，另外，若不取油，每个干蛤蟆尚可到村供销社换一个7分钱的算草本。

再梦故乡河

何时能回故乡，在那清凌凌的小河中重温儿时的欢乐呢？这想法在我离开故乡的十几年中一直萦绕心头，且愈来愈强烈。

秋天，我终于成行，想到十几年来的夙愿将实现，我不禁喜悦的泪涌双眼。然而，当我终于站到小河面前时却愕然了。小河边树木皆无，就连儿时总喜欢爬的那棵大水曲柳树也不见了踪影，河岸被水冲刷得龇牙咧嘴，河道是一片白花花的乱石，那条终年不断流的清凌凌的小河，已瘦得细若游丝，如挂在大山腮上的一线眼泪。

惊问儿时伙伴们，答曰：山上没大树了，夏天洪水，秋天断流。

那小河中的鱼呢？蝌蚪呢？

鱼？蝌蚪？前几年有人弄来了鱼塘精，从源头撒下，一药几十里，大小鱼无一幸免，药鱼人别的不拣，背起了大大小小几十条细鳞鱼，经过几回合，就绝迹了。

那蛤蟆呢？

蛤蟆？现在蛤蟆值钱，春天出河时，人们在河两岸立起一米多高的塑料布长龙。秋天入河时再来一遍，侥幸逃过活下来的，再用磁电机电一遍，手一摇，蛤蟆便在水面上躺了一层，几年下来，也早没有了。

我的心狠狠地生起悲哀来，我知道，我并非绿色组织成员，更不想在这里疾呼环境保护。我只为小河感到深深地痛，难道人的贪欲竟能张开如此这般血盆大口吗？非但没有与我梦中的小河共生共荣，却在十几年的时间里吞掉或即将吞掉好几个物种。把她摧残得支离破碎，面目全非。假如说十几年前面对着蛤蟆们，我鞭笞过自己的残忍算是尚有良知的话，那么今天，极度的贪欲是否已把人们的灵魂膨胀得彻底地麻木了呢?

站在小河边,我无语凝噎。

我知道,我该向小河告别了。

别了,我的小河,别了,小河中我欢快的鱼儿们,憨态的蝲蛄们,精灵般的蛤蟆们。

三件活宝一生至爱

◇赏析/王书文

大约是对远古的追溯和对家乡的感恩,很多人一提起故乡,总是从故乡的水赞起,本文也不例外,用一条小河串起记忆中的鱼儿、蝲蛄、蛤蟆们,读来历历在目,如梦如幻。

一河串起三件活宝。作者写道"故乡的小河,滋润着我的儿时的岁月,如一根根铮铮动听的琴弦,弹奏出一首首欢乐的歌谣"。接下来依次写一种叫柳根儿的细鳞鱼,写叫蝲蛄的状似龙虾的水产,写在小河里抓蛤蟆的乐事。

这篇散文的语言很有些田园诗般的意境,如"远远地遥望村庄,那方才的袅袅炊烟与山岚雾霭相融,化作一层层淡淡的纱幕,轻轻地罩在山村的上空",这不就是陶渊明笔下的诗吗?

卒章显志表忧叹。作者在大篇幅的赞美之后,突然写"再梦故乡河"一节,写人们对环境的破坏使得故乡的鱼、蝲蛄、蛤蟆几乎绝迹现象。这就有点像辛弃疾的《破阵子·为陈同甫赋壮词以寄之》那样,前面豪气冲天,大写特写金戈铁马收拾山河,末一句来个"可怜白发生",顿生怨气。作者说"站在小河边,我无语凝噎",令读者也陡生叹惋。

月 是 故 乡 明

愿我这一缕浓浓的乡情，托给天上的明月，愿那月光载着我这梦一样温存，云一样迷惘的情思，飞到那鲁西平原上的小村！

乡情像一条坚韧而绵长的丝线，无论走到哪里，它总是伴着我一同前行。山，隔不断；水，剪不断；一头系着故乡，一头系在我心中。

我寄情思与明月

◆文/郭保林

久离故土，难免心中郁积起一叠叠沉甸甸的乡情。

乡情像一条坚韧而绵长的丝线，无论走到哪里，它总是伴着我一同前行。山，隔不断；水，剪不断；一头系着故乡，一头系在我心中。在城市住久了，思念故乡的心越发殷殷的了，这一叠重重的乡情该怎样寄托呢？

托给那一缕飘逸的风。可它太放浪了，靠得住么？托给那一片悠悠的云。可它太轻薄了，载得动么？

哦，托给那一脉幽幽的月光吧——那湿漉漉、晶莹莹的月光，会翻过山岭，跨过河流，穿过翳密的林薮，载着我厚甸甸的情思，把一朵朵鲜润润的吻，一声声热乎乎的问候，给我的小河，给我的白杨林，给我的梨园，给我的场院，给每一朵野花，给每一株小草，给颤动在花瓣上的点点晨露，给栖落在草叶上的红头蜻蜓，……啊，给我那像按在平原上一枚图钉大小的乡村。

而今，又是月到中秋了。

月，对城市来说，实在太吝啬了。即便这中秋之夜，那月光也是慵慵的，倦倦的，只在遥远的天国微微睨着，月色淡淡的黄，像贫血少女的脸靥；地上，空中，弥漫着薄薄的，烟一样朦胧的光，仿佛风一吹，就消逝殆尽了，哪有故乡月色如水的清澈，如银的锃亮？

我思念故乡的月。

撇下妻与子，我独自走至郊外的山野，坐在山坡一块岩石上，脚下是灯火万家

的烟城，仰首天穹，只见一羽鹅毛似的絮云，在月儿的脸上抚来抚去，一会儿又有一匹尼龙纱巾似的流云，网住了月儿的蝉鬓；又一会儿云翳褪尽，便见如出水的明珠，如浴后的白莲，施施然脱颖而出，于是山野便盛满了月的思想，月的灵魂。

我的思绪也像鸟儿一样，乘着这缥缥缈缈的月光飞去了，飞过迷蒙的烟水，飞进故乡那如诗如画的月色里……

故乡五月的月夜，在我儿时心灵里是一幅多么迷人的画儿啊！

——那是最新、最美好的时刻，天空像刷洗过一般，没有一丝云雾，蓝莹莹的又高又远。月儿像一位姗姗来迟的妩媚的少女，她把满目清朗朗的光晕洒下来，那满院便是一片明晃晃的晶莹，槐花瓣上便注满月的流汁，月的凝脂，空气里弥漫着花的幽香，月的芳馨。院角、墙缝里，蟋蟀，这些骚扰不停的夜的骑士发出爆裂般的歌唱……

这时，我便坐在院里洋槐树下，或躺在母亲的怀抱里，望着星，望着月，读着那永远也看不懂的黛蓝色的天书。有时母亲也扯着我的小手，摇来晃去地唱道：

筛箩箩，打躺躺，
磨斗面，送姥娘，
姥娘不在家，
喜得妗子笑哈哈……

其实是我笑，母亲笑。笑声在融融的月里飞飞飘飘。摇过，唱过，便给我讲起许多月的传说，我也常趴在母亲的肩头，问那月娘为何不下来，干吗老呆在天上？问月娘吃什么，那儿有杜梨、有酸枣，也有“甜杆”么？那星儿可是她的孩子？云遮住了月的脸，好久好久不露面，是月娘病了么？小小心灵里盛满了许许多多的童稚和疑惑。稍大一点，我和小伙伴儿喜欢在月光里奔跑，追逐，嬉闹。或场院，或河滩，或树林，那是我们这些“小精灵”活动的第一个舞台。跑累了，闹乏了，就坐下来唱歌。我们的嗓门嫩稚稚的，像刚脱壳的蝉，刚蜕皮的蝈蝈。我们的歌清朗朗的，月娘听了，给我们一片湿润润的吻；花儿听了，给我们一片幽幽的香；云儿听了，给我们一片柔柔的情。

至于瓜棚月夜，那是孩子心目中最动人的一幅画了！

那是怎样迷人的景色啊！暮霭沉沉下垂时，月亮尚未升起，萤火虫却已从夜帷里钻出来，就像从夜空里飘洒下来的星星，忽高忽低，忽上忽下无声地飘荡着，飘荡着，在瓜棚、瓜园的周围飞舞起来了。当月亮升起的时候，田野就像洒了一层银

粉，远远的树林，近处的田陌、沙冈，呈现出一派既清晰、明亮，又空灵、柔和的景色。

那生产队的瓜园对我们多么富有诱惑力啊！满园枕头大的银瓜、西瓜，棒槌长的菜瓜和大大小小的甜瓜，从碧绿的叶缝里，裸露出丰满诱人的笑脸，散发出浓郁的馨香。温柔的夜风，载着瓜的芳香，以及晒蔫了的瓜叶的气味，露水和夜的气味，一齐弥漫过来，沁人心脾、令人陶醉。在月色里可以依稀看到圆滚滚的西瓜——果皮上泛着一层白粉，白粉上镂刻着一道道深绿色的花纹；还有羊角蜜，长得像一只羊角，上尖下粗，弯弯着腰，黄色的外皮，打开来，露出粉红色的瓜瓤儿，紫红色的瓜籽儿，咬一口，满嘴淌蜜；青皮脆，翠绿色的瓜皮上长着一条条黑纹，打开来，奶白色的瓜瓤儿，像水嫩欲滴的奶酪，甭提多甜了。至于“花狸虎”、“三道筋”，那都是瓜的家族里上好的成员。还有一种叫大面墩，个头长得特别大，长长的，黄黄的，吃起来面面的，像吃馒头，简直可以当饭。

我们常常结群搭伙地去偷瓜，在月色里演出一幕幕喜剧、闹剧和恶作剧来。看瓜的是“三老瘪”——一个瘦瘦的老头儿，我们都叫他瘪三爷。偷瓜时，我们先派一个“侦察兵”，悄悄地溜进瓜棚，在他眯着眼打盹儿的时候，在他的鞋壳里放一把干蒺藜，然后，在瓜园小径上也撒蒺藜。一旦他发觉偷瓜时，跳下床铺，脚一着鞋，就被扎得龇牙咧嘴，光着脚追我们，小径上的蒺藜又扎得他直吼直骂。叫骂声中，我们早已抱着几个甜瓜或西瓜像小狗獾似的跑远了。于是，我们就躲在河滩里，趴在草地上，尽兴地享受“战利品”，吃饱了，打着饱嗝，带着一种满足，一种快意，一种甜蜜，“宿窝”去了……

我真正读懂“故乡”这部书时，也是在月光下，那时我已高中毕业了，暑假里，我等候着高考福音的降临。

七月的傍晚，夜幕垂下了，蛙鼓响了，萤火亮了。我割满一筐牛草，坐在小河边，洗净了脚，洗白了手。我望着河水，见那河水发亮了，像黎明的晨曦。突然，那河水开始有银蛇游动了，抬头看呀，一轮金黄的明月，抖抖地出现在我面前，金灿灿，明晃晃。我惊呆了，两眼痴痴地望着这样辉煌、这样妩媚的明月。它如同一枚熟透了的柿子，散溢着浓馥的芳馨，饱蕴着汁液，沾着濛濛水汽。它金色的流汁，金色的柔光泼泼洒洒地倾泻在故乡广阔的田野上，远近的房檐、树梢、垛顶、水痕，全都泛出淡淡的金色光芒，一阵微风吹过，田野的光霭便闪闪地流动起来——飘到东，飘到西，飘到南，飘到北，对这耳语一阵，对那亲吻一会，悄然地，悄然地，不出一点儿声响。这时候，谁要咳嗽一声，它会惊恐不已，迅速地躲到背后，或是用小草将自己遮掩。我狂喜地望着这神奇的月色，仿佛走进月的梦境。一切都是闪闪烁烁，蓬蓬

勃勃，我陶醉在这金色的梦幻中了。

随着夜的脚步，那月华渐渐地褪去罕见的金色，变得白炽起来，同时，她徐徐地，几乎让你感觉不到地上升起来。月色比先前更妩媚、更迷人了，沾着看不见的甜湿的夜露，一页页翻开在旷野上——远处堤上的柳条，身旁坡上的紫丁香，一齐楚楚地向我伸展过来，把树枝和幼草的影儿投射在河堤上，宿鸟在枝头上叫着，小虫子在草棵子里蹦着，田里的庄稼在拔节生长着，田野中也有千万生命在欢腾，花和沉静的草，越发显得芳香扑鼻……这时，你可以尽兴领略夏夜的安谧与恬静，夏夜的醇厚与丰富，夏夜的深邃与喧嚣……

但是，我的梦退潮了，我醒来了。我发觉，月照处的高冈河坝像朦胧的画，没照的低凹处像深沉的诗。于是我借着月光一行行一页页地阅读着故乡这部祖传的书：卧在月光下的牛溶进月色里的柴烟。破旧的村舍。古老的磨房。发黑的麦秸垛。长着绿醭的水坑。木质皲裂的辘轳把柄。弯弯曲曲的小路。小路上那沉重纡缓的辙沟。还有这茂茂腾腾的庄稼，黑黝黝的土地，以及渗进大地深处我祖祖辈辈的汗水，和被风雨蚀去的重重叠叠的脚印……这是一部写满象形文字的书，我们古老民族辉煌历史巨著沉甸甸的一章。此时，我才真正弄懂"故乡"这个字眼深奥而丰富的内涵——繁衍、生息、创造、发展、艰难、执著、挣扎、奋搏。……这莫不是故乡生命的坐标？

我年轻的心灵中顿然萌动了一种伟大而纯挚的情感，也萌动了一种苍茫的历史感和沉重的使命感……啊，故乡！

最令人眷恋的是中秋月。

中秋节，那是月的节日。

平原上，托出一轮圆月，犹如维纳斯的诞生一样迷人，一样富有魅力，又像泰山日出，黄河落日一样辉煌庄严。有一年回故乡，我在日记中曾记录过故乡中秋月出的壮丽景观：

……那隐晦的，沉思般的蓝湛湛的底色上，洒下了最初的几滴欢乐的蛋白色的水珠，并逐渐地浮泛开来。这色调又转为玫瑰黄，犹如丹青手的画笔在纡徐地涂抹，逐渐变得宏大、变得清晰，使玫瑰黄越聚越浓。天空中那金黄的，一路上扫荡一切的，火焰般的色彩，开始泛滥开来，又如一部交响乐，先是由一只细细的笛音悠悠地、从遥远的深处传来，渐渐声音变得清晰、宏阔、昂扬，接着管弦齐鸣，锣钹奏响，啊……这时，我仿佛听见月神被簇拥出来，如此圆润、清晰和庄严、安详。我屏住气，瞑目呆住了，这样伟大的、这样迷人的月出的远景，我却从来没有看见过。月亮离地，大约不盈尺的光景，霎时间，那所有的星星都似乎隐蔽了，惟有这轮金黄

的月在向这夜的世界泼洒着流汁一样的柔辉，而那点点的遥村远树，淡得比初春的嫩草还虚无缥缈……

这时，家家户户男女老幼便团团围坐在摆放在院子里的地桌周围，开始了丰盛的晚餐，享受一年一度最神圣、最迷人的天伦之乐。而家家的地桌上都摆满了瓜果梨桃，摆满了特制的成套的月饼，装潢鲜丽如新月。那月饼有各式各样的，有枣泥馅的、糖馅的、瓜子和花生芝麻馅的，上面印着“嫦娥”“桂树”的图案。这时，母亲并不急着吃，望着我这远归的儿子那种吃月饼时甜甜的、贪婪的样儿，脸上的皱纹化为一朵美丽的微笑。我咀嚼着月饼，也重温着“故乡”——那远处传来的机器轰鸣声，那电视机播放出来的歌声，和谁家院子里不时爆发出的一阵阵舒心爽朗的笑声，都流淌着收获的喜悦，火红的富足，甜美、热烈、沸腾的追求，那么新鲜，那么动人，那么令人遐思和憧憬。月饼的甜，瓜果的香，醉意浓浓的乡情，连同母亲的笑都就着月光吃进肚子里了，至今我的舌尖上还滞留着那甜甜的、馨香的记忆！

夜深了，露重了。抬头望去，高高悬挂中天的是山野特有的中秋月，她圆润，安详，静静地放射着柔和的光，如同母亲温柔的目光，温柔的微笑。山风轻轻地摇荡不息，载着清澈绮丽的光波，欣然地洒在无限的静穆之中。在这静穆中，故乡仿佛一步一步向我走来，带着我童年的回忆，少年的足迹，熟悉的乡音；带着小河的琴声，白杨林的涛韵；带着甜甜的炊烟和庄稼成熟的芳馨……

难忘的故乡！难忘的亲人！愿我这一缕浓浓的乡情，托给天上的明月，愿那月光载着我这梦一样温存，云一样迷惘的情思，飞到那鲁西平原上的小村！

具有感染力的美文

◇赏析／张　洁

这是一篇灵心独绝的思乡散文。抒写魂牵梦萦的思乡情愁，酣畅而缜密，表达了作者洒脱而秾丽的品格，笃厚而深沉的风貌。体现了作者独具一格的审美艺术。全文处处闪烁着迷人的光彩，是诗与美的完美结合。

首先，意象美。月这一意象在中国文学中有着丰厚的文化底蕴。“月是故乡明”，“举头望明月，低头思故乡”，“明月几时有，把酒问青天”，“月上柳梢头，人约黄昏后”，“江畔何人初见月，江月何年初照人？人生代代无穷已，江月年年只相似”……月亮这一自然事物，在中国文学中，好像天生就代表着思念，代表着无可奈何,代表着……她把人类的感伤时而高高挂在天空,时而撒落人间,散发出一种凄清的美。本文作者寄情于明月,借明月这一诗歌意象表达作者对故乡的思念,唤起了审美主体——读者积淀在心中的关于月的美好遐想。

其次,意境美。作者将浓郁的乡思融于明月这一典型意象之中,创造了一个个物我化一的艺术境界。故乡五月的月夜、瓜棚月夜、夏季的月夜、令人眷念的中秋月……一幅幅画卷呈现在读者面前,情感渗透在描写之中,不仅吐露思乡之愁,又有回忆故乡的快乐与情趣、浪漫与凝重的思考。不赏月寄情,而思乡思人、思事思意趣。情寓其中,感受寓于其中。让读者不自觉地跟着他走进那一片艺术天地,去感受,去体验,去回味,去思考。

再次,情感美。思乡之情,本是人类最美好的情感之一。作者把心中珍藏的这份情感以艺术化的手法表现出来,真实、诚挚,它时时激荡着读者的心,在读者中引起情感共鸣。

最后,结构和语言美。全文以思乡之情起笔,以寄情于明月收尾。通过明月的媒介传达作者的心声,又通过如诗如画的回忆描写抒发思乡之情,可谓结构完美无缺,天衣无缝。语言上,均是情之所动、心中流淌、呼之欲出的语言。通俗而典雅,亲切而又感人,没有雕琢之痕。有些句子韵味十足,充满音乐旋律的美。你看这一段描写:“托给那一缕飘逸的风。可它太放浪了,靠得住么?托给那一片悠悠的云。可它太轻薄了,载得动么?”虚实相用,合情合理,节奏明快,掷地有声。

呵，母亲，我疲惫得沉沉欲睡，渗和怀思的痛苦袭我，黎明的鸡声已啼落天边第一颗星星！

冷　月

◆文/邓文来

既无雅兴寻梦于落日余晖的相思林，也就不必担心月白寒风下的露冷。春去已多时了，我独怀念故园芳草碧树桃英的三月，渌江河畔，一帘青翠的柳堤，鸟声惊鱼跃，燕蝶争落英。长夏蝉鸣的黄昏，舟子歌声，荡漾在波光深处。浣衣女的砧杆敲碎了黄昏，河心升起彩虹，灯灯影影里，弦音和着巧笑连波！

滑过长夏的绿阴，一帘青翠卷入西风，布谷鸟的鸣声早已绝音，西山满岭的红叶如火，山菔菔也从叶腋间伸出长长花轴，戴起半球形紫花，探询秋去的信息。收获的日子已过，闲暇磕牙是好时光。林梢飘起的那一角布巾，淡淡秋阳照着斑驳的酒坊红墙，轻缓的西风吹响古寺的檐铃。“西风瘦马”，夕暮的林道有骑驴的老者走过；古老岁月的太平日子，在他一卷书帙，一只盛满酒的葫芦天地里。白发萧萧的老祖父不是个善饮者，但他却爱在西风残照里，策杖牵我上村头徐大麻子的酒坊。也许是他想忘却玉带缨珞，三更早起朝拜九重天的纶音，尽管过去的岁月已远逝，京华繁梦毁于武昌义旗的烽烟；而老祖父仍然过着他古老的东方历史卷轴梦冷的世界，识杜甫朱熹于爬满藤萝的桐油灯影下的宅楼。但我不喜欢老祖父的灯光，我爱父亲佩剑跃马古长城外万里风沙的画面！

父亲虽不是个叱咤风云坐拥半壁山河的人物，但他也有过“百战疆场”的沙场风霜。荒寒的辽北，黎明的军笳吹落满天星斗，铁骑如蚁，冲破急雪如掌时刻的敌阵，使他的左臂永烙下碗口大的伤痕。也许是这一战使他心寒沙场的白骨，或许是老祖父的丧车，唤回他故乡林园儿时的忆念。那是“七七”卢沟桥烽火漫天的第二

个春天，父亲像一个异乡落魄的浪子，担着一肩风月，两袖拢着尘沙，以及双鬓飞霜的岁月，悄然回到故乡杜鹃花篱的庭园。那年，我还只是应门之童，惊悸于父亲那一脸憔悴的酸寒。

杜鹃花篱，是母亲亲手栽植的，她爱杜鹃啼血的故事；我和我的四个姐姐以及最幼的六妹，已记不起在她故宅的高楼，灯影摇摇里度过多少凄寒的冬夜？呵，母亲，此刻，你的独生儿写怀思于远方四季常绿的岛上之一的小城，它的名字叫"兰阳"。这是一个仿似故乡那样安静古朴的小城。三面翠障着一脉青山，数湾清流回旋于广袤的田野，点缀着竹林茅舍的村屋，暮色里的炊烟亦如远梦的故乡。当春来的日子，我常独自远涉山林岩畔，寻杜鹃的故事系于你的容颜。呵，母亲，我犹记得离家的日子！你那满头青灰的发挽髻，泪眼倚着古宅高墙旁的古松，叮咛我勤写书信，叮咛我朝寒暮冷的衣裳。呵，母亲，一声叮咛，一声泪，我曾识爱于你的指间，识人生壮丽的梦影，画在父亲青发年代的白马银鞍。我欲摘星辰光耀古老故宅的高楼，少年不识离愁，揖别故园晚春的朝露。然而哟，四季常绿的岛上，堪叹的春光，悒白了多少少年头，我的画梦亦失落在小城多雨的冬日。伤时光易逝，我常听雨于陋巷存圮的大屋，记凄雨风狂，孤灯影暗，伴我故园的怀思！

呵，母亲，或许是别离的日子太遥远，我已记不起你额角上的风霜？也许，在故园苦难的岁月里，故宅的高楼已成一堆废墟，你归何处？父亲那一柄闪着青芒的佩剑，是否出匣鸣鞘？或是履上轻尘如梦，长埋故园西山夕照荒烟？幼年的六妹，在我的计算里，该是婷婷之姿了。

今宵，异乡的夏夜月华，照亮了远山近林，小城的灯光如虹。欢笑溶满人们的脸颊，但陋巷之夜却弥漫着凄凉，一声声低哑而苍老的卖声，如同招魂者哀凉的呼唤。这是一个高龄的老人，伛偻的身影，街灯下飘起的银银白发，酷似祖父当年村梢小店沽酒黄昏下的侧影。母亲，我是他长年的顾客，更深残漏里，邻居们已甜然入梦。我却仍然像一只爬虫伏于孤影的灯光下，编制一些荒唐的故事，以博取微薄的稿酬苟全生命于异乡。呵，母亲，我的生活你是无从想像的，陋巷的木屋四壁无窗，像一口披满苔痕黝黑的古井，夏夜的蚊虫如河渠的鱼虾，吮吸着我枯瘦的手臂。呵，母亲，生活的煎熬，我的年华虽尚在最强盛的青春，但我的容颜却刻画着老人的晚景。

画梦的年华已远了，空留一腔辛酸的泪痕，滴碎一巷冷寂，中天的一轮明月亘古如斯；它曾照过古洛阳的城堞，亦复照过我故园村梢的茅舍。多少历史的悲欢，未曾催老它的容颜，却淹没了多少情爱的故事，埋葬了多少旷世奇才的枯骨。历史梦冷，谁复忆上林苑的笙歌，华清池的水冷？朝朝代代，雁门关外战马的长嘶，封侯

无命白发将军的悲歌？呵，母亲，生命之流是如此的急湍，摊一双瘦骨嶙峋的手臂，欲捕捉残剩的欢情，却被悠长凄凉的卖声惊走。恨膀无双翼，巨涛骇浪的港湾，亦无停泊渡我归去的一叶扁舟？

我的梦何时了？长绿的岛，冬天多雨的小城，夜里的灯影飘起的裙角，还有软柔的三月画室那一长睫毛下闪亮的眼睛，扔下一瞥微笑，给我飘泊者寂寞的悒伤。呵，母亲，在我的童年开始，你就一直在企盼弄孙于杜鹃花篱小园的花径；绿阴满栅的葡萄架下，是你建设的晚年人生乐园。唉呀唉，烽火席卷长江岸，多少春闺梦里人泪湿青衫，秦淮河畔的画舫轻舸，伴着冠尽满京华的车骑仓惶出走，重演一幕历史的悲剧。幼年，我尚不知祖父捋着白胡漫吟杜甫"国破山河在，城春草木深"的诗境，而今，我却在异乡陋巷的残声里，啜着"家书抵万金"的辛酸！

盈满的泪暗自偷弹，谁能慰我于陋巷午夜的残声？陋巷的尽头是一丘荒野，蔓生着蛮野的荆棘，乱坟的墓碑雕刻着一些生者不复记忆的姓名。人生，是如此的凄凉残酸？生命的最后归宿，返于泥土之中万古的寂寞。天堂在何处，西方的极乐世界欲乘多少旅程的驿车？宗教家不过是个美丽的说谎者，我多想和撒旦为友，他可免我于饿寒，免我独居木屋灯影下的凄寒呵？母亲，请恕我！

而且，在这一串漫漫长远流浪的日子里，我学会了烟酒。母亲，祈求你不要劝阻我，寒夜的寂寞，黄昏时行行的孤影，我需要一个共度空虚的伴侣。

深夜的月华拖着昏昏欲睡的光华西沉，伛偻的老人那一声声凄怆欲哭的卖声也归于梦乡，星寒露冷，溶湿了我散乱的短发，寻旧梦底欢情是如此遥遥，且归去巷口的小食摊，饮一杯无荣的"太白"酒，耸耸双肩，抖落一些沾满的露滴。呵，母亲，我疲惫得沉沉欲睡，渗和怀思的痛苦袭我，黎明的鸡声已啼落天边第一颗星星！

冷月无痕

◇赏析／熊珊珊

这是一篇具有独特艺术风格的散文。文章运用简朴的语言围绕着对往事的追忆和无奈现实的描述，表现出一种孤寂、忧郁和难以排解的伤感情绪。文章格调低沉，呈现出一片飘忽、朦胧的色彩和阴冷的气氛，给人一种独特的美感。

文章开篇既已定下行文的基调，循着回忆的踪迹，逐层展现出人物、事物和场

景，令人唏嘘感叹不已。首尾两部分是描写故园和异乡。写故园，用的是浓墨重彩，色彩斑斓，有芳草碧树，柳堤鱼跃，燕蝶飞舞，夏蝉长鸣，舟子歌唱，少女洗衣，一派生机盎然；写客居异乡，则满目凄凉，陋巷荒野，乱坟荆棘，冷月孤灯，宇宙间充满着寂寞和空虚。前后对照，情感的落差，揭示了一个流落异乡者的深深的思乡之情。此其一。艺术特色之二，本文的语言，具有凝重、简古、丰富的独特个性。特别是记叙祖父、父亲和母亲时，文字不多，但都能表达出不同时代在人物身上留下的烙印。老祖父背负着古老的东方历史卷轴，父亲的沙场风霜，母亲的一声叮咛一声泪，这些都能反映一个特定的时代，以及人物特定的经历和遭受的苦难，读来韵味无穷。

冷月滑落，悄然无痕。愿所有身在异乡陋巷的游子早点进入梦中的故乡。

不知不觉中，我依稀成了母亲头上的一根白发，成了飘飞向母亲手中的一纸奖状，成了母亲履历表上的一串足印……噢！母亲，您等着，下个中秋，我一定让您首次收获到开心的故事。

感受异乡月

◆文/朱大森

滇南小镇的中秋，实是宁静、温馨而富有特色的了。大清早，各家各户的“内务总管”都得到集市上去“抢”购花生、核桃、板栗和时鲜的水果，以备节用。你瞧，集市上那股热闹劲儿，让人心动不已，不绝如缕的寒暄声，抑扬顿挫的叫卖声，韵律深含的哈哈声……把个古老的市镇爆炒得沸沸扬扬，平添了十分浓郁的节日气氛。少顷，繁忙与喧闹便被人们切割引进各自的家中，滋生出另一番风景。待到团圆饭时，友的全家便紧急行动起来。燃香的，抬案的，端碟捧盏的，安灯装饰的，自然分工就位，各行其是。案几设在门口的水泥地上或各种态势的阳台上。案几上八九个大碗小碟和袖珍肴盏，佳味杂陈，引人入胜。花生板栗冒着刚出锅的热气，时鲜水果慢悠悠飘着奇香，月饼糕点风姿绰约流光溢彩。友的父亲很具艺术家风格，特将柚子壳一分为二替灯罩上青绿绿、黄澄澄的倩颜，说是不要让灯光抢了月的“饭碗”。天上，“圆魄上寒空”，皓月千里，清爽一片；人间，灯光橙色祥和，从柚子壳底漏出暖温，照得人身滑酥甜润。关掉所有电声设备，周遭静谧至极。这时，等得不大耐烦的小弟，便和大人们一道，房前屋后，貌态虔诚地拜起月神来。

邻居的人家，大多仿效友的父亲样，给牵进院场院心或阳台的电灯戴上柚子壳的“绿帽子”，有一盏两盏的，有三盏四盏的，没有再多的了，否则，月色会小觑人们对她喧宾夺主而乏敬意。定睛细瞧那“帽儿”边沿上，有刻着“中秋佳节、乐在其中”的，有刻着“风调雨顺、安居乐业”的，有刻着“政通人和、国泰民富”的，字字清

秀，言简意赅。家家户户的小孩拜月之后，便怎么也定不下心来，约会一处，嘻嘻哈哈地去四面八方搜寻节日欢乐去了。随声望去，玉溪大街小巷，阳台走廊，院坝楼前，到处可见一家人一家人围坐一圈，或守在门口，或对坐月下，桌案上一式地摆着果品，心随皓月千里纵，口往天南海北吹。良宵美景城不夜，家家扶得醉人归。

此时，我仿佛觉得自己已经被天真的叽叽喳喳声冲浪般抛向童年的岸上，忽然想起王建的诗句："中庭地白树栖鸦，冷露无声湿桂花。今夜月明人尽望，不知秋思落谁家？"是呀，在这南疆小镇的友人家，我凝视着一圈圈涟漪的月光，仰着脸，朝着故乡；手抚心，跳跃加快，似乎有两只桨在心海里划动，眼眶的船舷飞溅出颗颗又酸又涩的泪的水花：母亲，您是否还怀着"儿行千里母担忧"的愁肠怨绪，怅然若失地守望着此时的月光呢？

记得儿时，家里的中秋节一直过得简洁而素朴，连最普及的"冰薄芝麻饼"，我们七八个兄弟姊妹也只能从母亲的手中各自分享到两三小块。本可一嘴就能吃掉的，还要一小口一小口地慢慢"舔食"，甚至会吃到节日以后的第二三天，谁剩得越多越光荣。其实，只要能有那种节日气氛，有母亲那份关爱，家中无论怎样清贫寡淡，都有一种说不完的温暖甜蜜。情是母爱重，月是故乡明，我此时感受最深。如今，倚母亲怀中撒娇的时光早已成昨，相伴弟兄逗趣嬉戏的日子也"逝者如斯"。拟小诗一首聊相自慰：遥寄一轮秋，天涯隔奈何；漫道相思苦，痛并快乐着。

月上中天，皎洁无比。友的姐情不自禁地讲起小镇乡下中秋的热烈壮观景象，还一边击掌，一边滔滔不绝。我佯装微笑应和。接着，友也问我："你们那里是怎样过中秋的呀？"我言情表里不一，吐词语无伦次。因为故乡的中秋向来清淡如水，说不上隽永绵长，加上我辈"少年不识愁滋味"地瞎忙乱跑，哪里读得懂父亲母亲孤独守家、总是收获失望的情节啊？

握别友人一家，我行在"梧桐一落叶，天下尽知秋"的街道的意境里。玉溪小镇被节日的盛装扮得百态婉约。我不敢举头望明月，急忙躲进单元房，想做点什么。忽然，我发现案头的琴盒。我轻轻打开它，取出胡琴，抖开弓毛，将无尽相思写进《妈妈的小诗》这首歌里。不知不觉中，我依稀成了母亲头上的一根白发，成了飘飞向母亲手中的一纸奖状，成了母亲履历表上的一串足印……噢！母亲，您等着，下个中秋，我一定让您首次收获到开心的故事。

我用琴声祝福您，寄月光想念您哟，母亲，您等着。

月圆思故乡

◇赏析／冉彩虹

月在古今文人墨客的诗词曲赋中常常出现，借月抒情，以月寄情在诗文中更是屡见不鲜。特别是中秋节的晚上，那轮明亮的圆月更是团圆的象征，“独在异乡为异客，每逢佳节倍思亲”就表达了远在他乡异地的游子在佳节时对家乡、对亲人的思念。

作者借《感受异乡月》这篇文章抒写了“我”在异地过中秋的所见所闻所感所忆，虽身处热闹氛围之中，但心头却是牵挂着家中亲人，回忆着以往家中中秋时的情景。月下独思，遥望故乡，心中想着给予“我”至爱的母亲，文章末尾一句深情的话语表达了自己此刻最想道出的心声——“我用琴声祝福您，寄月光想念您哟，母亲，您等着。”

纵观全文，有两个地方最有特色：一是文中的描写细腻，平常人家中秋节的准备活动，友人家过中秋节的情景，“我”对故乡中秋节的回忆以及“我”思念亲人的心理活动都刻画得很细致，直叩人的心扉；二是文章中成语的运用非常丰富，使文章富有美感，让读者也能从中获益，增长成语方面的知识积累。

今宵又是一个“清辉照海月”的美景良辰，亲人何处？我轻轻地呼唤着：归来兮！亲人，归来兮！

月是故乡明

◆文/刘棣华

皎月当空，清辉泻地，或倚窗，或伏几，或辗转床褥，常常会涌起一股或浓或淡的乡思。读古诗，总不免要为那些寄寓乡思亲情的佳作所吸引。像读到“露从今夜白，月是故乡明”、“桐荫满地无人赏，月上青荷露有珠”这类的句子，就有一种身同亲受之感。这不仅因为自己久客他乡，难忘故乡的山音水色，真是“情溶九嶷竹，思逐洞庭波”，也还因为至情之人长驻孤岛，遥想其思乡之情也许要更胜于我。四十年别井离乡，雁杳鱼沉；五百个月缺月圆，梦萦魂牵。乡心无限而人生有限，月缺有圆却人离难聚，怎不叫故乡亲子思绪百结呢！如今盈盈一水，咫尺天涯，离散的亲人要想寻点骨肉人伦之慰，也就只有“千里共婵娟”了。读过诗人舒蓝的《乡色酒》，谁都要为他那真挚的怀乡思亲之情所感染的。

三十年前
你从柳树梢头望我
我正年少
你圆
人也圆
三十年后
我从椰树梢头望你
你是一杯乡色酒

你满
乡愁也满

诗人不写“月”字，尽曰“月”色，不写“乡”字，满泻“乡”情。人望月，月望人；月圆人圆，月满愁满。酒是醇酿，情是精诚；醉于回忆的幸福中，却又醒于乡愁的现实里，真是笔淡情浓，感人至深。

今宵又是一个“清辉照海月”的美景良辰，亲人何处？乡思几何？澎湃的海涛，像是一曲难终的乡恋之歌；婆娑的月影，像在倾泻满腔的深沉之爱。我轻轻地呼唤着：归来兮！亲人，归来兮！

明月正临中天，一点浮云也没有，很圆，很圆。

烘云托月晕染离愁

◇赏析／黄　艳

“海上生明月，天涯共此时”，月光朗照着九州大地，不同地方的人，望着同一轮明月，涌动着一样的思绪。由月思念亲人，托月寄托离情，已成为我们民族诗文的一个传统，一种文化的心理模式了。

“皎月当空，清辉泻地”，触景生情，游子离客的心里常常会“涌起一股或浓或淡的乡思”。作者从当前的自然美景，想到寄寓乡思亲情的古诗，品味古人的心情，再从古人的心情咀嚼自己的心情，“情溶九嶷竹，思逐洞庭波”。接着笔锋转入探究长住孤岛的“至情之人”的思乡之情。最后把两地离人的思绪聚合到一起，把忆乡思亲合而为一。

绘画时有烘云托月的技法，当代画家黄永玉常常是在宣纸背面着色再晕染到正面，本文少谈自己，多引用古人、今人的诗句，也应该是背面烘托自己的情感吧！

一切客愁别恨，都不是淡荡的，犹疑的；是分明的，真切的，急如束湿的。

往　　事(二)

◆文/冰　心

从来未曾感到的，这三夜来感到了，尤其是今夜！——与其说“感”不如说“刺”——今夜感到的，我恳颤的希望这一生再也不感到！

阴历八月十四夜，晚餐后同一位朋友上楼来，从塔窗中，她忽然赞赏的唤我看月。撩开幔子，我看见一轮明月，高悬在远远的塔尖。地上是水银泻地般的月光。我心上如同着了一鞭，但感觉还散漫模糊，只惘然的也赞美了一句，便回到屋里，放下两重帘子来睡了。

早起一边理发，忽又惘惘地忆起昨夜的印象。我想起“……看月多归思，晓起开笼放白鹇”这两句来。如有白鹇可放，我昨夜一定开笼了，然而她纵有双飞翼，也怎生飞渡这浩浩万里的太平洋？我连替白鹇设想的希望都绝了的时候，我觉得到了最无可奈何的境界！

中秋已居然晴明，我已是心慑，仪又欢笑的告诉我，今夜定在湖上泛舟，我尤其黯然！但这是沿例，旧同学年年此夜请新同学荡舟赏月，我如何敢言语？

黄昏良来召唤我时，天竟阴了，我一边和她走着，说不出心里的感谢。

我们七人，坐了三只小舟，一篙儿点开，缓缓从桥下穿过，已到湖上。

四顾廓然，湖光满眼。环湖的山黯青着，湖水也翠得很凄然。水底看见黑云浮动，湖岸上的秋叶，一丛丛的红意迎人，几座楼台在远处，旋转的次第入望。

我们荡到湖心，又转入水枝低亚处，错落的谈着，不时地仰望云翳的天空。云彩只严遮着，月意杳然。——“千金也买不了她这一刻的隐藏！”我说不出的心里

的感谢。

云影只严遮着，月意杳然，夜色渐渐逼人，湖光渐隐。几片黑云，又横曳过湖东的丛树上，大家都怅惘，说："无望了！我们回去罢！"

归棹中我看见舟尾的秋。她在桨声里，似吟似叹的说："月啊！怎么不作美呵！"她很轻巧的又笑了，我也报她一笑。——这是"释然"，她哪儿知道我的心绪？

到岸后，还在堤边留连仰望了片晌。——我想："真可怜——中秋夜居然逃过了！"人人怅惘的归途中，我有说不尽的心里的感谢。

十六夜便不防备，心中很坦然，似乎忘却了。

不知如何，偶然敲了楼东一个朋友的室门，她正灭了灯在窗前坐着。月光满室！我一惊，要缩回也来不及了，只能听她起身拉着我的手，到窗前来。

没有一点缺憾！月儿圆满光明到十二分。我默然，我咬起唇儿，我几乎要蹦出一两句诅咒的话！

假如她知道我这时心中的感伤是到了如何程度，她也必不忍这般的用双臂围住我，逼我站在窗前。我惨默无声，我已拼着鼓勇去领略。正如立近万丈的悬岸，下临无际的酸水的海。与其徘徊着惊悸亡魂，不如索性纵身一跃，死心的去感觉那没顶切肤的辛酸的感觉。

我神摇目夺的凝望着：近如方院，远如天文台，以及周围的高高下下的树，都逼射得看出了红、蓝、黄的颜色。三个绿半球针竿高指的圆顶下，不断的白圆穹门，一圈一圈的在地的月影，如墨线画的一般的清晰。十字道四角的青草，青得四片绿绒似的，光天化日之下，也没有这样的分明啊，何况这一切都浸透在这万里迷漾的光影里……

我开始的诅咒了！

乡愁麻痹到全身，我掠着头发，发上掠到了乡愁；我捏着指尖，指上捏着了乡愁。是实实在在的躯壳上感着的苦痛，不是灵魂上浮泛流动的悲哀！

我一翻身匆匆地辞了她，回到屋里来。匆匆的用手绢蒙起了桌上嵌着父亲和母亲相片的银框。匆匆的拿起一本很厚的书来，扶着头苦读——茫然地翻了几十页，我实在没有气力再敷衍了，推开书，退到床上，万念俱灰的起了呜咽。

我病了——

那夜的惊和感，如夏空的急电，奔腾闪掣到了最高尖。过后回思，使我怃然叹异，而且不自信！如今反复的感着乡愁的心，已不能再飘起。无数的月夜都过去了，有时竟是整夜的看着，情感方面，却至多也不过"惘然"。

痛定思痛，我觉悟了明月为何千万年来，伤了无数的客心！静夜的无限光明之

中，将四围衬映得清晰浮动，使她彻底的知道，一身不是梦，是明明白白的去国客游。一切客愁别恨，都不是淡荡的，犹疑的；是分明的，真切的，急如束湿的。

对于这事，我守了半年的缄默；只在今春与友人通讯之间，引了古人月夜的名句之后，我写："呜呼！赏鉴好文学，领略人生，竟须付若大代价耶？"

至于代价如何，"呜呼"两字之后，藏有若干的伤感，我竟没有提，我的朋友因而也不曾问起。

一九二三年九月二十六日夜，闭璧楼。

皓皓明月感伤情怀

◇赏析／李　霖

冰心写这篇散文时，正在美国康奈尔大学留学。初始离开祖国、父母，离愁别绪自然是很强烈的。对一位敏感的年轻女学子来说，这种情绪更是经常围绕着她。

八月中秋，祖国的亲人合家团聚，共度良宵，这正是游子离客感情最脆弱的时候，冰心把无法排遣的内心的思念和伤感诉诸笔端。她用了一波三折的手法，从中秋节前后三天"怕见月亮"这种反常的心理来折射出她思念祖国和亲人的感情。

文章按时间顺序可分为四部分。

第一部分写八月十四夜看月亮的情景。文字简洁概括，心理描写也在浅层，只是为文章的高潮作铺垫。

第二部分写八月十五夜晚泛舟湖上，同学一起想赏月却无月可赏的情景。文字浓重了很多，用"释然"和"我有说不尽的心里的感谢"把避免了赏月、避免了伤感的如释重负的心理写得可见可闻。

第三部分写八月十六夜，本无心看月却不期然看到了月，正因这不期然，作者的心灵受到了强烈的撞击。"我几乎要蹦出一两句诅咒的话！""我开始的诅咒了！""我病了——"层层推进，作者的愁思一步步到了极致，文章的感情波浪到此也达到了高潮。

最后一部分是"那夜的惊和感"到文章结束，是"痛定思痛"的思悟，把前面三部分曲曲折折隐藏起来的"思乡"主题显明了。

冰心的作品，笔触绮丽，浓墨重彩，感受深切，惊人心魄。

因此，我的青春根本缺少“红叶题诗”的浪漫情致，中国啊，我的心是一口生苔的古井，深黑幽深，满涨着垂垂欲老的恋情。

握一把苍凉

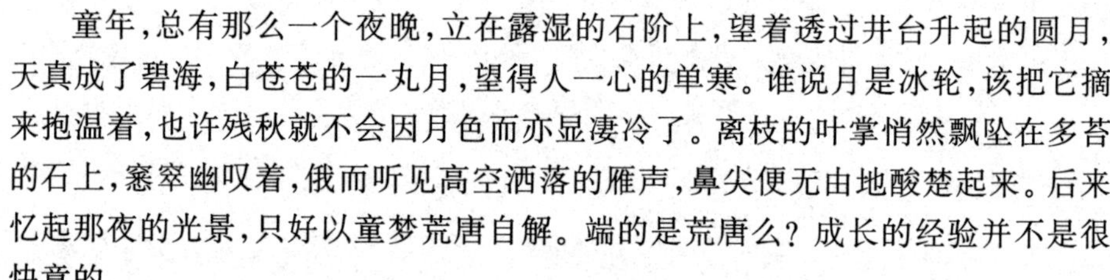

◆文/（台湾）司马中原

童年，总有那么一个夜晚，立在露湿的石阶上，望着透过井台升起的圆月，天真成了碧海，白苍苍的一丸月，望得人一心的单寒。谁说月是冰轮，该把它摘来抱温着，也许残秋就不会因月色而亦显凄冷了。离枝的叶掌悄然飘坠在多苔的石上，窸窣幽叹着，俄而听见高空洒落的雁声，鼻尖便无由地酸楚起来。后来忆起那夜的光景，只好以童梦荒唐自解。端的是荒唐么？成长的经验并不是很快意的。

把家宅的粉壁看成一幅幅斑驳的、奇幻的画，用童心去读古老的事物，激荡成无数泡沫般的幻想，渔翁、樵子、山和水和水滨的钓客，但从没想过一个孩子怎样会变成老翁的。五十之后才哑然悟出：再丰繁的幻想，也只有景况，缺少那种深细微妙的过程。你曾想抱温过秋空的冷月吗？串起这些，在流转的时空里，把它积成一种过程，今夜的稿笺上，便落下我曾经漆黑过的白发。

但愿你懂得我哽咽的呓语，不再笑我痴狂，就这样，我和中国恋爱过，一片碎瓦，一角残砖，一些在时空中消逝的人和物，我的记忆发酵着深入骨髓的恋情，一声故国，喷涌的血流已写成千百首诗章。

浮居岛上卅余年，时间把我蚀成家宅那面斑驳的粉壁，让年轻人把它当成一幅幅奇幻的画来看，有一座老得秃了头的山在北国，一座题有我名字的尖塔仍立在江南。我的青春是一排蝴蝶标本，我的记忆可曾忆入你的幻想？

恋爱不是一种快乐，青春也不是，如果你了解一个人曾经怎样的时空怎样的

老去,你就能仔细品味出某种特异的感觉,在不同时空的中国,你所恐惧的地狱曾经是我别无选择的天堂。不必在字面上去认识青春和恋爱,区分乡思和相思了。我在稿纸上长夜行军的时刻,我多疾的老妻是我携带的背囊,我唱着一首战歌,青春,中国的青春。但在感觉中,历史的长廊黑黝黝的,中国恋爱着你,连中国也没有快乐过。

忧患的意识就是这样生根的。我走过望不尽天边的平野,又从平野走向另一处天边;天辽野阔,扫一季落叶烧成在火中浮现的无数的人脸,悲剧对于我是一种温暖。而一把伞下旋出的甜蜜柔情,只是立于我梦图之外的幻影。但愿你懂得,皱纹是一册册无字的书,需要用心灵去辨识,去憬悟。恋爱可能是一种快乐,青春也是。但望我的感觉得到你感觉的指正。你是另一批正飞翔的蝴蝶。

一夜我立在露台上望月,回首数十年,春也没春过,秋也没秋过,童稚的真纯失却了,只换得半生白白的冷。一霎间,心中浮起人生几度月当头的断句来,刻骨的相思当真催人老去么?中国,我爱恋过的人和物,土地和山川,我是一茎白发的芦苇,犹自劲立在夜风中守望。而这里的秋空,没见鸿雁飞过。

把自己站立成一季的秋,从烟黄的旧叶中,竟然捡出一片采自江南的红叶,时光是令人精神错乱的迷雾,没有流水和叶面的题诗,因此,我的青春根本缺少“红叶题诗”的浪漫情致,中国啊,我的心是一口生苔的古井,深黑幽深,满涨着垂垂欲老的恋情。

一个雨夜,陪老妻找一家名唤“青春”的服装店,灯光在雨雾中眩射成带芒刺的光球,分不清立着还是挂着,妻忘了带地址,见人就请问:青春在哪里?被问的人投以诧异的眼——两个霜鬓的夫妇,竟然向他询问青春?后来我们也恍然觉出了,凄迷地对笑起来,仿佛在一刹中捡取童稚期的疯和傻。最后终于找着那间窄门面的店子,玻璃橱窗里,挂满中国古典式的服装,猜想妻穿起它来,将会有些戏剧的趣味。若说人生如戏,也就是这样了,她的笑瞳里竟也闪着泪光。三分的甜蜜,竟裹着七分的苍凉。我们走过的日子,走过的地方,恍惚都化成片片色彩,图案出我们共同爱恋过的。中国不是一个名词,但愿你懂得,我们都不是庄周,精神化蝶是根本无须哲学的。

握一把苍凉献给你,在这不见红叶的秋天,趁着霜还没降,你也许还能觉出一点我们手握的余温吧?

三分甜蜜，七分苍凉

◇赏析／熊珊珊

当你面对一轮冷月在秋风中回忆童年的时候，当你客居异地思念家园、亲人和祖国的时候，当你的青春已逝、垂垂老矣而又感到任重道远、时不待我的时候，会不会像作者一样涌出一种人生的苍凉感呢？

作者由一个"曾想抱温过秋空的冷月"的孩子变成了一个老翁，因"再丰繁的幻想，也只有景况，缺少那种深细微妙的过程"，感觉"成长的经历并不是很快意的"，涌出一种人生的苍凉。"浮居岛上卅余年"，对故乡和祖国的相思伴随着作者走过了人生最值得怀念的青春，"春也没春过，秋也没秋过，童稚的真纯失却了，只挨得半生白白的冷"，刻骨的相思使得作者产生无限的惆怅，这又是一种怎样的苍凉！然而虽然青春不在，但在作者心中却"满涨着垂垂欲老的恋情"，这种对祖国对青春的恋情，终于使人觉出了"三分的甜蜜"。"中国不是一个名词"，"精神化蝶是根本无须哲学的"，作者以一颗赤诚的心表达了对祖国无尽的思念和祝福，让人于苍凉的气氛中感觉到了几许甜蜜，几许温暖。

作品以饱满的情感、凝重的笔彩，写出了人生的苍凉，但这种苍凉不是消极的，虽无可奈何而又幽默达观，是一个经历丰富、充满睿智的老年人的宝贵财富。在这篇优美的散文中，作者对童年、青春的回味，对故园、祖国的思念，"握一把苍凉"，使人倍感人生的美妙，祖国的可爱，激励着我们去追求美好的人生和未来。

那些千百年来的游子的情感，在这一夜间全部再现合为一体，把种种的因果忘却，只留下这些月光下袒露无遗的情绪和感动。

千里共婵娟

◆文/[美]邵　丹

中秋可能是所有中国节日中最美的一个。

身在美国，入乡随俗，因此很少庆祝中国的节日，中秋又如何呢？还是努力工作，一切如常，并且加班到深夜。

下班出门的刹那，感到户外的光线与情调不同往常，才惊讶地发现在城市里一向黯然无色的月亮，今晚一改蓬头垢面的形象，正宛若出水银莲，荡漾在天心，清光四溢。

沉默着，全身心都伫立在皎皎月华之中。在我遗忘了这个节日的时候，中秋的月亮还是这么美，普照天下，包括忙碌人的心里。

但这样的节日，这样的月，只有一个民族在珍惜。中秋，是中国人的节日。而中国人，心里贮存着多少离人的感悟。千百年来无数人因中秋而发的感慨，每到秋月高悬，就全一涌而出。苏东坡因此写下"但愿人长久，千里共婵娟"的名句。

一个充满了游子文化的民族，由于对团圆过分敏感地追求，这个民族也脆弱了，于是充满了离愁别绪。游子的欢喜与忧伤，过去有，现在还有，就像河水，只要存在，就不停地往前流。游子在身体上、心灵上，漂流着，却又强烈地追求着归宿。悲剧在于找到了归宿，也许还是回不去，因为有的时候，你已经走得太远。

异乡的游子对于中秋，一旦相逢，就会万语千言，又只能回首低眉。然后发现今夜，如同水底，到处是清澈的，到处是平静的，到处是一个民族千百年来因中秋而发的感慨。这些感慨，如同水底的卵石，被暗流冲刷得洁白而莹润。

不同思绪的人们，游子和等待游子的人，会同样望着明月，感觉月光冲走了个

人弱小、自私、局促的思维——今夜，所有的思想，都交织着一个民族的文化诉求，不管意识到，或是意识不到，个人眼前铺展开的，都是横万里纵千古的图景，就像这月光，每逢中秋，都会如此遍洒人间。

风难得的清润，充满了少女的情怀，无限纯真与温柔。树影不复如白日下的浓垂，清澈，在轻风中拂动时，散发淡淡的芳香。一切都是透明的，好凸显月光里的深意。

走着，就像鱼游在至清的水里，体会到月光充盈了空间。想着，就像走在今夜的月光里，体会到历史是透明的。那些千百年来的游子的情感，在这一夜间全部再现合为一体，把种种的因果忘却，只留下这些月光下袒露无遗的情绪和感动。那些欢喜或者忧伤是那么清晰，以至于失去了质感，变为透明的了。

今夜可以不眠，可以一个人静坐，在没有灯光的屋室里，贴在窗边，直到月色在眼中微微地颤动起来——

观望着窗外流泻的月光，眼里涌出了热泪。许是为思乡，许是为了……这毕竟是多么美好的节日！

我的个人的感慨，还是沉寂下去吧。大洋彼岸，或许有人和我一样地珍重着月色，并在月色下哑口无言。还有那千古以来的诗词歌赋，都是绝唱，都在月光里，取代了星星，兀自闪烁，而虫声此起彼伏。在中秋这个节日里，所有的欢喜和忧伤都变得十分美丽。

异国的中秋夜

◇赏析／冉彩虹

异国赏中秋的圆月，那种忧伤、那种思念想来必然是真切刻骨的。邵丹在美国赏中秋圆月后写下的《千里共婵娟》，就很真实、直观地再现了海外游子的这种离愁别绪。

写中秋的美景，肯定要对中秋满月进行雕饰。作者首先写到那晚感受的月色之美——“在城市里一向黯然无色的月亮，今晚一改蓬头垢面的形象，正宛若出水银莲，荡漾在天心，清光四溢。”好一轮美丽如莲的中秋月亮！

然后由景入情，文章由中秋圆月的美而过渡到了异国游子对故土的思念。作者在抒情时，没有运用气势磅礴的排比，没有运用直出胸臆的抒情，通过比喻的运用，散句的运用，将自己的思念故土之情缓缓表达出来，这沉静的心灵独白与思想哲思，犹如缓缓流淌的河水，犹如淡淡的轻风，沁人心脾。